U0044510

再見後，開始香戀

倪采青——著

上部

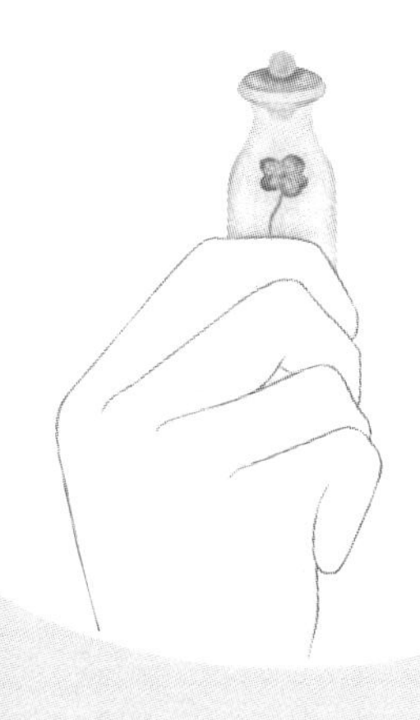

1

沁芳園英倫芳香之旅

各位沁芳園之友，年度最翹首盼望的芳香之旅來了！

抓住夏天的尾巴，到英倫與花邂逅吧。跟隨台灣唯一國際級芳療專家梅菫岩的腳步，與芬芳攜手共舞，向大地暢快吐納，聽樹木吟詠如訴，隨微風揮灑色彩。

這是一場出走，一場解放，一場私奔。請帶上眼耳鼻舌身，以及全然的自己，讓英倫之旅滋養妳的靈魂。我們將拜訪薄荷蒸餾廠，品嚐英式花草茶，走探皇家植物園。此次行程特別安排親臨花精發源地維農山，體驗與花精創始者愛德華．巴赫醫師在1930年代相同的脈動。如果妳還沒聽過解救情緒的38種花精，千萬別錯過。

詳細每日行程請繼續閱讀。

2

如果繼續尋找傳說中的第三十九種花精，會讓梅大神跟五十幾位團員都想掐死我，還該不該繼續？

該。拚死都該。

我在草堆中尋找文獻裡那種五瓣小紫花，雙手猛撥草，已被割傷了好幾處，疼痛如針刺。單眼相機掛在胸前磕磕碰碰，不知形成多少瘀青，但是我不能停。為了梅大神，我不能停。

「死大澍，大家都已經上遊覽車半個小時了。」鳳勳遠遠朝我揮舞壯臂。「不需要我提醒妳大神對時間的要求吧？妳拖慢整隊的行程，五秒鐘內再不回來，我就去跟他告狀。」

鳳勳對我的稱呼已經從「澍耘」到「大澍」、再變成「死大澍」了。不怪她，她已經催我第八次了。

鳳勳是沁芳園中與我最麻吉的同事。總是急驚風想把工作盡早完成的她，和喜歡埋首於永無止境的工作中的我，為什麼會成為好友，始終是個謎。今天我把她惹毛了，都是為了梅堇岩，大家口中的梅大神。

我們都是一群熱愛植物療癒的人。今天來到巴赫醫師的故居，聽導覽員提到巴赫醫師在建立三十八支情緒花精的療癒系統後，就把所有不採用的花朵資料都毀去，只留一種不知名的小紫花在手稿中，功效寫「美夢成真」，卻加了一句「危險」，沒人知道那是什麼意思。

我當下卻如燈泡在額頭點亮，這就是沁芳園的解方啊。近幾個月來梅堇岩不快樂，雖然沒有人發現，但是我感覺得出來，他特別沉靜，常常若有所思地望向窗外。一定是因為夏園削價競爭，害沁芳園生意節節下降才這樣。

如果能找到這第三十九種花來製成花精，鐵定是銷售萬靈丹。我還為這種花取好名字了，就叫「許願花」，功效就是美夢成真，怎麼可能不賣？夏園可端不出這種產品了吧。

「妳還不回來啊？」鳳勳氣到拿小石子丟我了。「大神都快被梅粉纏死了，妳還不去護駕？這項工作平常不都是妳在做？」

「妳去啦。」我不耐煩地回了句。

梅粉是我們對梅堇岩粉絲的稱呼。梅堇岩熱愛推廣芳療，但是不愛被粉絲靠近。為了找這第三十九種花，我頭一次這樣丟下他任由梅粉宰割。

「澍耘，對不起，我應該早點提醒妳上車的時間。」這次是松菱怯懦的嗓音，鳳勳已被氣跑了。「大神已經知道是妳脫隊，下車來找妳了。」

把握最後時機，我撲到草堆裡狂找。英國人是指這個方向沒錯呀，花應該就在這裡，但是英國人另外說了些話，我跟鳳勳、松菱都聽不懂……

該不會那一句剛好是隱藏重點，我們遺漏掉了？

我死定了。為了找幾朵傳說中的花，砸壞梅堇岩的招牌，讓公司的年度重要活動生了波折。梅堇岩那麼嚴謹求完美，肯定要瘋了。

遠處傳來一陣人潮聲。他要來了。

我趕緊抬起頭，頭髮像貞子一樣披散在臉前。我想伸手撥開，雙手卻沾滿草和土，撥也不是，不撥也不是，就這樣狼狽地等他走到我面前，窘斃了。

他恬靜依舊，眉間一抹清冷，白底灰條紋襯衫襯得他的五官更精緻白皙。若不是親眼所見，很難相信這樣學生氣質的人會是芳療界的傳奇人物。

「老闆，我都催她八百次了，她就是不聽，堅持要找那什麼第三十九種花。」鳳勳站在他身邊，氣呼呼地指著我。她周圍就是一群梅粉，全都氣得要用眼神把我射穿好幾個透明窟窿。

「我……對不起。」我雙手按在大腿側等待發落。

梅堇岩有些驚訝地望著我。我這個一向使命必達的幹部居然脫隊，他當然驚訝，但他馬上恢復男神的淡定，扶起斯文的細框眼鏡。「是我叫她找的。」

「蛤？」鳳勳傻眼了。

我更傻眼。這不可能。梅堇岩怎麼可能當眾撒謊，袒護我呢？沁芳園內誰不知道他最重原則，一絲不苟，誰沒照標準流程就一定會被他關切到做夢都倒背如流為止，他怎麼可能袒護我這麼離譜的行為？

「澍耘，找不到，不用勉強。」他平靜無波撇下這句，轉身飄然而去。

我壓不住震驚，一屁股坐了下來。

梅堇岩怎麼可能？在沁芳園裡，我是比較與他近身工作沒有錯，可是，再怎麼樣，他不至於這麼誇張地袒護我。

他應該會很嚴肅，但是很客氣地問：「澍耘，妳預計什麼時候上車？」

以他的地位，光是這樣問一聲，我們就會如驚弓之鳥了啊。

他是……對我特別好嗎？

救命啊，我完了。心頭那個好不容易鎮壓住的潘朵拉之盒，啪的一聲打開了。那些千不該萬不該的妄念全都飛了出來，像蛇一樣將我纏縛。

如果說，從前我對他是泥足深陷，如今便是萬劫不復。

因為，眾所皆知，他有一位愛情長跑十多年的女朋友。

3

回台灣後，梅董岩馬不停蹄，繼續他來去如風的行程。好不容易進公司讓我能好好看他一眼時，已是好幾天後了，他在我們天母店舉辦一場世界罕見精油演講。

我站在講廳後方，看著幾十位聽眾被吸入芳療的世界裡。

剛開始還有抄筆記的沙沙聲，十五分鐘過後，所有人專注得連筆記都忘了抄，眼睛大大的，嘴巴開開的，整個空間靜得像真空狀態，只剩下梅董岩溫文的嗓音。

這就是傳說中的梅大神。儘管我進沁芳園已有三年，對於能與他並肩工作，都還是倍感榮寵、不可置信。

他精采的演講使時間飛快，一轉眼他就朝大家說聲「謝謝」，步下講台，對如雷的掌聲淡定以對。

這卻是我最備戰狀態的時刻。我上前抓起麥克風，張臂阻住開始蠢蠢欲動的梅粉。「梅老師後面還有其他行程。接下來如果想提問，請寫紙條給我，我們會在網站用文字方式回覆。」

梅董岩此時已提著公事包出了店門，不曉得又要趕赴什麼行程。一轉眼，就只剩他的背影了。靜謐、孤寂卻偉岸的背影。

梅粉一臉興奮又失望，漸漸散到講廳外的商品展售區聞香。

我熄了講廳的燈，帶著滿滿一疊的問題紙條，跟著出去。

無論在沁芳園工作多久，我還是驕傲於這裡營造出的氣氛。白牆配淺色原木的北歐極簡風，聽說是梅堇岩親自設計的。他特意不薰香，不播音樂，訓練店員輕聲細語，在奉茶之後便退下垂手站定，讓整體氣氛更加純淨，就連架上都只賣單方精油，客人一踏進來就會知道這是間高價位的專業芳療。

受到靜謐的氣氛感染，我躡手躡腳去拿起薄荷試聞瓶，讓沁涼香氣甦醒我的腦袋。昨夜，以及之前的好幾夜，我都因為梅堇岩意外的袒護而神魂顛倒睡不好。我真的需要提神。

「大澍，又有妳的電話。」櫃檯的小姍到我身邊低聲說：「妳能不能叫她們不要再一直打來了？又是想要問大神行蹤的，是不是？」

「每一個打來的我都有叫她們別打，可是她們講不聽啊。」我放下薄荷瓶。

「那是因為妳每次都會幫她們傳話。」小姍不太高興。「她們在妳這裡有達到目的，當然會一而再再而三打來。」

「她們有急事想找大神，難道我不該跟大神說，讓事情就這麼耽擱了？」

小姍嘴一噘，正要發作，我先一步接過話筒說：「您好，我是項澍耘。」

「澍耘，我是台南店的店長袁厚華。」電話那頭的口氣很緊張。「太好了，我剛才好怕找不到妳，妳知道大神在哪裡嗎？」

聽她那麼焦急想要從我這邊連絡到梅堇岩，我好傷感。她們都以為我是梅堇岩最近身的幹部，可是為什麼我感覺他離我那麼遠？

「我不知道。他沒有說。」我沮喪地手按額頭。

「妳不知道？妳不是大總管嗎？」

「沒有什麼大總管，我是行銷。我跟妳說過了，我不負責大神的行蹤。」

「可是她們都說妳最知道大神行蹤，如果妳不知道就不會有人知道——妳知道他的手機為什麼一整天打不通嗎？」

「他演講、寫書、開會的時候都會關機。那些時候，沒人找得到他。」

「這就是大神的不對了。」小姍在旁邊插嘴。「他是那麼大的公司的老闆，手機應該要隨時保持暢通。」

「噓。」我按住話筒對小姍說：「要是不關機，他怎麼可能經營這麼大的公司，同時出那麼多書？煩都被煩死啦。」

「蛤？那他有沒有跟誰一起？」厚華的聲音從話筒中傳出：「有沒有那個人的手機？」

「大神是獨行俠，來去都是一個人。」我說。

「啊？」她聽起來很頭大。「欸欸欸，妳可不可以幫我跟他說，我們台南店的房東說要大幅調漲房租，從下個月馬上開始，這樣漲下去我好怕會虧損……」她劈里啪啦不等我就一路講了下去，我連忙從小姍那邊抽來紙筆記下，連寫五、六分鐘，她才終於講完。

「還有其他事嗎？」我問。

「欸，對了。」厚華好怕我掛斷的樣子。「大家都在討論大神應該會把辦公室遷到其他分店，妳有沒有聽說會遷到哪裡？」

「嗯……有很多揣測啦。」我的心沉甸甸的。「有人說會遷到更市中心的分店，有人說他會選離他家最近的店，也有人說會到空間更大的分店，但是我從來沒聽他提過，所以我不知道。」

「妳知道他什麼時候會遷嗎？」厚華聲音都發抖了。「這……這個傳言已經講了好久，他到今年都沒有動作，大家都在議論紛紛。」

「我覺得他不是奢侈路線的人，天母店這間辦公室還可以用，他可能不想那麼勞民傷財吧。」

「這也只是妳的揣測吧？」

這句話讓我莫名的心酸。

是的，這只是我的揣測。梅堇岩可能會遷辦公室的傳聞，我打從進沁芳園就聽過了，他就是從來沒跟我提過呀，這就是他與我山海一般的距離呀。

「妳會希望大神搬嗎？」厚華無厘頭地冒出這句。「我是超級怕他搬啦，我覺得找妳傳話很方便。換做別人，不知道會不會像妳這麼盡心。」

「我……」天哪，光是想到梅堇岩可能會搬走，我難受得說不出話了。

鳳勳見到我的窘迫，放下手上的一箱貨，不由分說搶過話筒切掉。

「喂。」我大叫。

「靠，妳還真有耐心。」她一副仗劍俠女的樣子。「這又不是妳的工作，跟她耗這麼久幹嘛？要不是我，妳講到明天都講不完。」

「還好她已經講完正事。」我氣結。「不然妳只是害我多了回撥的麻煩。」

「欸，我是要給妳這個啦。」她把一大罐精油塞到我手中。

「我就知道，妳才不是特地來救我，妳只是等不及要找我講話。」我搖搖手中的精油。「這是什麼？」

「依蘭。」她彎下腰繼續搬貨。「我幾年前團購買太多了，快過期了，妳趕快幫我消化。」

「呃，依蘭太催情了，我不喜歡這麼肉慾的味道。」

「妳偏偏就是缺這個。給我趕快用掉就對了。」她抱著那一大箱貨，還能出腳踢我。

我翻個白眼，把依蘭精油放進口袋裡。

「欸，說真的。」她又踢了我一腳。「妳又不是大神的秘書，何必每次跟她們講那麼久，根本是浪費時間。」

「如果大神要我兼當他的秘書，我欣然接受。」我臉色黯淡下來。「可惜他的秘書只有一個，就是他的手機行事曆，為什麼大家還要把我當成他的秘書？」

「誰叫妳平常跟他相處的機會最多，讓大家羨慕。」鳳勳一講到八卦，貨箱就丟了下來。小姍的耳朵也靠了過來。

「拜託，他的個性大家又不是不知道。」我啞然失笑。「我發出去的促銷方案、活動行程、廣告文宣、就算是一篇三十個字的臉書文，他全部要審核。他要求得那麼完美，連調色有時候都要我改三四次，包括這個……」我亮出那一大疊問題紙條。「我擬好回覆之後給他看，就算我回答得比教科書還要好，他還是可以找出標點符號的錯誤要我修改，我才需要在他辦公室待那麼久。這跟我知不知道他的行蹤沒有關係。他那樣的大人物要出去，十次我只有不到五次會知道他去哪裡。」

「我零次。」鳳勳扠腰說。

「我負一次。」小姍吊眼。

「而且他叫妳澍耘。」鳳動說。

「這樣叫有什麼不對？」我不解。

「他叫我林鳳動。」

「他叫我盧美姍。」

「而且妳跟他都天天加班。」鳳動做出噁心的樣子。「去英國前一天晚上，你們不是還討論到晚上十點？」

「那是因為他要在出國前把事情都搞定。」我舉手投降。「他那天忙到晚上八點多才進來，跟我討論到十點已經是光速了。」

她們還是用那種曖昧的眼色看我。

「我發誓他一根指頭都沒有碰過我。」我幾乎尖叫。我多希望他碰。

「對了，說到這個。」小姍忽然壓低音量。「聽說那天妳後來熬夜修改到清晨，回家沒睡覺就直接打包行李上飛機？是因為這樣，他才……」她停下來，瞇著眼睛斜視我。

「哎呀，慢吞吞。」鳳動揮手代她說完：「他才袒護妳脫隊。」

「才不是這樣。」我眼神飄移，心裡也虛飄飄的。「他都說了，是他要我去找第三十九種花的。」

「是嗎？」小姍跟鳳動遞個不相信的眼色。「我們都覺得很有玄機。」

我也覺得有玄機。自從那天之後我無時無刻不在想這件事，可是我沒有浪漫到會因為一次的袒護，就以為自己有機會。

那個機會頂多像從百分之零，提升為百分之零點零一吧，四捨五入後仍然是零。能天天見到梅堇岩，就已經是上輩子修來的福氣了，我怎麼敢再奢求？

「妳們難道不記得，他是什麼花？」我反問她們。

她們的懷疑臉色鬆弛下來了，有志一同說：「橙花。」

鳳動爆笑出來。「上次我在網路上看到有梅粉說他什麼，銀裝素裹，皎潔映月，只應天上有。超傳神的。」

我的心低嘆一聲，可不是嗎？

在我剛進沁芳園時，上了第一場梅堇岩的內訓課。

「學芳療怎能不先學精油化學？能量是天馬行空，化學分子才是扎實存在的。」我還記得他是這樣開場的。隨後他提綱挈領，用化學為綱，帶領我們優遊進芬芳的世界裡。

我怕化學，但是，他竟然可以讓化學跟神話故事相結合，讓我們聽得津津有味。不多久，就整室萬籟無聲。

我不禁閉眼想像他會是什麼神話人物，沒兩秒就噗地笑出來。

他不折不扣就是神仙。他是站在雲海山巔、手持拂塵、悠遠地掌控芳療國度的仙。

我徜徉在神仙身旁，眼睛閉得過久，不意衣袖被輕拉了一記，是梅堇岩趁讓大家做題的空檔，走過來對我私下寬容的提醒。

他就是這樣，永遠不會用讓妳不舒適的方式糾正妳，但他永遠會用最輕柔的姿態，殷殷示範，直到妳學會。

那一瞬間，我確定他是一位值得追隨的人。

往後我瞪大眼睛觀察他。緋聞這回事，從未沾染到他的衣襬。是他女友讓他心滿意足了嗎？但是，我怎麼從未聽他提過她？他甚至連他的家人都不曾提到過，彷彿他自孩提就是一個人住。他會與我們笑談昨晚回到家已經一點了，或是今天天沒亮就因頭痛而醒，就是沒有提到過，他難眠時，身邊是否有一個她？

「對了，我們有件事要跟妳說。」鳳勳打斷我的失神，一把將我拉到了店外。我頓時感到秋老虎熱風襲面，金紅夕陽好刺眼，忽然脖子一緊，鳳勳用手肘錮住我的脖子說：「我們都在說，妳別太撐了。每天都沒日沒夜的，只差沒把家裡的床拉來公司睡。」

「大神也是啊。」我呻吟。

「他是老闆，妳又不是鐵人。唉，我們都知道妳家裡的情況啦，可是幫爸爸還債不代表妳不能有一天請假啊。三年全勤，天天加班，特休一次都沒用過，妳樹立了一個太高的標準，已經造成大家困擾了啦。」

我只能苦笑。父親臨走時留下了七百萬債務。加班，卻不是因為債務，只是因為我想延長待在梅堇岩身邊的時間，需要一個完美的藉口。

「哎。」鳳勳勒緊我的喉頭。「今天是妳生日，妳知道嗎？」

「咦？」我忘了掙扎。

「我看妳大概連自己幾歲都忘了，不能再這樣下去。大家要給妳一個禮物，妳今天不要加班了。五分鐘後，妳收拾包包，到這個地址。」

我手中立時多了張紙條。鳳勳詭笑著，小姍、松菱和幾位同事也詭笑著。

這是惡作劇嗎？我展開紙條，上面寫著一串台北市地址，有點眼熟……

「坐一趟車就到了。」松菱連連低頭。「對不起。大澍對不起。可是我們都覺得妳應該去。」

我在腦中描繪地圖，定位到這個地址。我的天，是夏園，那個讓梅堇岩笑容黯淡的夏園。

「快去吧。」鳳勳十萬火急，不知何時已去拿了我的肩包塞到我懷裡。「那個療程，妳會滿意的。」

「妳們知道自己在幹什麼嗎？」我瞠目結舌，「妳們要送我去夏園做療程？那個夏園？」

「對，我告訴妳，他們真的不一樣。妳會高潮，妳會尖叫，妳會哭說妳怎麼沒有早點過去。」鳳勳講著講著自己都要尖叫出來了。松菱怯怯拉著她的衣袖，要她收斂。

「妳……妳們怎麼能這樣？」我張口結舌。

「怎樣？」鳳勳擺出太妹樣。

「夏園是我們最大的競爭對手，妳們去找他們做療程，等於是幫他們打了最好的廣告，這……這是背叛大神。」

「只不過是去消費，講背叛太嚴重了啦。」鳳勳大剌剌地揮手。

「沁芳園是台灣芳療的龍頭，大神是全台灣最重要的芳療專家。是他一路栽培我們，從精油安全一路講到精油化學，手把著手教我們按摩技術，砸下重金投資店面，我們這群學步的孩子才有榮幸站在這裡。現在他……夏園削價競爭，影響到我們的營收，妳們沒替他分憂解勞，反而跑去增加夏園的營收？」我指甲掐入掌肉裡，拔高聲量，「現在還想拉我去？」

「妳想太多了。」鳳勳拉住我的臂膀，「我跟妳講啊……」

我甩開她。「我告訴妳們，我也許無法控制妳們的腳，但是我不會忘記自己的老闆是誰。找我去夏園？哼，下輩子吧。」

鳳勳、松菱和小姍彼此遞個眼色，無可奈何地走回店裡，關門前鳳勳撇下一句：「反正我們已經付了錢，妳不去太可惜了。」

「要我去？先殺了我再說。」我朝著關上的玻璃門喊。

一想到梅堇岩面臨的困境，我就無法忍受。我撕碎紙條，砸到地上——不行，會破壞店外美觀，梅堇岩最不喜歡這樣，還是趕快收拾好。

但是我胸中這股惡氣仍在燜燒，她們怎能這樣對待他？最好她們沒有莽撞到讓夏園知道她們是沁芳園的人，不然夏園還能不拿這件事去到處宣傳？

我拾起最後一張紙屑，一雙深藍帆布鞋出現在我手邊，順著深藍長褲和白色條紋襯衫往上看，正是梅堇岩的臉。

糟糕，他一定聽到這一切了。我趕緊跳起來，一臉慌張地看著他。「老……老闆，你怎麼這麼快就回來了？」

「妳該去的。」他居然在微笑。

「什麼？」

「妳生日，讓她們請妳做個療程，沒有什麼不好。」他鎮定得像希臘雕像。「她們說得沒錯，妳需要休息。也是我疏忽了，一直以來都太習慣妳不眠不休了。」

我臉龐一陣酥麻，呆了有兩秒，才爆出：「可是是夏園吔。」

「就是因為是夏園，妳更應該去。」他用極深沉的眼色瞧我。我的心停擺了一拍。

他的眼色在我臉上逗留，有點久，似乎想確認我是否了解。

我懂了。他要我去刺探夏園的情資，向他回報。所謂知己知彼，百戰百勝嘛。

「好。回來後我再跟老闆報告。」

「我有要妳跟我報告什麼嗎？」他還是淡淡的。

不知為何，我覺得這是有點玩笑意味的反話，但是我哪敢跟他玩笑回去。「沒有。」

他沉默著，沒有露出讚許或失望的神色。

我焦急地讀他的表情，心跳好快。我一向很能看懂他的臉色，怎麼今天他有點不一樣了，我卻說不上來。

哎呀，還是照著原本的方向，去為他刺探夏園的情報啦。

「但是老闆你不能阻止我跟鳳勳那個大嘴巴說，她聽完之後會廣播給全公司，最後傳到你耳朵裡。」我大著膽子堅持。「所以我跟她說和向你報告的結果是一樣的，不如我直接向你報告比較快。」

他搖著頭微笑。我想我押對了，不禁跟著微笑。

「那我去啦。」我見好就收，背起肩包。

「等一下，我是有東西要給妳。」他伸手進公事包裡。

「什麼工作？」我習慣性地問。

「這次不是。」他摸到那個東西了，抬起頭來看到我，卻一時猶豫，把東西塞了回去。

「怎麼了？」

他嘴唇緊閉。我更疑惑了。

「不可能是生日禮物吧？」我追問。

「抱歉，我不知道今天是妳生日。」

我聳聳肩，那是當然。這樣一位大人物，怎麼會把職員的生日放在心上？

「沒什麼事，當我沒說。」他闔起公事包，也沒有等我應答，就與我錯身而過，再次離開了。

沒有一句生日快樂。

正常人都會懂得要跟壽星說生日快樂，這不用花一毛錢或一秒鐘，但是這種俗事就是不會進入他偉大的腦袋裡。

這就是梅堇岩。冰山一般，你很難親近他。

但是，他為什麼要袒護我？

4

到夏園時，我已遲到十分鐘。這是台北市鬧中取靜的一個巷弄內，我本要直衝店內，臨時被木頭圍牆內的庭院吸引住了。豈不奢侈，在台北寸土寸金之地，怎能騰出偌大一塊院落，只種花養魚，做這毫無坪效的安排？

可是有效。佇立院落不過一會，桂花飄香，水波粼粼，彷彿航進桃花源。我自然而然深呼吸一口氣，一時煩憂盡散。

叮鈴一聲，玻璃門開，一位黑衣男攫住我的注意。

這……夏園老闆在想什麼？搞個庭院不夠，還聘了保全警衛？瞧那男人虎背熊腰，肌理壯健，在保全界中應也並非等閒。

那保全衝著我爽朗一笑，大嗓門地問：「小姐是預約療程嗎？」

我不習慣。沁芳園所有人員總是被梅董岩訓練得吐屬如蘭，輕聲細語，起碼在上班時是如此，但是保全這種風格倒不會令人不舒服。

「七點，項澍耘，我朋友幫我約的。」我說。

「喔，項小姐。」他咧開笑容，領我進入。

夏園跟沁芳園好不一樣，以張揚的柑橘薰香來迎人，葡萄柚、甜橙，也許混些佛手柑。牆面請藝術家手繪，渲染上斗大的一輪朝陽，讓人登時暖了心。產品琳琅滿目，大部分是複方創作。

我跟著慵懶快意的爵士音樂，到橙色沙發卸下肩包，不由自主注意到前面的青綠圓形茶几，几上有壺花草茶以小蠟燭暖著，前方立牌以童趣字跡手寫「歡迎自己倒」，真隨興啊。

店員有三位，一見我進來就齊齊衝著我笑，是碰見朋友嗎？我轉頭瞧向背後，背後沒人啊。有人說「嗨」，有人說「歡迎」，有人只是繼續笑，隨後便各做各的事了，好像沒有制式的訓練，倒顯得真心誠意。這算美式風格嗎？我想挑剔些什麼，可說不上有哪裡不對。

一位有著梨渦的年輕女生為我添茶。「請稍等，芳療師馬上就來。」

我無意喝茶，抓緊時間四處刺探。先找薰衣草精油檢查價格，什麼？標價是沁芳園的三分之一？我旋開瓶蓋試聞，這味道……很好哇。我用力嗅吸，找不出混充的跡象。一連聞了幾瓶，都是這樣。

每聞一瓶，我的心就沉下一度。

於是我把偵查重點移向花精。夏園進的英國花精品牌跟沁芳園相同，標價卻近乎腰斬。梅堇岩那麼積極想要爭取獨家代理權，想必緣由於此。希望梅堇岩成功，夏園就不能賣這個品牌，這會是一記好拳。

牆上有徵人啟事，徵求倉庫物流員。夏園的網購營業額是大到需要擴增人力嗎？值得留意。

我走回沙發，才發現梨渦女正注視著我的一舉一動。我的行徑可能已經引起注意了。我不動聲色坐下，但還是忍不住瞥了她一眼。

「妳朋友對妳很好吼？」她朝我嘻嘻一笑。

「呃，是嗎？」

「妳今天這位芳療師很難約喔。」她露出梨渦，眼中是閃過狡黠的神色嗎？怎麼跟鳳勳她們的詭笑有點類似？

「怎麼說？」我問。

「本來半年內都約不到了，因為要約的人太多，一週又只開放三個名額……咦？還是五個？還是七個？哎，我忘了。總之，後來聽說是妳朋友集體抽籤，抽中的人讓出名額給妳。」

半年約不到？好，不管一週是接三個、五個還是七個，我承認這種芳療師是大牌中的大牌了，可是「集體抽籤」？鳳勳她們究竟有多少人來過這裡？

見我沉默不語，梨渦女加強道：「聽說，抽到的那位，搥心肝哪。」

她越是強調這療程是我朋友何其難得弄到的，我越是苦澀。鳳勳她們這樣對梅堇岩是集體的背叛，梅堇岩今天聽到那番話，怎麼還笑得出來呢？

我正愁容時，保全開啟了手繪牆面的隱藏門，領我進去。裡頭就是療程室。綠葉色系的布置，內附一方黑磚為底的淋浴間，氣氛頗有度假感。接下來的流程我不陌生，在保全指引我梳洗用品的方位之後，我就關起門來，快馬加鞭研究夏園的用品等級，而後洗場戰鬥澡。

用純白浴巾拍乾身子，我對著鏡子披上浴袍，眼周一輪黑眼圈露了出來。啊，怪不得鳳勳她們說我累，可是我沒感覺呀。

我進療程室等待，芳療師還沒進來。我趁機跪下來研究療程床品牌，直到外間有人敲門，我匆忙站起身說：「請進。」

門開了。進來的竟然是保全。

「怎麼是你？」我下意識抓緊浴袍領口。

保全走到按摩床邊，露出一口白牙。「項小姐，我是妳今天的芳療師。」

「什麼？」我臉頰燒燙，是男的？原來鳳勳她們的詭笑就是這個！

「她們沒跟妳講嗎？」他抖開掛在手臂上的浴巾，他的手臂是拉奧運吊環等級的，萬一他要對我怎麼樣，我根本無可反抗。「我叫夏燦揚，妳朋友指定要我為妳服務。她們已經警告過我妳可能會有什麼反應，可是她們威脅我，沒服務完，不能讓妳走。」

我全身凍結，無法言語。

他展開浴巾到一半，一臉奇異地停下動作，「妳怎麼還綁著馬尾？」

我有些驚嚇地伸手摸上馬尾。

「一般人做療程會解開馬尾。妳很不能放鬆吼？」他嘴角抽動像在忍笑。「沒關係，等一下我幫妳解。現在，請妳脫掉浴袍，掛到妳後面牆上的掛勾，趴上來讓我完成使命。」他將浴巾高舉過頭，遮擋他與我之間。

我將浴袍拉得更緊。雖然無關情色，但是讓個陌生男人摸遍我全身上下，這……

「項小姐，我知道妳可能不習慣，可是拜託妳，我收了她們的錢了。」

「她們付你多少？我付你雙倍。」我說話時眼神不由自主尋找逃跑路線。

「外面有鐵窗。」

我嚇了一跳。他明明看不見我，怎麼知道我在想什麼？

「項小姐，我也是被逼的。她們說如果我不幹，要剁掉我的手，到時候妳會付我醫藥費嗎？」

「一百五掛號費我付得起。」

「恐怕比一百五貴很多。」他雖然有點不正經，談話間倒也乖乖地站在浴巾之後沒有窺看。「事實上妳恐怕賠不起，這是我的職業生命吔。」

他特別強調「職業生命」那四個字，我心中忽然一動。「夏燦揚，我是不是聽過你的名字？」

「馬上承認太臭屁，不過也許喔。」

「你不會是……」我心頭隱隱約約浮起一個可能性。

「我剛好就是。」

「夏園的老闆？」

「賓果。」

夏園的老闆長這樣？

我扯下他手中的浴巾，重新審視他一遍。閃亮大眼，濃眉飛揚，寬闊方臉，好張狂的一個人。梅堇岩已經算高䠷，可是他比梅堇岩更高一個頭，胸膛厚度多兩倍。說他是體壇的灌籃高手還比較像，不然也是賭城的脫衣猛男，怎麼可能是沁芳園的最大敵手？

「小姐，妳這樣看是要把我吃掉嗎？我會怕吔。」夏燦揚揪回浴巾，重新高舉過頭。「現在，可以放心讓我按了嗎？」

「……」

「拜託，我比妳還怕好不好？」他雙手假意發抖。「妳想一想，要是妳們任何一個人出去說我對妳們怎麼樣，我在這一行還幹得下去嗎？」

他說的不無道理。

「再說，妳看。」他動了動無名指，亮著一枚戒指。「我未婚妻是個醋罈子，要是有什麼風聲傳出去，我還想活嗎？」

我不甘心，但是手已微微從領口鬆開。鳳動她們千辛萬苦幫我弄到夏園老闆親自做的療程，我是不想要，但是梅堇岩呢？他肯定會想知道夏園的療程手法。為了梅堇岩，對，為了梅堇岩，我雖然不情願也必須……

「妳行行好，我手好痠。」夏燦揚的手臂故意向下落了一截。「到時候浴巾拿不動掉下來別怪我喔。」

我嗤了一聲，解開浴袍，趴上療程床。「好了。」

他多等了幾秒，才放下浴巾，蓋住我頸部以下的身體，仔細確認浴巾把我全身都完整覆蓋，確實是比女芳療師還小心。

「妳朋友已經告訴我妳需要做瑞典按摩放鬆肌肉，也幫妳調好精油配方，所以我沒有先問妳。」

「她們調了什麼？」

「我聞了一下，都是偏向放鬆類的，感覺她們想讓妳昏睡個三天三夜。還有處理肌肉痠痛，白珠樹劑量下得滿重的。」他的手碩大溫熱，輕放到我的雙肩。「嗯，硬得像樹皮，妳朋友真是了解妳。」

「好了，你可以閉嘴了。」我的語氣實在不善。

「我還有一個問題。」

「你直接開始啦。我按完還要回去工作。」

「不行，這個問題不能省略。」他還是帶著笑。「妳有沒有受傷或手術過，不能重壓的地方？」

「喔。」這問題的確不能省略。「左腳踝骨折過。」

「好，這裡嗎？」他伸手握住我的左腳踝。我下意識縮了縮，他似乎也察覺到我的不信任，立即鬆開我的腳踝。

我無法抑制緊張，深吸一口氣，重新調整了臉枕的位置。他也精細，不著痕跡地暫停動作。等我調整完畢，他才正式開始。

他首先做來回兩道輕柔的長推，作為起始的儀式，這個動作人人會，可是他的手溫炎熱異常，馬上熨進我的肌膚裡。他接著推我身側，帶動我全身晃動，這比較罕見，是德式韻律手法。動作行雲流水，跟背景音樂若合符節。他的勁道……溫柔細緻中掩不住男子的剛猛，節奏像海濤，一波波高潮迭起，連綿不絕。

我卯足全力記憶他的手法，過不一會就有些渙散了。身體一會兒沉重，如夕陽沉入大地，一會兒輕盈飄忽，像鳥雀飛上雲端，有一段時間失去意識，醒來是以為自己在洞庭湖一葉扁舟上，又或者在母親的子宮，感覺徹底舒展了——啊，不能睡著，睡著了要是他對我上下其手，我怎會知道？睡著了我又要怎麼回去跟梅堇岩交代？

忽然肩上一涼，浴巾正一截一截地向下拉去。哎呀，上油的重頭戲來了，原來剛才只是前菜啊？浴巾一路拉到尾椎。現在我的整片背部被他一覽無遺了。我的臉應該比扶桑花還紅了吧，幸好是趴著。按摩油在他的手上熨得好熱，他雙手呈扇狀貼上我的下背，我差點叫出來，所以這就是鳳動她們愛找他的緣故嗎？他的手大得把我整個下背包住，我的背像貼上一株高聳入雲的雪松樹，很溫暖、很強健、很有依靠的感覺，渾然不是女芳療師那種細軟小手用點摸的方式能帶來的感覺。他的手質有些粗糙，但是熨上油之後，提供了恰到好處的摩擦力。

他壓上我最僵緊的膏肓處，啊啊啊，好舒服。我咬緊牙關，不讓自己呻吟出聲。這人是解剖過我的身體嗎？他怎麼知道要按到我最需要的那個點？對對對，就是那裡，不要停下來，天哪……

「項小姐。」

我在朦朧中聽到一道男人聲音，是誰？不要吵我……

「項小姐。」

到底是誰一直叫我？可我眼睛睜不開呀，好想睡……

「項小姐。」

是誰在搖我的肩膀？

我費九牛二虎之力睜開眼睛，地板上有座陌生的薰香台，這是哪裡？

「妳的療程已經結束了。」

我腦中轟的一聲，猛然抬頭，肩上卻有一股重力把我壓下去，只聽一個男人緊張的聲音：「不要急不要急，我還沒出去咧。」

對喲，我沒穿衣服。對，夏園老闆，我大約錯失他八成的手法，回去可以到梅堇岩面前飲彈了吧。

聽見門「砰」的一聲闔上，我這才緩緩坐起，感覺神清氣爽。動動肩頸，啊，好舒服，整個都鬆開了。

我幾乎是不情願地換上原本的衣服，綁回馬尾。臨走時瞥見牆上有面鏡子，鏡中的我臉龐發光，宛如戀愛，訴說這趟療程在我身上造成的奇蹟。

我憤怒地，用手掌蓋住鏡中的自己。

我走出療程室時，夏燦揚已經倒好茶等我。想到剛才全身被他摸遍，我的視線一時不知往哪裡擺。

「妳看見自己有多美了嗎？」他像是觀賞一盆蘭花似的，臉色十分溫煦。「療程前的妳，跟療程後的妳，完全是不同的兩個人。」

這番話可以是下流的搭訕，但是他說出來，不知為何，非常自然。

他示意要我坐上沙發，他自己坐上我側面的凳子。這是一種對雙方都舒服的角度。

但是我仍悶悶的，不願長他人志氣，滅自家威風，還是把話題轉到我最關切的部分好了。

「我朋友有告訴過你她們是做什麼的嗎？」我問。

「服務業。」他將茶推到我面前。「我問過她們幾次，都說是服務業，服務什麼也不告訴我。」

太好了。鳳動她們沒那麼無腦。

「我猜，一定是芳療業。」他說。

我心口突了一下。「你猜錯了。」

他瞇起眼睛不相信。

「你猜錯了。她們是做腳底按摩的。」我擺出高傲姿態，喝了口茶。

他把眼睛瞇得更細了，但並不在這個點上追究，只問：「妳也是嗎？」我還沒回答，他先搖了搖頭。「妳應該跟妳朋友不一樣。妳這種服務業，比她們辛苦一百倍。我接過一千五百多次個案，妳是第一個沒有辦法被叫醒來翻到正面的人。我叫了妳好久，前前後後有十分鐘吧，嚇得我去探妳的呼吸，還好還活著，最後我只好臨機應變調整療程內容。妳醒來之後難道沒有覺得奇怪，怎麼開始的時候是做背面，結束時還是背面？」

「呃……」一句話把我問倒了。我真昏迷到連這麼嚴重的反常都沒意識到。

「妳怎麼能夠把自己累成這個樣子？項小姐，世界上沒有勞累諾貝爾獎吔。」他苦口婆心，朝我肩膀凌空比劃，「還有妳的肩膀，是我按過最僵緊的。按的時候我心裡想，天哪這女孩是怎麼把自己折磨成這樣的？她是每天在電腦前突破FBI防線的駭客，還是受到魔鬼訓練的舉重選手？」

我對他生動的形容忍俊不住，趕緊又喝了口茶。

「還有妳的手，從一開始就掐著床邊不放，是有那麼緊繃嗎？哈哈哈哈。」他的朗笑讓茶水都顫動了。

這種笑聲要是在沁芳園，一定會驚動梅堇岩出來查看。不過在夏園，好像家常便飯。

「我一直在考慮要不要打妳的手叫妳放鬆。不過，哎呀不必啦，再緊張的個案，在我手底下最多撐個十分鐘就睡著了。」

他的表情是一種渾然天成的神氣，那是經過無數經驗堆疊而成的自信，倒不是臭屁。事到如今，我已不能否認他說的是事實。

「但是妳算是撐得特別久的。」他繼續侃侃而談。「一直到我做到妳下背之前，妳的腦袋裡都還在想事情。某種很重要的事情。妳不願意放掉。妳是責任感過重的人吧？還有，妳是個很能忍的人吧？妳的手明明受傷了，怎麼不跟我說？」

他的觀察力很入微呀！我震驚地舉起雙手，在英國去找第三十九種花時被草割的，傷口沒事，想必是他避過了，這人是有八隻眼睛嗎？

「我幫妳擦了金盞花膏，會癒合得快一些。」他說。

我呆視著他。他……他好……貼心。

「不客氣。」他說。

我咳嗽一聲掩飾笑意，心裡暖暖又苦苦的，五味雜陳。

「我覺得，妳還需要這個。」他站起身，我不由得仰起頭來看他魁梧的身高會不會撞到上方的吊球燈。他到巴赫花精的展示架上抽了兩瓶，放到我面前。

我明白了，推銷時間到了是嗎？太好了，他沒有我以為的那麼好。

「用過花精嗎？」他將花精標籤秀給我看，上面寫著「橄欖」和「橡樹」。

「稍微。」我打含蓄牌。他應該無從得知我帶過沁芳園的花精講座。

「橄欖是身心交瘁，感覺很累。橡樹是硬撐硬熬，不知道累。妳是兩者都有。」他撕開封膜，各滴兩滴到我面前的花草茶中。

「欸。」我抓住他的手。「我還沒說要買吔。」

「誰說要妳買啦？」他推開我的手，將花精丟進我的包包。「妳是壽星，我送妳不行啊？」

我傻住了，心頭是說不上的又酸又暖。手中一熱，是他把茶杯塞到我手中，隨後拍了我肩膀一記，如雷貫耳地祝賀：「生日快樂。」

5

我腳步虛浮地出了夏園，低頭看錶已將近十點。經歷剛才的衝擊，我不由得回身望了一眼。玻璃門內，那個恐怖的男人——對沁芳園來說確實恐怖——端起我用過的茶杯，搖搖擺擺，嘴巴大張，是在唱歌嗎？他耍帥地旋身一周，跟櫃檯裡的店員來個擊掌，幾個惡搞的舞步之後，才轉身進去內室。

我無法描述我的感覺。剛才那場驚豔萬分的療程，真是出自那瘋癲的男人之手？身為一間也算雄霸一方的精油公司老闆，他怎能這麼歡樂，一點架子都沒有？他的觀察力怎麼能夠及於我的心思？當他談論我的身體的時候，怎麼能讓人感到他是打從心底關心？

我甩頭想要甩走憂慮，一顆心再度繫上梅堇岩。對了，我忘了轉告他早上那通台南店的電話。

我伸手往包裡掏，放手機的夾層空蕩蕩，鳳勳沒幫我把手機放進去。這下義無反顧，我搭上公車，回沁芳園天母店。

店外鐵捲門拉下一半，有光線流瀉出來。

這間店對我而言始終透著奇異，可能是因為梅堇岩就在裡面。他的工時比誰都長，寫起書來沒日沒夜，所以，不管他何時出現在店裡，我們都見怪不怪。

我從鐵捲門下鑽進去，回到二樓我的座位，找到了手機。

既然梅堇岩還在，我乾脆趁現在向他報告。

他的辦公室就在我的座位前方，門是敞開的。我正想敲上門框，見到辦公室內的情況，我嚇住了。怎麼回事？他的辦公桌面是空的，書籍、文具、文件和精油瓶全散落在地，好像被誰一手掃下去的。

梅堇岩坐在桌上，失了平日的飄逸風雅，像是鬆弛的琴弦，發不出悠揚的樂音。要不是他右腳尖凌空在打著拍子，我會以為他是已被一劍刺死的遺體。他右腳拍擊的速度十分紊亂，像是在思考，還是壓抑，或許兩者皆是。

這樣的他太陌生。我不認識。

我認識的梅堇岩，是大洋中波瀾不驚的岩石，雪山上風吹不倒的巨木。我只會看見他在電腦後扶起細框眼鏡，細細審閱我做的文案，惟恐錯估一字一句；或是在櫃檯後孤寂地站立，一雙修長的文人手敲打收銀機，堅定撐起一方芳香天地。我也看過他面對各界三教九流的合作邀約，堅定拒絕，不為利誘，使我們以身為沁芳人為傲。當他拒絕時，輕輕一句話，就有泰山的重量。

我從來沒有看過這個版本的他。

原來夏園的威脅對他造成這麼大的煩憂。他一定不會想要讓任何人看見他這個樣子。

我想要悄悄退開，右腳陡地打滑，一股劇痛湧上。還沒搞清楚發生什麼事，我就哇的一聲跪倒在地。

我踩到精油瓶了啦。

「澍耘？」梅堇岩滿臉驚愕，快步到我面前。「妳沒事吧？」

我搖搖頭，但是背已痛到弓了起來。

他關切地瞧著我，手微微探出卻始終沒伸到我面前，好像還在考慮夜間單獨與女職員發生手部接觸合不合宜。

「我沒事。」我連忙勉力站起來。

「不好意思，讓妳看見這個樣子。」他鬆了口氣，望了一眼辦公室內的狼藉，侷促地伸手摸臉。

「我以為妳今天不會回來了。」

「是老闆你不夠了解我。」我用力擠出一個微笑。「我要向你報告夏園的事。」

「好，等我收拾一下。」

「不不不，我來就好。」我搶在他前頭走進辦公室。

我的腳還是痛到像跌入地獄，但是我使出洪荒之力掩飾異狀，蹲下來收拾一地的文具、書籍、精油瓶……

他靜靜蹲到我身旁，與我並肩收拾。

「老闆，夏園與我們很不一樣。」為了轉移他的注意，我先開口：「不一樣不是比我們好或壞，就只是不一樣。整體的風格，從頭到尾，全都不一樣。」

「嗯。還有呢？」

「我看不出他們的精油品質有什麼異常。」

他臉色微微淡了下來。

「老闆，我原本也以為他們是賣混充油，可是我真的聞不出那個跡象。他們的服務很隨興，但是也不會讓人覺得不好。他們的療程……」講到這裡我的耳根發熱。要讓他知道幫我做療程的是夏園老闆嗎？當然我們都知道正規的芳香療程絕無情色的成分在，可是……可是……哎呀，讓他知道我全身上下被男人摸遍，這好奇怪。

「夏燦揚的療程怎麼樣？」他問了。

我怔住了。「老闆你怎麼知道是他幫我做？」

「我聽鳳勳講的時候，就猜到會是他的療程。」他抿了抿嘴唇。「所以，那時候，我是對妳提出了一個很過分的要求。」

什麼？他不只不在意我被別的男人做療程，還慫恿我過去？雖然我本來就不該妄想啦，可是……我無法排遣心中的失落。

「妳不介意吧？」他移動到我身畔。「我怕要是先讓妳知道，妳就不肯去了。」

「我怎麼會介意呢？」我苦笑。

「就算不是夏園，我也還是會要妳去。我是真心認為妳該休息。」他在我肩上凌空虛拍了兩下，還是不碰到我。這令我更心酸了。

我將滿地物品收好時，室內變得好靜，我這才轉頭找他。原來他一直在我身邊，一直好有耐心默默陪著我收拾。

我趕緊把臉撇開，掩飾異樣神色。

「妳做完療程後看起來不一樣了，可以讓我看清楚嗎？」他好溫和地問。

並不像電影男主角那樣粗暴地將女人扳轉身，梅堇岩不會那樣。他等待了一會、試探了一下，才緩緩挪動到我面前，端詳我的臉。他的鼻息離我好近，看得很入神。

第一次這麼近望進他的眼，我屏住呼吸。他的眼是一汪深潭，坐落在天山之巔，水至清，也至深，無人能看透。建立沁芳園的人，原該擁有這樣的眼吧？他的女友到底有什麼三頭六臂，能讓他動了凡心？

宛如一生一世那樣久以後，他輕聲嘆息。「神采飛揚。」

這句讚嘆若在平時說，我一定飄飄欲仙，現在這時候說卻變成對敵人的讚嘆了，從他的口中說出來太不對了。

「還好啦。」我連忙搖手。「我們也有很多芳療師有這樣的功力，譬如……譬如……」該死，我舉不出來。

「沁芳園裡，有芳療師能讓妳的臉頰變成粉紅色嗎？」

我咬住下唇，我的臉紅不完全是因為那個療程好嗎？

他淡淡一笑。「不然，夏園老闆的療程到底如何，妳可以告訴我嗎？」

「我不知道該怎麼說。」

「是好得沒話說？」

「不是，我根本睡死了我，都忘了記他的手法。」一出口我就急掩住嘴，我失言了。

「我懂了，是舒服到睡著了。」他手拄下巴沉吟。「那妳睡著之前呢？」

「夏燦揚是可怕的敵手。」我重嘆口氣，實話實說：「睡著之前，我心裡不斷浮現八個字：庖丁解牛，神乎其技。」

他點點頭，像是接受了宣判。「謝謝妳，今天我算是明白他的能耐了。」

他坐回辦公桌前，握起滑鼠開始辦公，絲毫沒有情緒。

他這樣讓我好心疼。總是這樣，以胸有成竹之姿降臨，從來不把煩惱形於外，但是，今天看來，他還是有煩惱的吧？要是別人，我就上前安慰了，可是他呢？他是梅堇岩，梅堇岩要的不會是空泛的安慰。

「老闆，還有一件值得注意的事，」我站到他前方。「夏園要擴編人事，正在徵物流員。」

他點了頭表示知道。

「我有把他們店裡的用品記下來，如果有需要，我可以列出來給你。」

他點了點頭。「還有其他的嗎？」

他這模樣我明白得很。現在起他需要個人的空間，好在山巔上沉澱思索，或在大湖中謀劃大業。如果我以為他是可以攀臂談笑或糾纏不清的人，我今天就不會在他左右了。

「台南店店長打電話來說房東要漲房租，她很擔心會虧損。」我把紀錄的白紙遞給他，「就這樣。我去忙其他事了。」沒等他回應，我步出辦公間。

「澍耘。」一個聲音叫住我。

那聲音好沙啞，好低落，像是從某處冒出來的陌生人。我疑惑地回頭看。

「澍耘。」梅堇岩又喚了一次，聲音很啞，但他似乎不想掩飾，只是虛弱地對我笑笑。「她們都叫妳大澍。」

「嗯？」

「我聽過她們編的那句順口溜，『花會老，果會少，大澍不會倒』。」

我不禁好奇地歪了頭。聽梅堇岩談論我的綽號，是種很奇妙的感覺，好像我們從公事進展到私人的關係。

「澍耘。」他叫我的名字第三次了，這次十分鄭重。

他好像有重要的事要說，我站直了身子。

他終於像下定決心，目光鎖向我。「接下來，我需要對妳提出一個非常、非常過分的請求。比今天還要過分的。妳可以拒絕我，我不會再提第二次，也不會因此對妳心懷芥蒂，但我希望妳答應。」

這番請求珍而重之，擲地有聲。他究竟是陷入了何等困境，需要如此請求？

「有多嚴重？」我問。

他迴避了眼神，我知道自己說中了。

我直直走到他面前。「老闆你要我們做事，向來是客氣的詢問，不曾這樣嚴肅的要求，所以我知道你的這個請求非同小可，我得知道沁芳園的情況有多嚴重，反正我已經看見你摔在地上這些東西，你來不及毀屍滅跡了，你就告訴我吧。」

他的面容閃過驚愕，過了半晌才鬆口承認：「我以為自己掩飾得很好。」

「老闆你放心，目前只有我知道，我不會說出去。」

「妳怎麼知道我要問這個？」

「因為我很在乎……」意識到差點說出真心話，我趕緊換了副公事公辦的表情：「我很在乎公司的發展。」

他苦笑，隨即肅容說：「這些話我不會輕易出口，是因為我要請妳做的這件事太過分，所以我可以告訴妳原因，但是就只有妳知我知。」

我的心跳得好快。感覺是件很重大的事，他只告訴我。

我做了個縫緊嘴巴的手勢。

「沁芳園已經虧損半年了。」

彷彿飛入雲端隨即跌落，我跟梅堇岩共擁一個祕密了，卻是如此苦澀的祕密。

「這半年沁芳園一直在坐蝕老本，營業額突然滑落，好像客人聯手約好不跟沁芳園買東西。」他灰著臉，但還是異常地平靜。「我好納悶，沁芳園怎麼可能淪落成這樣？直到我看見夏園的崛起，我才頓悟我們的客人跑到哪裡去了。我對他們的營業模式研究很久，就是參不透，他們的自創品牌怎麼能標出那麼便宜的價格，貨源是從哪裡來？」

「我懂了。」我打斷他。「我會去。」

「我還沒說完……」

「我知道，你不用說，我會過去。」

「澍耘……」

「我知道。」我幾乎是用吼的打斷他。梅堇岩的聲譽不能褻瀆，那句話不能夠由他開口。「我明天就去夏園應徵。是我自己要去的，與沁芳園無關。」

「妳想清楚。」他也提高音量了。這間接承認了我的猜測。

我與他眼光對峙。他些許是明白了我的決心，話聲緩和了下來。「我們都要想清楚。」

「我非常清楚你需要我做什麼，我願意去做。」

「妳清楚萬一失敗的後果嗎？」

「就算失敗，我打死不會招供。」

「那不是我擔心的。」他臉色十分凝重。「如果夏燦揚發現了，鬧到這裡來，為了維護聲譽，我一定會斷然否認。妳明白這代表什麼嗎？」

我倒抽一口氣。「我會永遠不能回沁芳園工作。」

「對，這對我們倆都會是很大的損傷，尤其是妳。」

「你說得對。」我一顆心沉了下來。「你失去一個職員，再找就有了，可是我會失去整個經濟來源，還有……」還有眼前這個我願意費盡一切去愛、去守護的人。我深深望著他，感到一陣綿密的酸楚。

「還有一份妳熱愛的工作。」他接過話頭。

「呵。」我笑得苦澀。「是啊。」

「這樣，妳還願意去嗎？」

他真的真的，好不了解我喔。我好似當頭被澆冷水，滿身都是涼意，但還是竭盡平靜地反問他：

「老闆你需要我做事的時候，我有哪一次不願意？」

「這次不一樣。」他像講課一樣殷切。「這次事情牽連重大，後果難以想像，不但沒有回頭路，弄不好還會有法律糾紛，這需要深思熟慮，通盤計畫……」

「不用說了。」我直直盯住他的眼。「我只有四個字：義，無，反，顧。」

他被震住了，足有兩秒才回神，緩緩將手放到我的肩膀上……終於。這說明了他有多麼感激。

原來被他的手觸摸是這樣的感覺，溫和，而穩定，像初秋綿延不絕的清風，我幾乎鼻酸。

「妳知道，這違背了我清清白白的商業原則，會讓我鞭笞自己好久、好久……」他像是想到後頭的事，臉色漸漸蒼白。

我不禁將手疊在他放我肩上的手。「老闆你先把那些原則拋開吧。世上沒有百分之百無瑕的人。我們要打一場乾淨的仗，夏園打削慣戰的時候可沒有這麼想。」我一字一字強調：「成大事者，不拘小節。」

他勉強笑了笑，將手在我肩上沉了一沉，而後抽手，力道和速度拿捏得恰到好處，一點也沒有踰矩。

「夏燦揚在外面有些不好的名聲。」他極輕地說：「我不方便說得太白，妳可以去打聽。總之，妳自己要小心。」

「好。」我心頭暖烘烘的。

「不能在那邊逗留太久，我們這邊還需要妳。」

「謝謝老闆。」

「不能再叫我老闆，以後妳要叫夏燦揚老闆。」

「他到底會不會錄用我，還不知道咧。」受不了這種訣別氣氛，我強顏歡笑。「搞不好他不要我。」

「如果他不要妳，我就不需要把他放在眼裡。」他眼裡終於有了笑意。「那代表他是智障，怎麼可能有人不要妳？」

我好心暖，差點哭了出來。

是梅大神的玩笑啊，我三年才蒐集到這一個聖杯，他可知這有多珍貴？

走出辦公室時，我撫著自己的心口，覺得不可思議，綿綿密密的渴望如岩漿在迸發。

6

「夏燦揚在外面是有什麼不好的名聲？」隔天中午在小倉庫用便當時，我問鳳勳和松菱。

「妳去給他按了嗎？」鳳勳眼神一亮。「稱得上地表最強的手技吧？」

「就算是地表最強好了，可是我怎麼聽說他的名聲有點問題？」

「給他按不會有事啦。」鳳勳甩甩手。「不要當他的女朋友就好。」

松菱從便當裡抬起頭來，皺起鼻子。「他交過二十幾個女朋友。」

原來梅堇岩交代我的是這個。他怕我被騙，是吧？他是想保護我的吧？我在他心中，應該有一點點重要的吧？我不由得漾開甜笑。

昨晚後來梅堇岩與我討論細節，到午夜方休。他做事審慎，為了不使計畫暴露，包括勞健保需辦退保、薪資需改現金交付、我的離職對外要如何宣稱、給夏園的履歷該如何撰寫，以及成與不成我都必須在三個月內回到沁芳園等，都細細交代。甚至萬一夏園對我的前雇主徵信，他還會安排同業朋友依蘭娜精油公司照應。

今早他來店，我們在店外的玉蘭盆栽旁擦身而過，表面如日常問好，我感覺他看我的眼眸特別深邃。也許是因為昨晚的祕密，我在澆花時，一直感到他在我背後的凝視，幾至我周身瘆軟。

「大神的女友是什麼樣的人？」我沒頭沒腦地問。

「妳說柳聖苣？」鳳勳一臉發噱。「妳不知道嗎？」

「他沒跟我說過。」

鳳勳臉色大變，拋下便當。「枉費妳平常跟大神相處的時間最多，連這都沒聽說？就算他沒告訴妳，妳連基本的探聽也不會？就算不會探聽，電視妳總該會看吧？」

「我工作都來不及了，哪有時間搞那些？」

「柳聖苣曾經在電視上公開談論她跟大神的情史吔。」鳳勳像金剛一樣搥胸大叫：「全世界的人都知道，就妳這大總管不知道。」

「對呀。」松菱也一臉不可置信。「他們學生時代就認識了。大神追她追得很辛苦。」

我呆呆地沒有答腔。

「完蛋了。」鳳勳臉色垮下來。「妳不會連柳聖苣都不認識吧？」

松菱聞言也傻了。「柳聖苣是常上電視的名媛吔。她家族企業是做紡織的，股價很高喔。」

「是嗎？」我說。

鳳勳嘆了口氣。「松菱，幫她補足一下進度。」

「他女友到英國留過學，學時尚設計跟企管雙碩士。現在在家族企業當高階幹部，以後是要接班的。她還有自創服飾品牌，也有在做首飾設計……」講到這邊，松菱看了看鳳勳，「她上次出國比賽那件事也需要說嗎？那個有上電視新聞……」

「等一下。」我張開手阻住松菱。「如果我不看電視，我不知道這些本來就很合情理，因為大神從來不會跟我們講這種個人私事呀。」

鳳勳和松菱面面相覷。鳳勳首先說：「誰說不會？」

「他會跟妳們說？」我奇了。

「怎麼不會？」鳳勳臉都氣歪了。「魏怡麗喜歡玩股票，她一有機會跟大神講話，就會問他女友公司的股價情報，大神從來是知無不言。我也問過大神關於買羽絨衣選擇布料的事，他也很大方地給了我他女友公司助理的聯絡方式。」

松菱點點頭。「有一次大神交代我事情，講話講顛倒了。他就跟我道歉，說是因為他前一天半夜頭痛得整夜沒睡。我就問他說怎麼不叫女友帶他去掛急診。」

「他怎麼回答？」我好緊張。

「他說，一個人痛苦就夠了，不必搞到兩個人。」松菱敲著腦袋回憶。「對了，他還說，當他女友很可憐，經常會被他干擾睡眠。他最後甚至是有點自嘲地說，如果當年她夠聰明，就不會跟他在一起。」

「看吧。」鳳勳像介紹大明星出場似的捧著松菱，隨即朝我皺起鼻子。「松菱都能跟他聊到這麼深了，妳這大總管居然掛零？」

「大澍，對不起，我會幫妳補足進度。」松菱滿臉不好意思。「總之，柳聖苣有拿過國際珠寶設計大賽的亞軍，是個不得了的才女。」

「也是美女。」鳳勳豎起拇指。

在絞刑台罰站良久，總算跳下去把頸骨折個爽快。這個結局我早有預料，只是想親耳從別人口中聽到，才能塵埃落定。

沒有什麼奇怪的，梅堇岩那樣的才子不配佳人，難道要配我這負債七百萬的小職員？而我……我竟然連與梅菫岩聊私事的能耐都沒有。

「妳看妳看。」鳳勳遞上手機給我看。有了「柳聖苣」這個名字當著力點，梅菫岩的女友在我面前睜開眼睛，活了起來。報導中的她豈止是才女，不折不扣就是女明星呀。

「還有這個。」鳳勳打開柳聖苣的服飾品牌網站。我很少接觸時尚，可是這網站的設計太高質感，每件產品都用外國模特兒拍實穿照，一看也知道是高價潮牌。

「妳看她。」鳳勳還不放過，點開一張柳聖苣的特寫照，眼眸燦亮如星，光芒四射，幾乎扎疼我的眼。妝容可以讓小眼變大眼，這份過人的慧黠，卻是任何彩妝都造假不來的。

梅菫岩啊梅菫岩，你連選女友的眼光都如此超凡。

鳳勳和松菱雖然都看過她的照片，此時還是擠在手機前，輪番讚嘆。松菱甚至羨慕不已地伸出手指，撫摸柳聖苣的眼睛。

我食慾全失，自虐似的，還是忍不住扳過松菱的肩。「妳剛剛說大神的女友會被他干擾睡眠——這代表他們同居嗎？」

鳳勳和松菱用碰到天兵的表情，張大嘴巴看我。鳳勳先一步反應過來，抓起筷尾敲我頭。「廢話，不然妳以為在一起十幾年還守身如玉喔？奇怪妳工作一把罩，戀愛方面是白痴嗎？」

「我已經結婚了。」我軒眉。「我嫁給了沁芳園。」

不堪忍受這些事實，我胡亂收了便當就離開。鳳勳在後面叫我再看更多照片，我不理，直接跑上二樓，想回座位拿錢出去買杯飲料。桌上不知何時放著一瓶陌生的茶色滴管瓶。滴管瓶下面壓著一張字條。我拿起來看。

巴赫醫師遺留下來的第三十九種花精，作為妳幫忙公司的謝禮。

沒有署名，但我認得這細膩不苟的字跡，是梅堇岩的。

「這我看過，大神從英國買回來的。」鳳勳不知何時死纏爛打跟了過來，瞪大了眼。「靠，這價值連城吧？」

「大神把它給妳？」松菱嘴巴也張得老大。「這……他那時候跟英國談了好久，英國打死不肯賣，後來我們都不知道他是使出什麼神通買到的，他給了妳？」

「好哇。」鳳勳重拍我肩膀一記。「枉費我們交情那麼好，他送妳這麼珍貴的禮物，怎麼也不……」

「妳們沒看到嗎？」我趕緊打斷她，「這是謝禮。只是一個單純的謝禮。又不是生日禮物，他連我的生日都記不得。」

「妳是立了什麼大功，讓他送這麼大的謝禮？」鳳勳問。

「我……妳不也說了，我三年全勤，天天加班，我幫公司創造的產值，難道不配得到這一瓶嗎？」我旋開瓶蓋亮出內部。「妳們看，裡面幾乎都空了，根本沒什麼實質的用途啊。」

「對不起，可是滴管頭裡好像還有幾滴吧？」松菱囁嚅地說：「如果說這就是傳說中的許願花精，這幾滴說不定……」

「有幾滴又怎樣？」我指著她倆的鼻子。「我警告妳們，這事傳出去很容易讓人誤會。我的清白事小，大神可是有女朋友的，還是公眾人物。」說完後我心好痛，我跟梅堇岩的距離並非只隔千重水，而是遠隔萬重山。我不能讓他成為街頭嚼舌的對象。

「欸，那我可以做一件事嗎？」鳳勳一臉賊兮兮。「做完之後，我保證不說。」

「什麼事……」

我話聲未完，手上滴管頭就被搶走，嘴巴被噴進什麼液體。

「快許願啊。」鳳勳說。

她手上拿著我那隻滴管頭……空了。

她把花精噴到我嘴裡了。

我徹底傻了。花精口感稀淡與水無異，放了八、九十年，本來就不預期會保有功效，可是這不只是一個紀念品，更是我最珍貴的聖杯。原本便所剩無幾，就這麼平白浪費掉了。

「許願、許願……」鳳勳和松菱一起拍手起鬨。

我一股怒火湧了上來，搶回滴管頭。「我再也不想見到妳們了！」

我拋下她們奔出店，跑到街角，才把花精壓上胸口，平撫翻湧的心跳。

花精瓶硬硬的，像堵在心口的異物。我讓它停留，直到感覺瓶子與我的心漸漸融為一體。

是真的，梅堇岩贈我禮物。

鳳勳她們說得沒錯，這禮物價值連城，是應該放在博物館的珍寶。儘管知道梅堇岩是不欠人情、有恩必報的人，這樣的報答，是否也太重了？

我在他心裡，應該有一點點重量吧？

但他三年來仍然不把我當作值得記住生日的人。

矛盾難解，我能不能掰開他的心，看看自己到底是被放在哪個位置？

7

這天早上我投出履歷，夏園晚上就回覆，速度快得驚人。

妳不適合。請另謀高就。

就這暢快淋漓的兩句話，什麼「應徵者眾」、「遺珠之憾」都免了，下面還署名夏燦揚，我不敢相信我的眼睛。

如果是我自己要找工作，被打回票就算了，可是現在是為了梅堇岩……不行，我拚了命都得讓那個瘋癲的男人錄取我。

我趕去夏園，抵達時已經打烊五分鐘了，我拍了玻璃門要梨渦女放我進去。原本擔心夏燦揚不會接見我，幸好他馬上就出來了。

再見他的感覺十分異樣，想到他曾經摸遍我身體，還有他在外的花名，我必須花一點力氣才能讓自己直視他。

「項小姐。」他搞笑地說：「回去有好好休息嗎？肩膀有沒有被妳折磨回原狀？」

我差點接不了下面的話，不過，既然他直爽如此，我也不必客套。

「你不錄取我，我睡不著。」我一屁股坐進沙發。「我是哪一點不夠好？你要這樣秒退我的履歷？」

夏燦揚雙手扠腰大笑。「難道妳要我拖個一個月、兩個月，才用那種制式拒絕信回覆妳嗎？」

「告訴我是哪一點不夠理想，我可以調整。」

「沒問題。」他也阿莎力，從櫃檯搬了筆電到茶几上，那台巨大的電競機被他拿起來直如兒童玩具。他與我肩挨著肩，好讓我能跟他一起看到螢幕。「讓我們來看看……妳說妳是學視覺設計，所以懂攝影、修圖和網宣文宣製作，也會寫文案。文字與美工能力皆優。」

「對呀。」

「妳在依蘭娜有三年的芳療工作經驗，原本擔任美工，因為表現優異，受到拔擢成為行銷，規劃促銷方案、管理臉書、投放廣告、製作電子報、寫教學文章、管理內訓及對外開課的活動。因為專業學習成果優異，妳甚至親自講課，曾經開過精油調香學、保養品手作、居家按摩、巴赫花精等十多種課程——上次我問妳有沒有用過花精，妳還跟我講『稍微』？」他咧開大大的笑容，「妳還真謙虛。」

看他的態度不像責怪，比較像看到外星人，我大著膽子反問：「這有什麼不好？」

「這就是問題，妳太好了。」他啪地闔上筆電，站了起來。「希望待遇還說『依公司規定』，妳有沒有搞錯？妳沒看到我們開出的待遇，跟工讀差不多吔。」

「你才有沒有搞錯？幫你們省點錢有什麼不好？」我也站起來反駁。

「項小姐。」他用力點著牆上的徵人啟事。「我們徵的是物流員。物、流、員。」他伸指點向我。「妳的履歷，是店長以上的資格，我看妳自己去開間精油公司都綽綽有餘了。」

「這樣的人來你這裡工作有什麼不好？」

「對我當然沒什麼不好，但是妳不會快樂的。」

「什麼？」怎麼會有人在乎求職者快不快樂這種事？

「我相信勞資雙方的媒合不是單方我好就好，夏園不是傳統的商業體系，我把夏園當成一個情感凝聚的社團，每一個人我都關心。」他掏心掏肺地比劃。「妳這樣一個身懷絕技、才華出眾、讓我驚為天人的應徵者，要每天在那裡搬貨、點貨，日復一日，只做手工勞力活，妳的頭腦呢？妳的才華呢？妳的夢想呢？唉，妳怎麼會快樂呢？」

他的讚美毫無掩飾，赤裸裸的讓我無法動彈。

「這是事實啊，妳不用害臊。」他發出震耳的笑聲，很低沉、很男人味，讓我更不知所措了。他就是靠這些招數誘惑女生的嗎？

「總之，項小姐，這份工作不適合妳。」他拉開玻璃門。「容我再嘮叨一次，妳真的需要休息。時候不早了，妳快回家乖乖吃妳的橡樹和橄欖花精，躺上妳可愛的床，什麼都不要想了。」

我僵了兩秒，抓起包包走出玻璃門，覺得自己敗得如喪家之犬。

「等等。」他叫住我。

他反悔了嗎？我大喜回身，只看見他盯著我的腳。

「妳腳怎麼了？」他問。

「喔，這沒什麼。」我的臉色一定變臭了。

「不對，妳走路樣子不對。」他走到我腳邊蹲下。「給我看看。」

我下意識閃開。「你又不錄取我，管我的腳幹嘛？」

「給我看看。」他抓住我的右腳。我往回抽說：「不錄取就不錄取，不用跟我下跪啦。」

「給我看啦！」

「你走開啦！」

幾度拉鋸後，我馬上發現我能跟他來回拔河幾次是因為他在讓我。遊戲時間一結束，他不費吹灰之力就拔掉我的深藍帆布鞋，扯掉我的花棉襪。

被陌生的男人把腳握在手上——雖然他早就不只握過我的腳了啦——還是很奇怪。我死命踢他，他反而一直護著我要踢他的那隻腳，既不讓我踢到，也不肯放掉，於是我更加發狠了，邊踢邊罵：「你變態。」

「好了好了好了，不要踢不要踢不要踢……」他額頭發汗了。

「哼，你怕了吧？」

「不是，妳自己看。」他把我的腳舉高。

咦？怎麼腫得這麼離譜？我頭皮麻了。

「還說沒什麼？都腫得像菠蘿包了。還想用這隻腳踢我，妳曉得踢中的話痛的是妳自己嗎？」他對我狠瞪了一眼。「沒見過這麼能忍的人——小蓮，拿痠痛按摩油來。還有冰塊。」最後兩句是對店裡喊的。

梨渦女，現在應該叫她小蓮了，拿了一瓶按摩油出來，卻忘了冰塊，轉身回去拿。

夏燦揚把我押到庭院裡的雙人椅上，幫我抹上痠痛油，是白珠樹、薰衣草和永久花的香氣。他的手熱烘烘的，我想到那一天的療程，耳朵不禁熱了起來。

小蓮拿了冰塊出來。

夏燦揚一怔。「妳就這麼只拿冰塊？」

「咦？」小蓮好像還沒回神。

「只拿冰塊怎麼敷？毛巾呢？或是紙巾也行。」

小蓮飄回店裡去。

現在又剩下我跟夏燦揚。他上完油，開始幫我按摩了，一邊按一邊偷眼看我，以確認有沒有弄痛我。他做得十分完美，我一點都不痛，只有療癒感。這令我更沮喪了，這趟不但沒被錄取，現在還欠了夏燦揚人情，真糟。

「這個只能暫時舒緩，妳回去還是要自己多冰敷，消腫之後改熱敷。」他騰出手肘把痠痛油推到我旁邊。「我們的油還不錯，喏，給妳帶回家繼續擦。」

「我已經不是壽星了，而且，不要忘記我也是芳療師吔，我難道不會自己調油？」我怎麼還能再接受他的禮物？

他翻了個白眼，把痠痛油塞到我的包包裡。

「你真是個怪人。」我不禁罵：「錢太多是不是？是做慈善還是做芳療啊？」

小蓮飄出來了。我把夏燦揚的手推開，自己冰敷。

夏燦揚由我去，但他仍雙手抱胸盯著我。「妳是怎麼扭到的？」

「踩到精油瓶。」

「為什麼會踩到？」

「……我老闆把它從桌上掃到地上。」

「他幹嘛那樣做？」

因為你呀，管家公。我想抬頭白他一眼，他太高大，我差點扭傷自己脖子。

「這就是妳辭職的原因嗎？」他做了這個不算太錯的猜測。「可惜妳在我這裡也不會快樂。」

我無言以對，逼近認輸。他得意地笑，扶上身旁的樹。那是一株橙樹，這季節無花無果，孤寂清冷，好像梅堇岩的背影。我心揪了起來。

梅堇岩。

為了梅堇岩，我不能認輸。

我抬頭面對夏燦揚，光線從他背後透過來，形成魁梧奇偉的剪影。與這隻大熊爭辯需要不小的勇氣，但我還是站了起來，正面迎向他。

「你說我不會快樂，你又怎麼知道什麼會讓我快樂？我上一份工作做了三年，勞心要比勞力多，張開眼睛的時候，不是在做事，就是在想事情應該怎麼做，三年全勤沒有休息。你怎麼知道現在我換一份不需要勞心的工作，就不能在其中找到快樂？以前我也會幫同事上貨，很專心的時候會進入一種空明的境界，我反而覺得那是我得到最多休息的時候。我告訴你，我辭職不是因為老闆對我不好，老闆對我非常好，但是我昨天來做療程，今天就辭掉工作來夏園應徵，你連原因都沒有弄清楚，就要把我趕走嗎？」

「我並不覺得奇怪。夏園的工作環境，本來就比依蘭娜好。妳有一千個理由過來。」

「那你又不讓我來。」

他頓住了。項澍耘得一分。

「我也跟你挑明了說，我來夏園應徵，當然不是想一輩子都在上下貨。我在依蘭娜是從基層被升到老闆身邊，我在夏園又怎麼不能如法炮製？物流員，只是一個卡位的動作。只要你讓我發揮，我什麼都能做。三個月。」我伸出三根手指戳到他眼前。「我跟你擔保，最多三個月，你就需要再找一個物流員，你身邊會多出一個萬能的得力助手。如果三個月內沒有實現，我馬上遞辭呈走人。」

「妳這樣有什麼好處？」他皺眉。

「夏園經驗就是我要的。」我把手臂大大攤開。「在依蘭娜那邊我學不到東西了，每天的工作簡單得像兒戲一樣，我需要更大的挑戰。夏園成立三年，就對整個芳療產業造成大地震，我對你們早就敬佩又好奇了。我再老實告訴你，如果到職之後我發現你是令我敬佩的老闆，我會將全副心思奉獻於你，結合我的力量，夏園一定不只是這樣。如果你不是，我也不會留太久，我會去尋覓下一個值得我報效的人。你敢嗎？還是你不敢？現在只想縮著尾巴逃掉嗎？」

夏燦揚驚愕地看我，我用最堅定的眼神回瞪他。幾秒後，他將額頭靠上橙樹哈哈大笑，笑到樹枝晃動，樹葉沙沙響。

「項澍耘，妳叫項澍耘吧？妳真的是……妳真的是……」他揮手找不到適當的形容詞。「吼，外表柔柔弱弱還不敢給男生按摩，實際上卻這麼有力量。我如果不讓妳來，妳是不會放棄的，是吧？」

「所以你是同意我來你這邊工作了嗎？」

「來我這邊工作有一個條件。」他忽然肅起臉色，很慢、很鄭重地宣告：「不許讓自己太累了。」

我露出畢生以來最疑惑的表情。

8

我不知道我對夏燦揚了解多少，但是我知道他跟梅堇岩會是南轅北轍的主子。

不許讓自己太累？

他是憐香惜玉，還是在說反話？

很快地我發現兩者皆非，他是真心對每個員工都這樣。實在很奇怪。

他規定員工一天工作八小時，也不可以超過八小時。有時我想多做一些，誤了下班時間，被他發現就是一陣劈頭嘮叨。我如果早到了，他會狠狠地看錶，規定我提前下班的時間。

我的物流工作，在他們交代我各類託運單和貨品的擺放位置、講解完出貨政策之後，我當天開始做，隔天就可獨立作業，第三天得心應手。

下班後，根據我與梅堇岩的約定，我仍然在家用電腦協助沁芳園的行銷工作。為了維護我的祕密，梅堇岩不假手他人，親自與我通郵件。他的郵件如電報式的簡短，我試圖從中找到一絲情感的溫度，完全看不到。

幸好，光是共擁這個祕密，就足以令我心醉。

我工作的地方在夏園門市內部的貨倉裡。夏園全台灣就只有一間門市，網購、現場購買都在同一地處理，另有五十餘間經銷商散布各地。所以，夏園的產品在台灣有五十幾個點可以買到，夏燦揚本人倒是只需要管這一間門市。

夏園的人員編制輕盈，因為芳療師與講師都是外聘，網管與美工交給外包，沒有行銷人員。夏燦揚說：「我們不需要打折。天天都低價，本身就是最好的宣傳。」

如果說，沁芳園是帝王之師，夏園就是靈動的游擊戰隊。

原本負責出貨的一個男生，叫阿覺的，被夏燦揚調去進貨，讓我負責出貨。另一位出貨物流員是位剪男生頭的酷妹，叫小蒲，剛開始我試著與她攀談，很快就發現她的話比白蓮花精油還稀罕，反而阿覺話比女生還多。

我會趁阿覺不注意，用手機偷拍進貨單上的廠商資訊，然後透過私人郵件傳遞給梅堇岩。他的回答很簡短，「謝謝」、「辛苦了」、「知道了」之類，很符合他的大忙人風格。

有一天，我終於收到他的短訊。

今晚八點半，檸檬樹，領薪水。

因為匯款紀錄會是我仍服務於沁芳園的鐵證，梅堇岩跟我約好在檯面下現金交付。他很謹慎，不約在沁芳園天母店或夏園附近的餐廳，而是取天母店和夏園中間一個風馬牛不相及的檸檬樹蔬食餐廳。

我早到了。一進去就聞到番茄、羅勒和乳酪的香氣。見到純淨北歐風的淺色系木質裝潢，高雅脫俗，瞬間明白這間餐廳為什麼能入得了梅堇岩的眼。

因為已近打烊，餐廳人潮稀落。梅堇岩修長的背影馬上映入我眼簾，白色條紋襯衫，儒雅氣質盡出。他正在用筆電工作，扶著細框眼鏡像是在思索。

雖然我也是早到，讓他等待仍然讓我不安。

「老闆……」我抱著包包坐到他對面。

「妳來了。好久不見。」他蓋上筆電。「我不是說過，不能叫我老闆了。」

「老闆……」

「以後叫我菫岩，可以嗎？」

我不敢。這就好像在殿前直呼菩薩的名諱，太冒犯。

但是他用溫柔堅定的眼神，不依不饒地盯著我，示範說：「菫岩。」

「菫岩。」我的聲音低不可聞。

他點了點頭，旋即丟出下一個習題：「如果在夏燦揚面前提到我，要毫不猶豫連名帶姓叫我梅菫岩，妳可以做到嗎？」

「可以……吧。」

「現在練習一次。」

「梅……菫……岩？」

「妳在叫誰？」他幾乎嘆氣。

天哪我像個被老師罰寫錯字的小學生，直呼他的名字怎麼那樣難。

「梅菫岩。」他重新示範一次，聲音平穩，不帶情感。

「梅菫……岩？」

「不是問句，是直述句。」

我竭力用同樣的語氣學他說一遍：「梅堇岩。」

「好。」他終於露出微笑，將桌上一盤野菇青醬麵推到我面前。「快打烊了，所以我先幫妳叫了我最喜歡的口味，妳用吧。」

雖然我對青醬不是很有愛，還是好感動。

我吸著麵條的時候，他打開筆電繼續工作，好像我們是熟得不能再熟的朋友，因此無須客套。有時他看一下我，有時我瞥一下他，視線交會時，彼此就會笑笑。期間他的手機響了兩次，他接起，都是公事，我習以為常，可以聽的部分我也不掩飾我正在聽，眼睛一眨也不眨瞧著他。他見到了，眼角就會露出笑意，意思像是「很快該妳了」。

這一個月來的分離之苦，能換到這樣心有靈犀的片刻，值得了。

當我刮掉最後一口野菇，他已掛掉手機，正在凝視著我，似乎有一段時分。我暗自羞了一下，拿紙巾擦擦嘴巴。「老闆，鳳勳她們有沒有問起我？」

「妳剛剛在叫誰？」

「堇岩。」我趕緊改口。

「我把她們調走了。」他輕描淡寫。「林鳳勳、張松菱、魏怡麗、盧美姍，這四個現在都不在天母店了。」

「為什麼？」

「我讓她們選，要調到南投我們的木堇芳香民宿服務，還是台東店。那兩間店，目前剛好都缺人。」

「為什麼要這樣？」我大吃一驚。

木菫芳香民宿是沁芳園的特色分店之一，據說是海拔超過兩千公尺的十二間房民宿，網路時通時不通，下山一趟要兩個半鐘頭，回台北又不曉得要幾個鐘頭。台東店，也沒好得了多少。到那兩處，簡直是流放。

「我不想見到她們。」他說。

我懂了。一個菜鳥在內訓時閉眼，梅菫岩都會出手處理，更何況鳳勳她們那樣重大的背叛？流放，已經算手下留情。

「她們去支持夏園是不對。」我連忙求情。「可是她們沒有讓夏園知道她們是沁芳園的人啊。」

「所以後來我給她們第三個選擇。台中店。」

「那當然要選台中店。」

「沒錯。她們全都選台中店了。」

「那你為什麼還要給她們前兩個選項？這很嚇人。」

「這叫錨定效應。」他徐徐啜了口茶。「如果我只給她們偏遠店，她們很可能會辭職。如果只給台中店，她們也會感覺不佳。但是如果我先給她們偏遠店，再給台中店，她們就會覺得謝天謝地了。」

「可是……」我驚於他心思細密的程度，但還不得不做困獸之鬥。「為什麼不調到其他台北的分店？」

「這是為了妳的安全。」他放下茶杯，叩的一聲響。「這幾個月內我不能讓她們離職，也不能讓她們留在台北，因為她們任何一個人只要去夏園撞見妳一面、說溜一句話，夏燦揚馬上會懷疑到妳頭上來。我不能容許。」

不能容許什麼？不能容許他事跡敗露，還是不能容許我身陷危險？這一刻，我看見了梅堇岩溫和底下的決絕，有些駭人，同時帶來一股甜意。

「妳放心，我沒有透露調職跟妳有關。」他似乎為了穩定我的心情，刻意放緩了語氣。「我只說是因為那幾間店需要有經驗的人去帶領，幫她們增加了津貼，還供住宿，看起來像升職。她們沒有理由不開心。」

我默不作聲了。能把懲罰做得這麼漂亮，也只有他。

他轉開這個話題，將一個信封袋推到我面前。「謝謝妳。這個月來辛苦妳了。」

「我才謝謝老……」見到他盯人的目光，我馬上改口：「……你。能領兩份薪水，對我的債務很有幫助。」

「這點薪水緩不濟急。謝謝妳願意為沁芳園效力。」

他好客套。我聳聳肩說：「也只能在沁芳園啊，否則為了還債去當酒店小姐，我也沒那個姿色。」

他瞅著我的臉，似乎不確定該怎麼回應，於是選擇當作沒聽見，把電腦螢幕推到我面前。「我數了妳傳來的廠商資料，有十六個。夏園到底有多少個廠商？」

「我不知道。廠商太多，夏燦揚主要的工作時間除了接療程，就是花在訂貨上。」

我們現在已經曉得，夏園是跟世界各地的蒸餾廠直進精油，在台灣分裝貼標，以自創品牌販賣，相較於沁芳園跟英國單獨一間精油品牌買到兩百多種品項，夏園省卻一層利潤的剝削，成本自然低，缺點是廠商的數量多不勝數，需要花費更龐大的人力來訂貨。

「這樣要花多少時間才能搜全？」他有點煩惱。「妳有辦法讓他把訂貨工作交給妳嗎？」

「我不知道。老……你現在也還在自己訂貨。你需要員工在你手下工作多久，才會把訂貨的工作交給他？」

「我沒有想過要把訂貨的工作交給別人。」他以手支著下巴。「訂貨是最弔詭的工作。訂多了，積壓資金，占用倉庫，萬一擺到過期就會產生虧損。訂少了，客人買不到，會流失訂單。偏偏市場實在太難料。就連我，偶爾也會失手。」

如果他十年來不曾想過把訂貨的工作交給別人，我能在三個月內讓夏燦揚把這工作交給我嗎？

他也想到這一節，敲了一下自己的頭。「對不起，又對妳做出了過分的要求。」

「沒關係，我會試試。」

「我太過分了。對妳過分，對夏園過分，對我自己的良心也過分。把她們四個人調走，我也很氣自己。」

「……」

「有時候我會想是不是趁早打住比較好，可是，這一仗我不能輸。如果沁芳園失敗了，如果沁芳園失敗了，我……」他彷彿意識到流露過多情緒，咬住了下唇。

但是他的眼神洩漏了他的心。這一個月來，他恐怕都如此寢食難安吧。他在給我的郵件或訊息中，怎麼有辦法不露出這一面？難道他一向都活得這麼辛苦？

「如果沁芳園失敗了，天不會塌下來。」我柔聲說。

「如果沁芳園失敗了，我身為人的價值就沒了。」他搖了兩下頭。「我這一生，最後只能是個向人下跪乞討的敗兵。」

這話說得也太重了。我壓抑著把手放上他的手的衝動，懇切說：「梅大神就是梅大神，你的學識、你的才能，別人拿不走。就算沁芳園一時低落，也沒有人會用那種詞彙來形容你。你要知道，你永遠都是我們心中的大神。我願意跟隨你……我是說，我們願意跟隨你……」

「我不能睡。」他陡然打斷我。

我才發現他的神色如此憔悴。我的黑眼圈已逐漸消退，他的卻毫不隱約。

「你女友呢？」我脫口而出。

天哪，我說出來了。

就這麼無預警地說出來了。

他臉色一僵，讓我感到自己僭越了。我好想學變色龍將那句話從空中黏回來，吞回口中。

好像過了一世紀那樣漫長，他都沒有說話。

我假意咳了兩聲，好不容易轉個彎說：「我的意思是，你這樣整夜翻來翻去，一定害她很不好睡吧？」

他終於淡淡地笑了。

好可怕，為什麼松菱有辦法跟他聊他女友的事呢？我只知道自己以後再也不敢過問他的私生活了。

後來我們的話題主要圍繞在如何加速蒐集廠商資料，可是一來訂貨是關鍵任務，難以旁落他人，二來我的英文不好，交給我是違背情理，因此我們都認為難度很高，還討論不出個結果，檸檬樹就打烊了。

出了檸檬樹，梅堇岩跟我約定了下次會面的時間。此時右方傳來嬉鬧聲，兩個冒冒失失的國中生追逐而來，我閃身躲避，撞到梅堇岩身側。他順手穩住我的肩膀。

聞到他身上的氣息，我不禁抿嘴而笑。

「妳笑什麼？」他放開了在我肩上的手。

「沒有，我以前以為做精油的人身上一定會有香味。你沒有。」我笑吟吟地背著手。「事實上，你什麼味道都沒有，就是無邊無際的清澈。」

他的笑容反而漸漸隱去。「我曾經期許自己要做個一塵不染的人，過去十年我的確是，直到我對妳做出那個過分的要求，我就不再是了。」

「你忘記了。」我板起臉裝生氣。「你什麼都沒有說，是我自己要去的，跟沁芳園無關呀。」

「我很感激妳的體貼，但是這也不能改變事實，一旦起心動念，不管有沒有做，都不再是清白的了。」

「我反倒覺得你這樣比較好。」我面向著他倒退，做出俏皮表情，「以前我常覺得你是仙，現在總算有了點人味，梅～堇～岩～」

好奇妙的感覺。我當著他的面直呼他的名字，像清泉從唇角溫柔溢出。梅堇岩。

他終於被逗笑了。

我們安靜下來後，他問：「澍耘，妳為什麼願意做這麼大的犧牲？」

「領人薪水，為人做事，不是理所當然的嗎？」我裝出最天真的態度，好像為他去偷資料是再自然不過的事。「那你呢？你又為什麼做這樣的決定？」

「每次做決定的時候，我會回顧自己的初衷。當初創立沁芳園，是因為我有理想要實現。」他語重心長，發自肺腑地對我說：「我讀過醫學院，我知道很多藥物只是鎮壓症狀，就像把爛掉的菜用泥土蓋住，看不到聞不到就以為那是治癒。幾千年前大禹就知道治水要用疏導，鎮壓只會導致更嚴重的反撲，現代醫學卻還在用鎮壓的方式治病。我認為芳香是一種喚醒，提醒我們要更認真傾聽身體的聲音，更溫柔地對待身體，這樣很多疾病其實不需要發生。沁芳園就是我能達到這個理想的途徑，我不能失敗。」

我望著他看似平靜，實則洶湧的剖白，敬佩到無法言語。從前我知道自己愛他許多地方，如今我更明白我最愛他的地方就在這裡，理想遠大，而築夢踏實啊。

「因為我知道我要什麼，所以我的決定都會照著這個方向走，就算是犧牲，至少我知道所為何來。」他頓了頓，深深望著我。「但是澍耘，妳不能只是因為我的要求而犧牲，妳有沒有一個更高的理想？」

過了半晌我才意識到輪我說話了，趕緊打起哈哈。「這是期末考題嗎？」

「姑且就當是。」他抿嘴而笑。

「我是受到你感召啊。」今晚他對我率直，我決定也對他坦承。「沁芳園的教育力量這麼大，對於能在其中擔任一個角色，我覺得很榮幸。我當然希望沁芳園越來越好，把那些來亂的解決掉。能看到你開心，我就開心，這可不是狗腿喔。」

他笑著搖頭，向我揮手道別。

然後他往右走，我往左走。

我控制不住回頭目送他的背影。他走上紅磚人行道後，高挑的身形被路燈一打，影子拖長，一路延伸過來將我覆蓋。

我一向很喜歡被他的影子覆蓋的感覺，但是他今天的背影好孤寂，好令人疼惜。剎那間我有一股衝動，想要追上前去牽起他的手，對他說你不是一個人，前方的路途再險阻，我都願意陪你走。

不，我想對他說的話何止這些？我想說我已目睹你十年行跡，一手建立這偉大的芳香王國，我能一路左右相伴，就別無奢求。我不求加冕皇后，只求當王國之下你最穩固的領地，你的堡壘，你的高塔，你的君臨城；產出絲帛綾羅，五穀雜糧，金銀銅鐵錫。

但我怎麼能說？我鼻腔驀然一酸，轉身踏上歸途。

隱約間，後方傳來一聲「澍耘」，是他在叫我。

他向來不是習慣大聲說話的人。見我站住，他才不疾不徐地走回我面前，深深地說：「澍耘，妳有啊。」

「有什麼？」

他欲語還休，最後只是更深地重複一次：「妳有啊。」

「有什麼？」

他微笑不答，揮揮手走了。

他到底想表達什麼啊？

為什麼要賣關子？

我呆在原地大約有五分鐘，不斷回想剛才我們聊過我有沒有什麼。

——我有那個姿色？

我從心底湧起一陣顫抖的狂喜，笑得摀住了臉，蹲下了身，只差沒當街流下眼淚。

這個傻大神，稱讚人還要拐彎抹角的。

從今以後，我決定稱它為「梅式讚美」。

9

我把依蘭精油倒進無香洗髮精，倒得非常多。嗅吸一下，就皺起了眉頭。每次聞，都覺得過分媚惑，簡直是招蜂引蝶。

不過這時，我真想念起人在台中的鳳勳了，所以撥了通電話找她。

沒想到，她很生氣。

「妳還敢打來？我被調走都是妳害的。」

奇怪，梅堇岩不是說她們不知道事情與我有關？

「我……我以為妳升職了。」我吶吶回應。

「表面上是升職，其實是因為妳許那個願啦！」

「不可能吧？那個願望只是一時氣話啊。」

「松菱出車禍了。」鳳勳的口氣好恐怖。「妳大概還沒聽說，今天才發生的，我們也還沒讓大神知道。她被轉彎的摩托車撞一個摔到頭，幸好人是好好的啦，還當場爬起來跟騎士說她沒事，照常來上班。一直到下午我向她聊到英國旅行的時候，我才覺得奇怪。」

「怎麼了？」我背脊冒了汗。

「她完全不記得英國那趟旅行。」

「什麼？」

「後來我一直追問她，一直追問她，最後確定，她最近半年內的事情都記不清楚了。」

我手機險些落下。

我跟松菱是半年前認識的。半年前她因為搬家，從新竹店請調到天母店，我們才認識的。這不就代表……她不記得我了？

「妳明白了嗎？妳再也見不到我，也再也見不到她了。」

我衝到床頭櫃，膽顫心驚看著那瓶許願花精，一時不敢伸手去碰。

真的是因為這瓶花精嗎？這……太嚇人了……

「要不是松菱這件事那麼離奇，我也不會相信。」鳳勳仍在我耳邊以驚人的話速說：「小心妳的下一個願望。我覺得，妳的下一個願望不如說要取消上一個願望。快快快，妳快去拿花精來，說妳要取消上一個願望。現在就去。」

「不。」我喃喃地說：「如果是因為這瓶花精……如果是因為這瓶花精……我下一個願望一定要超級物盡其用，超級小心翼翼。它剩不多了，不能這樣揮霍。」

我掛掉與鳳勳的通話，換上新的眼光，打量那瓶神奇壯麗的花精。鼓起一番勇氣，才敢伸手扭開瓶蓋，很好，還有大約四滴，可以用兩次。

用它來終結我的七百萬債務？

用它來讓我獲得梅堇岩的愛？

這兩個願望就能讓我這一生幸福圓滿？

我激動得站立不穩，跌坐到床邊。

會不會有副作用？假如我這次的願望必須以鳳勳和松菱被調職、甚至車禍為代價，下一個願望如果沒許好，是不是會有更嚴重的後果？

感覺是條極端危險的路。

我旋緊花精瓶蓋，拉開抽屜想放進去，想想不放心，翻出鋁箔紙將它包了一層隔絕電磁波，再用面紙捲了幾層，放進抽屜最安全的角落供奉起來。

10

我換上長袖衫時，驚覺與梅堇岩下次的會面即將來臨。又一個月就這樣飛去，資料蒐集仍不如預期。我有點急了。

「阿覺，你知道我們的廠商有多少家嗎？」上班包貨時，我假裝不經意地問。

「六十幾家吧。」

「蛤？」我臉色呆掉，開手機查我目前拍到的廠商運單照片，才十八張而已。

阿覺繼續拿美工刀拆箱，一臉天真的呆樣。

「你確定嗎？」我壯起膽子再刺探。「我看你目前收到的貨，好像沒那麼多家吧？」

「有些冷門品項，半年、一年才會進一次貨。」

這下糟了。這樣我沒辦法在三個月內從進貨箱上拍到所有資料。

我低頭再包裝了兩箱貨，又問：「老闆那台筆電看起來很酷。你知道他是多久以前買的嗎？」

「嗯……」阿覺停下動作想了想。「好像是兩三年前吧。」

我握起拳頭，暗叫一聲好。

筆電裡一定會有資料，只要我能找到辦法堂而皇之或偷偷摸摸地用夏燦揚的筆電一段時間。

這天結束，我把最後一箱貨放上推車，讓小蒲推去寄件。我負責善後完畢，從貨倉走出來時，大家全部一起轉頭看我。

他們剛才在討論我？

「澍耘。」夏燦揚笑得很開。「我們剛才在說，我們有個傳統，每個月會輪流到一位同事家裡玩。這個月大家想去妳家玩。」

「我家沒什麼好玩的。」我趕緊搖手。「孤身女子在台北市租個小套房，一個無趣的空間罷了，我甚至懷疑你們擠不擠得進我的鳥窩。」

「大家都是啊，但是妳知道嗎，小蒲的爸媽在彰化，外公在雲林，阿覺的外公家門打開就是宜蘭冬山河，派洋的爸媽住陽明山山腳下，爺爺奶奶在台南……」夏燦揚花了幾分鐘，把在場所有人的族譜都如數家珍，居然記得一絲不錯，最後他的目光停到我臉上。「別裝了，妳又不是孫悟空從石頭裡迸出來，妳一定也有住在什麼景點的親人吧？」

「我家人住離這裡不到二十分鐘車程，親戚也都在台北。抱歉沒什麼好玩的。」我現在沒空跟你們建立交情，告訴我該怎麼拿到你的筆電就好。

我想我表達得夠清楚了。大家面面相覷後，作鳥獸散，揹背包的揹背包，穿鞋的穿鞋，開門的開門。我意識到自己成了掃興鬼，默默跟在他們後面，套上向梅堇岩致敬的深藍帆布鞋。

與他們不同的是，我走進了院落，拿起澆花器，摸了摸橙樹。

我好愛這株橙樹。堅挺的枝椏，寧折不彎，有種篳路藍縷的堅毅，花開時又是那樣潔白芬芳，這讓我想起梅堇岩。

「不許澆花。」夏燦揚的聲音在我背後響起。「澆花不是妳的工作，妳拿澆花器幹嘛？」

我愣住了，所以這傢伙有在注意？

「派洋說白天澆花對植物不好，晚上澆他會怕。」我旋開牆角水龍頭，將水灌進澆花器。「我知道他有通靈體質，所以我幫他澆。」

「我會告訴他，現在已經秋天了，秋冬白天澆水好。」夏燦揚奪走澆花器。「去去去，快回家休息。」

「你不會連我這一點微小樂趣都剝奪吧？」我瞪他。

「工作是妳的樂趣？」

「工作是我的責任，澆花是我的樂趣，我不把它當成工作。」

夏燦揚盯著我的臉，像在檢測我是否說謊，片刻後他態度軟化，把澆花器遞回給我。他則躺坐到雙人長椅上，兩手枕在腦後。「這種天氣好舒服啊，終於涼下來了。妳不覺得嗎？」

我正分神苦思怎麼弄到他的筆電，沒空理他。

「妳家裡發生了什麼事？」

「咦？」我頓住了澆花動作，回頭望去。

「我說妳家啊，妳家發生了什麼事？」

他那雙燦亮的大眼瞧著我，比星月都明朗。領教過他的超凡觀察力，我放棄了迴避或撒謊，老實說：「我爸走的時候留下七百萬債務，我要幫他還。」

「妳為什麼要幫他還？」他滿臉疑惑地坐直起來。「民法規定父債不需要子還了，妳不知道嗎？」

「我知道。我是自願要還。」

「噗……」他幾乎噴飯。「妳是哪裡有毛病？」

「我爸是跟親戚朋友借錢，不是跟銀行。」我軒起眉毛。「那些都是親戚朋友存了一輩子的辛苦錢，我不能讓他們就這樣沒了。總得有人負起這個責任。」

「很笨，但是可以理解。」他不甚苟同地扯嘴角。「那妳跟妳媽又怎麼了？」

「你就不能假裝沒注意到嗎？」我氣呼呼拿澆花器甩他一波水。

「抱歉啦。」他擺出一副被水潑得很舒服的樣子。「直覺告訴我，一個孤身又缺錢的女子，寧願租套房也不肯住在只有二十分鐘車程的家裡，一定是跟家人怎麼了。」

「八卦男，你要聽我就告訴你。」我臭著臉色。「自從我爸走了以後，我賺的錢都拿回去給我媽還債。有一天我回家的時候，看到我弟有一台新的重機……沒錯，是我媽用我賺的錢買給他的。」

「重男輕女？」

「你要這麼說也可以。」

「怎麼可以這樣。」他拍了長椅一下，發出鏗鏘巨響。

我瞪大眼嚇到了。他好像是那種朋友被欺負，會比朋友還生氣的人。

「還好我是現在才聽到這個故事，不然妳媽就麻煩大了。」他意識到我的反應，溫和地笑笑。

「會怎樣？」

「她會被我揍。可能用棍子。」

「你在開玩笑吧？」我拋下澆花器。「現在可以停止盤問我的故事了嗎？」

他仍然一派舒服地枕著頭。

「你快走啦。不要破壞我在這裡的好時光。」我出腳撥他的腳。

「喂。妳想鳩占鵲巢啊？」

「這張椅子是我……」

「我知道，這張椅子是妳每天澆完花之後喜歡坐一會的地方，妳會在這裡一個人滑手機看有沒有愛慕的人傳來的訊息，有時候皺眉，有時候傻笑，妳想他想到心慌，但是妳不容許自己浪費時間太久，大約五分鐘後就會揹起包包走人。看妳那腳步，晚上鐵定還有其他的兼差。」

這個男人實在太太太恐怖了。恐怕不出三個月，他就會把我來這裡的目的讀透了。我惱羞成怒，使勁全力朝他的小腿骨踩了下去。

「喂。」他吃痛，扯住我的手臂。

我被他那股大力扯得一屁股坐到他身旁。

「莫名其妙，這張椅子本來就是兩人座。」他把腳蹺得更高。「妳這傢伙才來一兩個月就敢這樣攻擊我，三個月後妳會做出什麼事來？」

這話歪打正著，我沒有答腔。

「喂。不要這樣板著臉嘛。」他用手肘碰碰我。「所以妳是兼什麼差？」

「怎樣，公司有規定不能兼差嗎？」

「不是啦，我是怕妳過勞死。」

「為了還債，我下海當酒店小姐。」

「這太浪費了。」他一臉惋惜地擊掌。「憑妳的姿色，應該去當明星啦、歌手啊，再不濟也是車模嘛。」

「夏先生，請不要太誇張了，你面前的人不是會被甜言蜜語沖昏頭的少女。」講完這句，我憋不住笑了。

他的表情那樣認真，彷彿他是真心這樣認為。要不是我知道他的底細，還真會被他灌迷湯成功。

「我說真的，妳應該很容易找到富商包養啊。」他眉飛色舞的。「只要妳頭髮多放下來一點，多笑一點。妳有沒有聽過，一笑傾人城……」

「越說越離譜，別忘了你有個醋罈子未婚妻。」我指了指他的無名指，咦，他無名指上是空的。

「未婚妻，哈哈哈。」他的笑聲好爽朗，回頭正色說：「這是夏園的人都知道的祕密，既然妳已經成為夏園的人，妳也該知道了。」

「知道什麼？」

「其實，我沒有未婚妻啦。」

「你沒有未婚妻？」我滿臉狐疑。「那每天下班來找你的那個常穿紅衣服的女生，是誰？」

「她是我女朋友。」他講到一半甩甩頭。「不對，是前女友了。」

「不是未婚妻，那你之前戴著戒指是幹嘛？」

「那枚戒指是玻璃的，在玩具店用十塊錢買到的，是我的王牌，超級好用。要不是用這招，像妳這類緊張兮兮的客人哪會肯讓我按啊？」

原來他當時是騙我。上一刻我感到自己怒火沖天，下一刻我就出拳猛擊他胸膛了。

我下意識就這樣做了，沒有想到他是我老闆或是肌肉男，很自然就揍下去了。

我……我怎麼敢這麼大膽？他是老闆吔。

他撫著胸膛好像很痛，一直叫一直叫，眼裡閃現的亮光顯示他只是為了安撫我而已。

「別裝了。」我一臉冷酷。「我向你道歉，但是你也應該向我對不起。」

「對不起啦。」他攬住我的肩，像哥哥疼小妹妹那樣拍了兩下。「反正對妳來說又沒有損失。妳說妳那天有放鬆到嗎？」

我嗤一聲笑了出來，他手臂的熱度熨得我很舒服，並不是很想推開他，可是哎喲他花名遠播……在我思想流轉間，他倒是自己放開了手。

「看來她們說你交過二十幾個女朋友，沒說錯嘛。」我奚落他。

「第三十個了。」他倒是很坦然。

「難怪練就一身失戀也不痛不癢的本事。」

他笑笑聳肩，是默認嗎？瞧他恬不知恥的樣子。他若站在梅菫岩旁邊，一個是天上明月，一個是地下泥汙。

「所以這次是你把人家甩掉嗎？」我問。

他怪起臉色，低頭考慮了半晌，忽然笑了出來。「其實是因為妳。」

「關我什麼事？」我臉孔倒彈。

「之前她想介紹她的閨密來應徵物流員。我一直跟她說，進貨的箱子又多又重，有時候一整批貨會有兩三百公斤，不適合女生來做，好不容易勸得她死心。後來我又告訴她，我任用了一個女生，所以把阿覺調到進貨，讓那個女生可以做比較沒那麼粗重的出貨，她就……」他做了一個爆炸的手勢，然後大笑三聲。

「你還笑得出來？」我揚起眉毛。「你沒試著解釋嗎？」

「我解釋過了。我說在錄取妳之前，我真的沒想到可以把阿覺調到進貨。她說她早就聽說我很花，還說早知道她就聽朋友的勸告不要跟我在一起。」他攤攤手，一臉無奈的樣子。「既然她選擇相信那些，不相信我，我們何苦要在一段已經失去信任的關係裡浪費時間？人生苦短啊。」

我本能地想反駁他，又覺得他說的沒什麼錯。

「澍耘，人生真的苦短。妳不要再去兼差操勞自己的身體。」他語重心長，把話題繞回我身上。「現在年輕還撐得住，老的時候整組壞光光，可沒有精油能救得了妳——妳沒有按時吃橄欖和橡樹吼？」

噢，橄欖和橡樹好像跟第三十九支花精在同一個抽屜裡，從他送給我那天就被收起來了。為了成為梅菫岩王國之下最穩固的領地，我不想休息啊。

忽然我的頸後一股熱流，竟然是被夏燦揚揪住領子，拎了起來。

「你要幹嘛？」我驚嚇地企圖撥開他的手，他卻力大無比，把我丟進店內。

我站立不住，拄手撐住貨物架，面前就是一排巴赫花精試用品。

「嘴巴張開。」夏燦揚兇巴巴的。

見他那副兇神惡煞樣，我張開嘴巴。他拿兩瓶各滴了兩滴花精到我舌下。苦苦辣辣的白蘭地味。

「以後我會每天盯妳吃。」

「你這婆婆媽媽的……夏婆。」我咬牙切齒。

「澍耘，我說真的。」他倒是不以為忤。「我們做療癒的，如果不先把自己照顧好，怎麼能給得出好服務？我照顧那麼多個案，如果我自己的員工累倒，我還能誇口說夏園是幸福企業嗎？我不管妳以前的老闆是怎麼讓妳做牛做馬，一旦到了夏園，妳先把自己照顧好再說。」

這太感人了。原來瘋瘋癲癲的行徑下，是如此溫情的管理哲學。

啪的一聲，他已闔起筆電，關了燈，示意要我一起走，卻沒有要帶走筆電的意思。

我心念一動。「你筆電都留在這裡過夜嗎？」

「對呀。」

「不怕被偷嗎？」

「誰會來偷啊？妳神經病。就算被偷就被偷，又沒關係，再買一台就好了。」

這……這也太樂天了。我該去偷嗎？

我隨他出了店門口。他掏出鑰匙鎖門時，我在他背後清了清喉嚨。

「呃，對了，我來這段時間你們都沒給我鑰匙。我以前的公司都有給我一把鑰匙。」

「妳又不用最早過來開門或最晚回去，要鑰匙幹嘛？」

「這不是基本配備嗎？」

「想幹嘛？」他露出警覺神色。「妳不要想趁我不注意偷跑來加班。」

「我有一次手機忘在公司，沒鑰匙回去拿，結果漏了重要訊息。我不希望再發生這種事。」

「要是又發生那種事，妳call我。三更半夜也可以。」他用大拇指指著自己，好哥兒們的樣子。

我從來不敢想像三更半夜把梅董岩call出來的畫面，可是我應該真的敢call夏燦揚。

我前後踱步窮思怎麼說服他，總算想出一招激將法。

「你該不會想省打鑰匙的錢吧？」我使出最酸溜的表情。「那我只好出去跟人家說，老闆連一支鑰匙都捨不得發給我，唉，這算得上什麼幸福企業呢？」話說完的同時，我的身子又被他往後揪去。

他將橫眉豎目的兇臉靠到我面前。「就算我打一百支，我寧願發給路人，也不會給妳。」

望著他打死怕員工加班的情態，不知怎的，我為這次失敗的嘗試感到好笑。

「妳發神經嗎？」他臉色一愣，鬆開了我。「一下生氣一下笑，吃花精的好轉反應也不是這樣吧。」

「這叫上梁不正下梁歪。」我背過身，隨意揮揮手。「走了，掰。」

「喂。這麼晚了，我載妳去公車站牌。」

我的天，這傢伙連我怎麼回家都觀察到了。

「免了啦。」我連忙朝他擺手。轟的一聲他老兄摩托車已騎到我身旁，把我押上後座，一頂安全帽塞到我手上，摩托車旋即向前駛出。

「你這個……夏婆！」我連忙抓住車後的手把。

「安全帽快戴上吧。」他不痛不癢。

摩托車一溜煙就騎出了巷弄，拐出大街，空氣中的飛塵令我下意識屏住呼吸，不多久站牌就跑到我們後方了，我趕緊叫：「過頭了。」

「我直接載妳回家。」

「你知道我家在哪？」

「履歷表上寫得很清楚。不遠啊，我載妳比較快。」

這很貼心，可是……天哪他是換女友速度比用免洗筷還快的花花公子。我不由自主握拳掐緊鑰匙。萬一他硬要跟進我家，我只能用鑰匙防禦了。

遇到紅燈，他拐進小巷抄捷徑，這讓我更加緊繃。

小巷內像是另一個世界，靜寂安詳，空氣純淨。我讓自己深呼吸一口，不意吸到他身上一股活潑的大地香氣，大約是甜橙、雪松和廣藿香，怎麼會這麼迷人？我頓時錯亂了。能調出這般出色香氣的人，不可能沒有一顆柔軟的心吧？

「你一開始為什麼會想做芳療？」我忍不住問。

「我不是一開始就想做芳療的，我做過的工作多到會把妳嚇死，上山下海混黑道都有。」

「混黑道？」我皺起眉頭。「你可以再誇張一點。」

「不知道是誰當過酒女喔？改天我亮刺青給妳看，就在我背上。妳想現在拉開我的衣服，我也不介意。」他回過頭來，眼眸帶著笑，卻不像是玩笑。

所以他說他會拿棍子揍我媽不是玩笑。我驚悚了起來，身子後拔拉開與他的距離。過了兩條街後，我強迫自己鎮定下來，裝作若無其事地問：「那你又怎麼會跑來做芳療？」

「我從小嗅覺特別敏感。什麼食物到我面前，我先聞，大人買衣服給我，我聞，收到考卷，我也聞。我媽很早就拋棄我了，我爸一直想糾正我這個毛病，把我按到馬桶裡聞大便，那件事算是啟動我叛逆的開關吧。後來就進入了混亂的青少年時期，離家出走，為了養活自己，什麼工都打，一直到有一天朋友介紹我到SPA店打工，我聞到精油，呵……」他充滿感情地嘆息。「徹底被療癒了。」

他說這話時，表情十分真誠。起碼在這一瞬間，在這一件事情上，我感覺他是百分百真誠的。

摩托車停了下來，我家到了。好快。

他伸手為我解下安全帽。我本能想推開他，但是他的表情天真得無懈可擊，我如果推出去，倒顯得自己反應過度。

我驀然有些生氣，我怎麼可以被他的體貼所挾制？明明知道他是個爛人啊。

「我還記得，那支精油是真正薰衣草。」他對我眨眨眼。「初學者入門會買的第一支精油，就這樣療癒了我，所以我想，精油一定可以療癒很多像我這樣的人。」

望著他的眸子，我的心猛地快了一拍。那雙眼既像通透世情的百歲人瑞，無比智慧，又像拍著彩色氣球玩耍的孩子，無比童真。

我的判斷力是哪裡出了問題？

「妳呢？」

過了好一會我才意識到他在問我。

「我問妳是怎麼會來做芳療？」

「因為……一個男人。他的精神，讓我想要追隨。」也不知為什麼，就這樣溜出口了。連鳳勳她們都不知道的。

「喔，我感覺到了。就是那個讓妳每天在橙樹旁滑手機神魂顛倒的男人吧？哈哈哈。」他仰天大笑，跨上摩托車。「項澍耘，什麼時候，妳會學會為了自己？」

「什麼意思？」

他笑而不答，飆出摩托車，邊回頭喊：「小蒲家就離妳兩條街而已。派洋跟妳同一區。有空多跟大家出來玩一玩。睡前記得用橡樹和橄欖啊。」

一小時後，我再度出現在夏園，帶著一位鎖匠。

我不知道自己為什麼要那麼急，總覺得此事要快刀斬亂麻才好，否則我越認識夏燦揚，就會越被他迷惑。

鎖匠大功告成，我將鈔票遞出，就衝去打開夏燦揚的筆電。

他的電腦是休眠狀態，螢幕掀開就開機了，居然沒有設密碼？好像歡迎每個人玩他的電腦似的，資料就這樣赤裸裸攤在我眼前。

他會有一個廠商專用資料夾吧？我打開文件夾，做地毯式搜索，沒有。只找到零散的訂單、幾則徵人啟事與一些芳療相關投影片。

打開圖片資料夾，我被他的照片量驚到了。此人愛好旅遊，百無禁忌，登山潛水、跳水三鐵、沙漠冰川、高原縱谷，好像世界每個角落都有他的足跡。有一張他從瀑布跳到河裡的照片，好瘋狂——不對，不只一張，好幾張。每張照片中他都笑得那樣歡暢淋漓，好像人間沒有苦難，世界沒有饑荒。

他果然有許多合照，男男女女都有。大多數看起來像朋友，有些女孩出現得比較頻繁，頭會靠在他胸膛上，應該是女朋友。我無法確定他的交友品味，好像美到冒泡的美國妞到平凡路人都有。唯一確定的是，每張照片中，他笑得都那樣豪放。

旁邊是音樂資料夾，從古典、流行到爵士都有。他是個喜歡嘗試的聽眾，但是這訊息對我沒用。

對了，信件匣，我該檢查他的信件匣。

他的信件多爆了。我瞧瞧……他的人緣好好啊，跟朋友之間的通信多如繁星，彼此會講心事、打嘴砲，有時朋友有難，他會主動為朋友諮商起來，看來我叫他「夏婆」是名副其實。另有不少信來自他的個案，客服把信轉給他，他也認真回覆，個案看見是他本人回覆，簡直樂瘋了，纏個不休，他竟能不失耐心。

這傻孩子，他都是老闆了，幹嘛親自回這種信？丟給客服回就好了啊。他大概是還沒吃到苦頭吧。梅堇岩就深受被梅粉纏住所苦，他很清楚這不是他該貢獻時間的地方，我們都很小心把他跟梅粉隔離起來，絕不讓老闆的聯絡資訊外流。

我懂了。夏燦揚一定是靠這招騙女生上手。

不過我並沒有在信件匣裡找到他與個案調情的文字，反而發現一些英文信。對，就是跟廠商的往來信。夏婆的英文零零落落，跟梅堇岩那種標準正式的長句型差很多，不過看似應付得來。訂貨可能不需要太高段的英文，訂單記得夾檔過去就好了。

看到這裡我背上起了一陣汗。

夏燦揚不會就只把廠商資料零散地存在信件匣裡吧？這麼多廠商，就算都存在信件匣裡，我要偷資料仍像大海撈針。

沒辦法了，我先按時間，近期的資料先查，把廠商的郵件和簽名檔逐一存起來。他的信太氾濫了，一個一個檢索很花時間，存到十幾個的時候我已兩眼昏花，二十幾個的時候天已大亮，後面應該還有不少，但是已經快要有人來開門了，不能再逗留，我把資料用隨身碟傳出，蓋上螢幕，確認一切恢復原狀。

我離開時，心口陡地跳了一下，糟糕，我沒鑰匙可以鎖門。當時只想到如何開門，沒想到如何鎖門，可是也沒辦法了。快快快，不能被抓包，我頭也不回地走了。

11

算是隔天了，對我來說卻是延續前一天的漫長。偷完資料後我回家一趟，馬不停蹄整理廠商資料想寄給梅堇岩，完全沒有睡。沒想到這次蒐集到的資料與先前從包裹拍照取得的資料一比對，大半是重複的，因此斬獲微小，急死我了，可是總不可能每天深夜都請鎖匠來開門吧？我一定得另闢蹊徑下手，想到我腦袋都快炸了。

我拉開膠帶包貨，前方出現一道高影，是夏燦揚站在我面前。我的工作並不是他會關心的主題，事情有些不對。我盡可能不顯露慌張，平靜地抬頭瞧他。

他要開口前，見到我的臉，先愣了一愣。「妳昨晚幾點睡？」

我趕緊伸手遮黑眼圈，他搶先拉下我手腕。「澍耘……」他這一聲極失望，也極關切，令我有些歉疚了。

阿覺在我背後吃吃笑著。

夏燦揚瞪眼道：「笑什麼？等一下換你。」

阿覺縮脖子，自己先乖乖滴了花精到水杯中。看來夏燦揚也有規定他吃花精。

夏燦揚回頭過來怒視我。「我們這週末決定去台中小蓮的外公家，妳這樣哪有力氣玩？」

「店不用開嗎？」我問。

「玩樂皇帝大。店關個兩天沒事啦。妳這週末前給我好好養足精神。」

「我可以留下來顧店。」你們快去玩，鑰匙留給我，我就可以肆無忌憚地用你的筆電啦。

「妳有沒有給人家看過命盤，妳知道妳命中缺什麼嗎？」

「缺金？」

「妳命中缺玩。」他煞有其事地嘆息。

「切！」我說：「反正我想留下來顧店啦。辦旅遊的時候有人幫忙開店，你這當老闆的應該開心才是。出發前鑰匙記得給我。」

「想得美。」他推了一下我的額頭。「說真的，妳去不去？」

「不去。」

夏燦揚毫不掩飾他的挫折。他盯著我的眼，確認我的意願堅定如山，便頹然離開，半途卻折回來說：「對了，妳昨晚有沒有看到我鎖門？」

「啊？」我裝出一臉呆滯樣，現在很累，裝呆毫不費力。「我不記得吔。」

「裝監視器。」一個不男不女的聲音傳來。

我不禁回頭找尋那聲音的主人。好半晌我才弄清楚，是小蒲。

我到夏園快兩個月了，今日才聽見小蒲的聲音。又低又冷，像黃小琥那種聲線，一開口就石破天驚。她講完之後，臉板了回去，完全看不出曾經開過口。

阿覺在旁邊像猴子一樣跳躍。「老闆老闆，對對對，我們上次不是才建議過你，店裡貨越來越多，要裝監視器。可是裝監視器要花錢，不知道划不划得來，不裝又覺得好危險，好猶豫喔。澍耘澍耘，妳覺得呢？」

夏燦揚一掌巴到阿覺頭上。「跟你講過多少次，叫我夏哥就好。」

這一剎那我看見了夏燦揚跟梅堇岩山海般的不同。他不自居老闆，他沒有距離，是要有這樣的胸懷，才能容忍我一再叫他夏婆吧？

阿覺揉著頭叫痛，兀自用手拍我。「澍耘澍耘，妳覺得呢？」

「當然不用裝啊。」我裝出一臉忠心又為公司著想的樣子。「監視費很貴吔。台北市的治安沒有那麼差。精油又不是小偷偷走之後很好變賣的東西，沒什麼好偷的。」

「妳以前的公司有裝嗎？」夏燦揚問我。

「有，很不划算。我以前的老闆很後悔。」

沁芳園每一間分店都有裝監視器。划不划算我不知道，後悔也是假的，我只知道不能讓夏園裝起來，起碼這週末前不能。

此時，小蓮一臉恍神地走了過來。「夏哥，我們的庫存又出錯了，已經是這個月第三次了，我搞不懂是我弄錯還是有被偷，怎麼辦？裝監視器，至少可以確定是不是被偷啦。」

夏燦揚沒有思索太久，神情一下子就轉為決斷。「好，我馬上去找廠商。」他轉身就走出了店。

「等一下。」我追出去攔住他。「小蓮弄不清楚庫存，我可以幫忙她。給我一個禮拜的時間，我可以抓出庫存問題出在哪。不需要這麼急著決定裝監視器。」我不是會捅同事的人，頂多說到這份上。

「就憑妳這黑眼圈的女人？」

「不是，我是覺得她……用裝監視器來確認庫存錯誤出在哪，成本太高。」

「妳以為我不知道？」

我愣住了。

「小蓮的工作情形我比妳還清楚，是我選擇要讓她留下來。她家裡有個中風的爸爸，她跟妳一樣需要負擔起家計。夏園的營收還寬裕，既然我有這個能力幫她，我就願意為她做，就當作是朋友對朋友的付出。她經常弄錯東西沒有錯，可是她很有親和力，她真心喜歡精油，她很願意幫忙每一位客人，我願意看見的是她的這些好處，就像我願意看見妳的好處。但是我同樣不希望妳來幫小蓮這個忙，因為妳會把自己弄得更累，讓我更生氣。」

世上有哪個老闆會這樣想呢？我實在出乎意料。

如果他不是夏園的老闆，我會擊掌讚他說得好；如果他是鳳勳或松菱，我會給他一個大大的擁抱。只是沒有想到，說這番話的，會是我正磨刀霍霍的夏園老闆。

「但是，裝監視器……」我出口之後方覺口氣微弱。

「妳真的不記得昨天我有沒有鎖門嗎？」他的神色越來越狐疑。「我分明記得我有鎖，妳的記憶力沒有那麼差吧？」

噢喔，我差點忘了我面對的不是普通的男人，是全世界觀察力最強的恐怖的男人。我如果再勸說不裝監視器，他一定嗅得出異常。

「事實上是，我太無聊了。」我重重攤手。「現在的工作對我來說已經太簡單，我想找別的事情做。本來想分攤小蓮的工作啦。」

「不知道是誰說過物流工作是最好的休息，眨眼間就不想休息啦？」他嗤之以鼻。「想增加工作？等妳黑眼圈消掉再說。」

他再次舉步要走，我竄到他面前張臂擋住。「我最近休息的份已經達到往年的一年份了，如果你不給我其他工作，我會無聊而死。就算不是小蓮的工作，夏園還有一整個宇宙的工作能讓我發揮。」

夏燦揚翻白眼要走。我將他的肩膀扳回來。「目前你外聘的講師雖然有七位，課排得還很鬆，週末上午和平日白天都空著，那些都是可以運用的時間。我一個人能講十幾堂不同的芳療講座，你讓我講，我可以帶進更多人潮來消費。你知道你手上有我這員虎將，為什麼不肯把我放出來？」

他正想答腔，我搶白道：「你要我為自己，那你呢？你為什麼不肯為自己動用一張可以讓你更上層樓的王牌？」

他還想說話，我怒拍了一下他的肩膀。「不用說了。如果你連這都不願意為自己做，我想你也不是值得我效力的人了。膽小鬼。」話一說完，我轉身就走。

「欸。」他急切扳住我肩頭，臉色是既怒又覺得好笑。

我也想笑……不行，得繼續假裝生氣，不然就不靈了。「欸什麼欸，被我一罵就忘記我的名字了嗎？」

他笑了出來，隨即恢復了怒容。「妳一天是有幾個小時？出貨就已經是全職工作了，妳哪有時間？」

「出貨我平均六小時就能做完，一天可以騰兩小時來講課。」

「我告訴過妳，錄取妳的條件是妳不許讓自己太累，妳，沒，有，做，到。」

「我並沒有太累，是你一廂情願覺得我太累。」說完我哼一聲就要走。

他氣得想捉住我的後領，經過昨天的經驗我已經學會側身躲過那一招。他見狀微愣，突然更猛烈地張臂，我喉頭立刻被他的手肘勒住。

我後腦靠到他堅實的胸肌，聞到一股岩蘭草為基底的香氣，靠得太近了。我大急，想扳開他手臂，一碰到他那粗得不像樣的臂肌，就知道是癡心妄想。

「開課之前，我要與妳約法三章。」他在我耳邊咬牙。

他口鼻噴出的熱氣，呼得我頸側酥癢，險些就要軟倒。我忍住不讓自己示弱，狠狠地說：「你放馬過來。」

「妳現在回家睡一頓好覺。工作我會請阿覺幫妳代班。」

「求之不得。」

「每天乖乖用花精，不需要我盯。」

「這有何難？」

「不准出現黑眼圈。只要一被我看到妳有黑眼圈，妳就永久失去開課的權利。」他加重鎖喉的力道。「妳聽清楚了，永久失去。」

「好啦。一言為定。」

我一應允，頸脖的挾制就鬆開了。

我迅速整理頭髮，穩定自己紊亂的呼吸。

他的臉也有點發紅，瞄向我的頸子，似乎想確認我的頸子是否無恙。

我有種感覺，他不是生氣，而是發自關心。他是對我這個不珍重自己又不聽話的下屬沒轍，才裝出一副生氣樣。我大可對他再得寸進尺一點……

「現在換我提一個條件。」我說。

「妳提？……靠，妳比我想像的還膽大包天。」

「我以前做的投影片給我以前的公司了，需要花不少時間重做，我的電腦又剛好壞了，你可以借我嗎？」我用最諂媚的笑容迎向他。「不需要買新的，你那台筆電沒在用的時候借我用一下下就好了。」

12

急驚鳳

鳳勳，妳還在生氣嗎？

哼

松菱還是不記得我嗎？

誰想記得妳

別氣嘛，我知道妳還是愛我的

少噁了，有屁快放

我就知道，妳其實很急著想聽吼？
我是要跟妳講件怪事
今天我現在的老闆放我一天睡覺假
我就去搭火車想到台中找妳

來找我幹嘛不先說？

我怕妳還在生氣，想去給妳驚喜咩
接下來就發生怪事
我上火車就睡著了
睡前有調手機鬧鐘，還叫隔壁太太在台中叫醒我
可是等我醒來時，已到彰化！

急驚鳳

鬧鐘沒響，太太也不見了
我趕緊換車回台中，一路都沒睡
接下來的事妳一定覺得我在吹牛，我也不敢相信
台中站完全沒出現
我發誓我沒錯過一個站
我很仔細聽到站廣播，也每次都探頭看
確定台中站就這樣消失了
這會是鬼打牆嗎？

一定是第三十九支花精的魔力！

嗯
我也有這種感覺

那怎辦？我們永遠見不了面嗎？
我現在請假去台北找妳

等下
我現在的同事找我這週末去台中玩
我原本沒要去，現在想說可藉這機會再試一次
到時我會找藉口脫隊，溜去找妳

好！
見不到妳，老娘不甘願

:)

13

但是我不知道見到鳳勳和松菱之後，能夠向她們傾訴什麼。

我不能告訴她們我現在的老闆是夏燦揚，更不能說我是去偷資料。我到夏園一事是列為天字第一號大機密，幸好我在夏園是物流員，不會與客人照面，但是現在我既然自請兼任講師，與客人照面的機率百倍增長，假如遇到沁芳園的熟客，被認出來就完蛋。

我不能跟鳳勳或任何人說這些。只能跟梅堇岩，只有他。

這次我跟梅堇岩不是約在檸檬樹。他這天去南部分店巡察，剛下飛機，趕不及回到市中心，就跟我約在松山機場。

儘管風塵僕僕，他那卓然不群的氣質仍清晰可辨。俊逸的白色大領風衣，在川流不息的旅人中如蘭花挺立。

等一下，我一定要記得叫他堇岩。

現在先練習：堇岩、堇岩、堇岩。

他看見我了，筆直地走向我。我心中的練習頓時亂了，眼神不知該往哪裡放，手腳也不知該往哪裡擺。

「澍耘。」他站到我面前了。

「呵呵。」我點頭傻笑，這樣應該可以模糊帶過吧？

「要我再示範一次嗎？」他眼神盯住我。

「堇岩？」我發出貓般的細聲。

他嘆了口氣。

我重新清嗓，換上一副軍人口吻。「堇岩。」

他總算點了點頭，用下巴示意行走的方向。

或許他認為直接搭上捷運，遇見熟人的風險不能冒，他領我往人潮稀少的方向走。我們信步到河濱公園時，我剛說完自請兼任講師的事。

「妳這個舉動風險很高。」梅堇岩眉間略帶憂色。「妳答應我，動作要快，一蒐集完，馬上脫身，好嗎？」

我正想解釋，他倒是笑了。

「但是這個方法很聰明。既膽大，又聰明。」他轉而正色。「問題是，妳可能會讓我折損一員大將，以後不准再這樣了，好嗎？」

這夜或許是因河濱公園的氤氳水氣與青草香氣，還是因他直白的讚許，我飄飄然，對他回眸一笑。「折損我，你會捨不得嗎？」

他搖搖頭，眼角帶著一朵淡淡的笑。

我不知道他搖頭是受不了我的玩笑，還是表示他不會捨不得。總之，我腳步輕盈搶在他前面，幾乎是蹦蹦跳跳。

眼前就是基隆河了。天上是飛機的喧囂。一彎銀白色冷月映照在河面，微風蕩漾了河上月影，讓人眼花撩亂。

我的袖子忽然一動，是他扯我袖子要我坐下。我們心意相同，不選公園長凳，在草地上席地而坐。既然棲身芳療圈，親近大自然的渴望是彼此相通。

「妳看看。」他把一本筆記本遞到我的膝上。

是他的筆記本，記錄著許多精油與花精的複合配方，我越看越驚奇。

梅堇岩頗有文史素養，他創作的複方命名都有典故，從女媧到黛玉，從北歐女武神到印度溼婆神，成分精準度可比故宮的翠玉白菜，渾然天成，鬼斧神工。這一刻我看見了，看見梅堇岩即將再起，在芳療界呼風喚雨，只是……不對呀，他向來反對推複方。

「妳會覺得我走投無路了嗎？」他問。

「不……不會。」我將筆記本抱在胸口。「這些配方，我很喜歡。」

「妳記得我叮嚀過的話嗎？」

「記得，你說每種精油或花精都有獨特的屬性，我們應該聚焦在教育大眾認識每一種的性質，讓他們有為自己量身訂做的能力。複方是給外行人的，一支複方不可能適合每一個人，萬一剛好給不適合的人買到，他用了覺得沒效，就會對芳療失去信心。尤其是招財、招桃花那類的產品，最譁眾取寵，沁芳園絕對不會推。」

「妳幾乎把我的話背下來了。」他伸手索回筆記本。「我這幾天一直在想，要不要把這一本燒掉。」

「這是寶書，不要燒掉。」我將筆記本抱得更緊。

「它記載著我的墮落。」

「它記載著你的超凡。」

「我不能推出這種產品。推出了就是自打嘴巴，要怎麼跟大家交代？」

「複方在夏園賣得很好。我出的每一批貨幾乎都有複方，有些客人還專買複方。」

「就是因為這樣，我們更需要堅持。」他嘆了口氣。「一言既出，駟馬難追。這幾天我一直在找一個理由，一個能說服我自己的理由，最後確定我不能再騙自己了。讓妳去夏園，我已經睡不著了。我不想再增加一個讓我良心不安的錯誤。」

他抽回筆記本，撕成兩半。

「欸。」我撲上去搶奪。「不要撕啦，送我。」

我的搶勢太猛，他被驚得手一鬆，筆記本隨即回到我手上。「這本以後可以放到博物館。」我把筆記本塞進包包裡。

他原本還要說什麼，手機正好響起了。他比了個暫停手勢，接聽起來，不知道哪個店長跟他報告一樁有點離譜的房屋漏水問題，一大批貨被損壞了，房東不願賠。他蹙起眉頭，但是仍然以穩到不能再穩的口吻指示對方處理方式。

他才剛掛掉這通，手機又響了，是今天有一批花精進貨在海關被認定為健康食品，需課以重稅。電話那頭的聲音歇斯底里，梅堇岩泰然以對，說他明天會去跟海關交涉。

就這樣，接連來了五六通電話。

電話好不容易止息之後，換手機訊息過來，掙扎了片刻他還是瞥向螢幕，而後舉起手機對我示意他必須處理。

我靜靜在旁邊等，等了三十分鐘，還是四十分鐘吧。看他表演手機秀，越看越神奇。無論再離譜的事，他都能指揮若定，口吻一貫淡定，世界就在他腳下。

「抱歉，讓妳等這麼久。」他終於掛掉手機，全心全意看我了。

「我不急啊。」我抱著膝，迎向河面吹來的冷風。「都在你手下工作這麼久了，我哪會不知道啊，梅大神屬於這個世界，不屬於任何人。我就等呀，我的部分要比你的部分簡單多了。」

「妳不要那麼有耐心，我還好受一點。」他瞥瞥手錶。「這麼晚了，我們還是早點回家吧。那本筆記本，妳留作紀念。」

「嗯。」

話雖這麼說，我們沒有人先起身。兩人都將下巴偎在膝蓋上。

風雖然涼，但不凍人。飛機聲雖然大，但不嘈雜。青草雖不如花香，但也宜人。就是水面映照的月牙紛紛亂，我視線不知該往哪裡擺，一轉頭，無意與他目光相交。

他的髮絲被風吹得微亂，面容仍舊溫雅清透，對我微微一笑。

「一直覺得老闆你很了不起。」我回以微笑。「遇到什麼鳥事都能那麼沉穩。真正看過你從仙人變成凡人，只有夏園這件事。」

他沉默了很久，久到我以為我說錯話了。良久他才回應，嗓子卻啞了：「妳們看到的是我的外表。那是我刻意讓妳們看見的。只是因為……我要帶領一個公司，我要求自己必須表現得胸有成竹，做出一個領導者的樣子。這並不代表，我沒有徬徨，我沒有迷惘，或我沒有情緒……但是，那些我都不能講。」

剝除了面具，他好孤單。我一時不知如何答腔。

「那天妳看見我摔東西，是個意外。事後我很生氣，我氣自己不該在員工面前失態。每次我只要沒達到對自己的要求，都會很氣自己。那天我算是氣到了一個極點，但是，澍耘……」他深深望進我眼底，令我產生被告白的錯覺。「現在我才明白，那天是一個美好的禮物，因為這世界上終於有一個人看見過真實的我。在妳面前，我不需要再假裝了，這感覺原來是這麼輕鬆。」

「你原本就不需要在我面前假裝。」我不由自主將手按上他的上臂。「你這樣，不累嗎？」

「習慣，就沒有感覺了。」他沒有退開。

「把胸甲卸下吧，夏婆……」說到這裡我自己嚇得縮了手，天哪，我怎能拿夏婆與他相比？

「夏婆？」他也疑惑了。

「那是我幫夏燦揚取的綽號啦。」我臉孔泛熱。「他太關心員工，婆婆媽媽的。」

「妳打聽過他的名聲了嗎？」

「有，只是……我不太確定你要我小心的是哪一方面。」我半裝傻。「是他混過幫派有刺青那件事嗎？」

「這只是其中一件。」他微微笑。「妳夠聰明，妳懂的。」

我心頭隱約火起。你為什麼就是不直說你不想我被夏燦揚欺騙感情？如果你確實有一點點在乎我，有一點點想要保護我，你就直說，不能嗎？

「我不懂。」我口氣有點差。「夏燦揚其實是個很好的老闆。你沒發現我黑眼圈不見了嗎？因為他很注重每個員工的健康快樂，他非常細膩、非常體貼，有一次他還載我回家……」

「妳欣賞他嗎？」他打斷了我。

「你說什麼？」

「妳幫他取綽號，又一直稱讚他，妳欣賞他嗎？」

這個問題像迎面的巴掌一樣激怒了我。我聽見自己的音量拔得好高。「你說這什麼話？你覺得我會欣賞那種人嗎？我在沁芳園這麼久，你以為我會被他拐跑嗎？你難道不明白我的心裡只有……只有沁芳園，只有沁芳園，你沒看見我頭上寫沁芳園三個大字嗎？」

我的臉頰鐵定漲很紅。我……我……應該是在他面前失態了吧？真糟。

我懊惱地鼓起臉頰。

他先是驚愕地聽我發洩，見到我的表情後，終於掩不住笑。「我想說我很抱歉，可是，抱歉，我很高興，現在我們一人失態一次了，對吧？」

「我是生氣你……你事情不交代清楚，對我打啞謎。」我最多只能說到這裡。

「我是驚訝妳拿他跟我比。」他坦然的面目是我從來沒見過的。見到我的駭異，他斂容微笑。「好，既然妳生氣我打啞謎，我們能不能試著都不偽裝了，妳不要把我當老闆，我不要把妳當員工，好嗎？」

「怎麼可能都不偽裝？」我怎麼可能告訴你我愛你？

「至少試一試，好嗎？」他沉默片刻，嗓音轉得極輕極緩。「妳該知道，這對我來說，是多麼不容易。」

「好吧，我可以不偽裝九成，保留一成。你呢？」

他經過一番深思，說：「我可以不偽裝七成。」

「拜託，你可以做得更好。」我對著河面大笑。「那你從前是怎樣，不偽裝三成，偽裝七成嗎？」

他伸手指舉了個一。

「什麼？不偽裝一成，九成都是裝的？」我做出暈倒的樣子。「我可以巴你的頭嗎？」

他低低地笑，我也笑得捧腹。之後我們同時側頭想靠近對方說話，不料兩人的臉撞在一起。

我摸上側臉，濕濕溼溼的，不知道是不是被他的嘴唇碰到。我頓時臉如火燒，超尷尬。不行，不要再摸臉了，不要看他，就假裝這只是再尋常不過的碰撞。

我沉默過久，終於逼得他不得不先圓場。

「起碼現在我知道妳自己調精油洗髮精。」

這很幽默。

我調了什麼？我拉過一撮頭髮聞，要命，是依蘭。當時加到洗髮精裡是為了護髮，可是依蘭更出名的功效是催情，梅堇岩的神鼻不可能聞不出來，他不會以為我有什麼企圖吧？

「我……我調的……這不是……」我的手反覆在臉旁揮呀揮的，想要幫助自己澄清。

「澍耘，妳不用緊張。」他將我的手按了下去。「如果是今天之前，我會假裝沒聞到，可是現在，我願意試著告訴妳，妳調得很好。護髮精油，我一點都沒有覺得妳選得不恰當。」

我感動得鼻子一酸。他再次送我一個完美的下台階。

「只是，妳不需要。」

「咦？」

「澍耘，妳不需要啊。」他眸光帶笑，看進我的眼。

這是梅式讚美啊。他是在說我不需要護髮，甚至更進一步說我不需要如此媚惑的香氣？我的心長翅膀飛了起來，只顧著傻笑。

他也笑得不遮掩，但沒過多久，他的笑容漸漸斂起。「妳在夏園更是不能用這種香味。」

「你是怕我被他騙？」我膽大起來了。

「我是擔心妳被他騙沒錯。我聽說他在感情方面聲名狼藉。」

他終於承認了。

頭一次確定他對我的保護，我無法形容我的歡喜。

他也朝著我笑，忽然想到什麼似的說：「其實妳不太像天秤座。」

「蛤？你知道我的星座？」

「十月一號不是天秤座嗎？」他笑著反問：「但是因為妳有好幾顆其他的星是落在土象，所以妳其實比較像土象星座。」

「你看過我的星盤？」我不敢相信我的耳朵。這已經比他記得我的生日還更離奇，就像金正恩突然高喊民主萬歲。

「我不會看，我只是認識一位老師，電視上的占星王子歐任東，知道嗎？」

「你，特地去找占星王子歐任東，幫我排星盤？」我感覺天翻地覆。

他像是哽住了，輕咳了兩聲才答道：「企業主透過星盤了解員工的特性，相信我不會是第一個。我也不是只排妳的，我排了……好幾個人。」

他說到後來眼神飄移。我沒看錯，他是在迴避。若是從前，我絕對不敢再問，但是今天不同了，今天就是我的黃金機會。

「我已經為你工作三年多了，你為什麼現在還需要了解我的特性？」我溫柔但堅定地盯著他。「星盤需要出生時間才能排，我沒有告訴過你我的生時，你唯一有可能取得我的資料，是我們半年前開的芳香占星學課，大家有好玩互相排一下星盤，你一定是特別去調出那時候的資料吧？為什麼需要這麼大費周章？」我停頓片刻，加重語氣，「我們剛剛不是說好，不再偽裝了嗎？」

他的臉色一僵。「妳說得對。我是專程去找歐任東幫妳排星盤……就妳一個。」

「為什麼？」

「因為……」這個問題似乎把他難倒了，他想了半天才說：「妳願意幫忙去夏園，我卻發覺我……還很不了解妳。」

我在腦中歡聲雷動。他想要更了解我。

梅大神承認他想要更了解我。

我好像奮鬥了一輩子終於登上月球，萬分感動地注視眼前這座瑰寶，心跳砰砰在耳膜鼓盪。

他也正面回視我，眼神先是矜持，而後坦誠，後來漸漸赤裸，那已經不只是上司對下屬，老師對學生，或朋友對朋友的眼神了，那是……我不知道。我只感覺到我倆視線交纏過久，太久了，已經踰越正常的交換。他也意識到了，像是剪斷臍帶一樣他忙撤了回去，我也把眼神投回紛亂的河面。

等他重新與我相對，已經換回一副理智的神情。

「歐任東說妳是值得我合作的對象。」

我心頭像澆了一桶冰水。

是啊。他想了解我，不是為了對我好，只是想確認我值不值得託付重任。這才是梅大神會做的考量啊。我剛才怎麼那麼一廂情願？

可是，他剛才的眼神明明……

「就這樣？」我追問。

「就這樣。」

我眼神流轉。「也許我某天會去找歐任東算命，到時候我可是會問他的喔。」

「我建議妳不要。」他神情淡漠地望著河面。「他那個人，對以前發生過的事情記憶太好，又口無遮攔，不知道什麼叫作為個案盡保密義務。」

「那你怎麼還會去找他？」

「因為我夠小心。」他只說到這裡。

他的意思我不完全懂，但是我起碼明白，他不希望我再追問了。

我低頭撕扯地上的青草。其實河面吹來的風很寒冷，只是我先前的滿腔熱情讓自己以為不冷而已，現在開始感到難受了。

我們倆都陷入沉默，但也沒人提議散會，就這樣吹著冷風。不知過了多久，我的肩上忽然多了件軟物，是梅堇岩把他的外套披到我肩上。那一瞬間我好憤怒，本能反應把外套撥開——非常大力，連我自己都被嚇到了——但是我好氣他這樣。他怎麼能為我披外套？那上面還有他的體溫呢！他為什麼不能像以前那樣做個高高在上的梅大神，與我拉開一個太平洋的距離？他現在對我越好，就越讓我管不住自己的心啊。

「妳怎麼了？」他撤回外套。

「老闆，對不起，我只是……有點被你嚇到。」我並不看他，逕自收拾背包。「我想我該走了。」

「澍耘，我不是自由的人。」他忽然說。

「嗯？」我不由自主停下動作。

「妳不是希望我不要偽裝了嗎？」他下了決心似的。「我現在就可以告訴妳，我是在什麼處境。」

我怔住了。為什麼他的眼色突然變得那麼決絕。

「妳有沒有聽說過，我是怎麼得到創業的那筆資金？」

「沒有。」我搖頭。「我只知道你家好像很有錢，不是你爸給你的嗎？」

他將視線投回河面，好像得讓自己疏離，才說得出背後緣由。「要說有錢是沒錯，但是錢不是我爸給我的。我家是醫生世家，我上醫學院是為了順我爸的期望，不然我本來想讀文史哲的，到醫院實習那一年我才決定聽從自己的心意，走向芳療。我爸氣得斷我金援，是我女友的爸爸給了我創業的資金。」

「那不是很好嗎？」我隱約察覺到他故事的走向，聽起來很不妙。

「我女友家骨子裡是希望我去幫忙他們的紡織企業，是我心意太堅定，他們才勉強拿錢資助我，但是與我約法三章，一旦我事業不成功，就必須去紡織公司幫忙。口頭承諾不夠，他們真的跟我簽了個紙本契約。那一刻起，我就知道，我將自己賣給了他們家。」

「天哪。」

「所以我不能夠失敗，不管是去當醫生還是去紡織公司，我都會失去靈魂，我前半生的奮戰都會成為一場空。」他的眸光慘慘淡淡投向我。「我也不能夠辜負我女友，受人點滴之恩，如果恩將仇報，我這一生都不會原諒我自己。澍耘，妳懂嗎？」

我不懂。

我那一成隱藏得那麼好，他不可能會發現，可是他話中怎麼好像想告訴我言外之意，聽起來是在拒絕我。

彷彿要確認我理解，他一個字一個字強調，「我動都不能動。」

我的笑容回不來了。

「我這一生不適合婚姻。」他還不放過。「妻子、孩子那些，不是我想追求的第一順位，大概連前五都排不上。妳剛才形容得很正確，我屬於這個廣闊的世界，不屬於任何人。如果當年我早認清這一點，我不會接受那筆資助，現在既然已經接受了，我就……絕不能辜負她。絕不能辜負她。」他最後像是自言自語。

我懂了。他的意思是他不但後悔當年接受女友家的資助，連全世界的女人他都不想追求，所以我不要對他癡心妄想了？

這太難堪了。

「你當然不能辜負她。」我近乎歇斯底里地站起來打斷他。「如果辜負她了，你還是人嗎？雍正如果不奪嫡，就不會有雍正盛世。梅堇岩如果不接受那筆錢，就不會有沁芳園。吃了蛋糕說不要變胖，天下哪有這麼好的事？一旦吃了，就要接受後果，不管好的壞的。」說完我抱胸離去，片刻後才發現自己像無頭蒼蠅在草地上亂走，趕緊辨清機場方向走去。

都怪我自己，我讓自己愛上一個有同居女友的大人物，又讓自己冒著失去一切的風險為他去竊資，一切都是咎由自取，我罵他的每一句話都可以用來罵我自己……啊我包包沒有拿，救命，災難。

不得已，我折返草地。

梅堇岩長身玉立，站在原地望著我。

我繃著臉，彎身撈了包包就要走，手臂一涼，是被他拉住了。

他張口像是想說什麼，最後只是輕道：「妳說得對。」他鬆開我的手臂，沒有再挽留。

我扭頭挺胸，企圖保留最大的尊嚴離開。一直到脫離他的視線後，我才不由得撫上手臂。

被他握過的那截手臂，一吋一吋地凍上來，我怎麼搓，怎麼揉，都無能為力。

14

我哭不出來。

我以為我會大哭，可是我哭不出來。回家把許願花精從抽屜撈出來，一想到這是梅堇岩送我的，又肝腸寸斷把它塞回去。

本來想讓自己埋在更巨量的工作中，可是一打開電腦想到這是梅堇岩給我的工作，就觸景傷情，況且隨之而來的黑眼圈會讓夏燦揚再也不許讓我碰出貨以外的工作，最後我只好打電話給鳳勳。

「如果大神去找歐任東幫一個人排星盤，他肯定非常重視那個人，對不對？」我劈頭說。

我以為鳳勳這八卦王應該能給我肯定的答案。可是她安靜了好幾秒，才爆出：「妳不是他肚子裡的蛔蟲嗎？問妳最清楚，問我幹嘛？」

我呆住了。

是啊，鳳勳是給了我確切的答案——我的確是最懂梅堇岩的人啊。

可是他為什麼要那樣，像是給了我希望，瞬間將我推進水深火熱？我覺得我是他手中的扇子，他的手往哪裡擺，我就身不由己往哪裡撲。這一次，終於撲到死路上。

掛下電話，我臥倒在床，狠狠躺到隔天中午，才被樓下的汽車喇叭聲吵醒。我用枕頭埋住頭，手機竟也響起了。

「澍耘，妳怎麼沒出現？」是夏燦揚。「今天要去小蓮的外公家，限妳三分鐘內出來，不然我們就進去把妳架出來。」

我拉開窗簾，樓下停著一台九人座，夏燦揚手機按在耳邊對我招手，小蓮、小蒲、阿覺等也探了出頭。

我徹底忘了這件事。三分鐘內若沒下去，夏婆那瘋子恐怕真的會衝上來架我。

我胡亂塞了一把衣物到行李箱裡，衝到樓下時我想必是一臉驚慌，衝著夏燦揚說：「我睡過頭了。」

夏燦揚先是不信，然後視線掃向我的眼下，又掃向我的頭髮，終於笑了。「有進步。我以為妳這個人從來不睡覺的。」他伸手把我沒分好的一綹頭髮撥回正確的髮線。

不知道為什麼，這個貼心的小動作令我很想哭，儘管這對他來說也許只是個反射動作。

我從外套口袋中掏出髮圈，藉由綁髮轉頭，不讓他看見我的傷悲。

兩小時就到了第一個景點。我神思昏噩，一路大家聊天的字字句句我都左耳進右耳出，只知道是瀑布。走了三十分鐘的小徑，大家看到瀑布，齊聲歡呼。我則生不如死，任由冷風撲面。

後來聽到幾道喧嘩聲，過了很久我才意識到他們在叫我。

「命中缺玩的。過來。」夏燦揚在瀑布上的岩石平台上對我招手。

我如行屍走肉一樣走去。同事讓道，全都詭笑著，腳步挪得越遠，像是我即將前去的方向將有大難。要是平時我一定會想弄個究竟，可是我現在心裡正在下一場淒風苦雨，懶得探究，他們叫我做什麼就做吧。

「妳看看，漂不漂亮？」夏燦揚指著瀑布下方。

我站到岩石平台的邊緣，順著瀑布往下望，底下是河流中由幾顆巨石圍起而成的小池，如一汪碧潭。

「嗯……」我這句嗯聲虛弱至極，連自己都聽不出來是說漂亮還是不漂亮。

「妳喜歡嗎？」

「嗯……」

「妳有帶換洗衣物吧？」他剛問完這句，我就感到他的手在我背後蠢蠢欲動，這陣子養成的直覺反應讓我側身躲開他那招，他卻早有計畫，換手推我後腰。

我失去重心，往水面栽了下去。

我不知道我叫得有多大聲、有多久，風吹得我耳膜爆響，隨即遍身冰涼刺骨，墮入了水中。大驚之下，我通體活了起來，求生本能讓我開始滑動四肢往上游，像是一輩子那麼久，好不容易探出水面深吸一口氣，旁邊隨即潑來一陣大水，夏燦揚正浮在我旁邊，笑得好猖狂。

上面的同事笑得更是東倒西歪。他們串通好的。

「恭喜，這是夏園的入會儀式。」夏燦揚手腳划動，看來游刃有餘。「不太確定妳會不會游泳，趕緊下來救妳——跳水很爽吧？」

「爽你的頭。」我出手想打他的頭。他哈哈一笑，長身出水，把我的頭按到水下。我臉面又是冰涼，耳畔只剩嗡嗡低鳴，眼睛在水中睜開是一股酸澀感，他促狹的笑臉就在我面前。

也許是生死交關，我的感官變得極度敏銳，他張揚的眉眼，寬闊的下頷，向上飛揚如鵬鳥的髮絲，如慢動作在我眼前播放。他的壯臂仍按著我頭頂不放，像要從我體內逼出什麼珍寶。

我很冷。打從昨晚梅堇岩在我手臂烙下那抹寒冷，我就冷到現在。我企圖推開他的手，每一次的推動只有讓河水帶走我的體溫。我上去不得，後退不得，肺中的空氣已經快要吐盡，我開始驚慌了。

我究竟了解他多少？他會不會害我淹死？他混過黑道，當過流氓，分明是個有不良紀錄的人，不會是在玩我的命吧？

恐慌像毒藥一樣穿透我全身。我使勁吃奶力氣，扭頭狠咬他的手。

他一顫，鬆開了手。

我趕緊抓住機會往上划，雙腳卻在這時被抓住了，我命休矣……正當我這麼想時，我的頭居然浮上水面了。

是他幫我推上去的。

他的頭隨後探出水面，伸起右手來看。原本外觀還正常，後來慢慢流出好幾道鮮血，一路流到手肘。他不可思議地瞪向我。

原來我咬得那樣狠。

四周落入一片死寂。上面看熱鬧的同事，笑聲全消失了。

天哪，我做錯了。玩完了。夏燦揚這就會馬上游過來，把我揍一頓，然後開除我吧？我堅持到此時的竊資任務，就要在今天失敗告終了。

但是……我等了老半天，他似乎沒有打算那樣做。

「我幫那麼多人做過入會儀式，第一次有人反應這麼激烈。」他的臉色竟然是……落寞？「妳該不會以為我是要淹死妳吧？」

「呃……」我不太確定該怎麼回應。

「我只是想幫妳轉移注意一下。」他甩去手上的血，苦笑說：「其實妳只要多等一秒，我就會帶妳上去換氣了。」

「我怎麼知道？」我仍沒給他好臉色。「我今天身體不大舒服。」

他游過來，我下意識又想推開他，但他只是拉住我的衣領，帶我划向岸邊。

「現在還好嗎？」上岸後，他問。

我不好，我真的不好，但是看著他鮮血淋漓的右手，還有心焦如焚跑過來、七嘴八舌討論夏哥受傷後療程預約該怎麼應變的同事們，我忽然覺得自己沒有資格抱怨什麼，於是我衝著他擠出笑容說：「我好多了。」

我當晚十點開始發燒。

我出門抓的那把換洗衣物什麼都有，獨漏內衣。貼身衣物不便向人借，我也不好意思不穿，只好讓它溼淋淋地包在裡面，罩上一件外套掩飾，等我終於能衝到浴室卸下，內衣早就乾了，我也開始打噴嚏了。

在小蓮的外公家，他們先拱派洋表演通靈秀，再玩一場「今年誰跟夏哥去倫敦芳療展」的抽籤大賽，居然是我抽中，其實到時候我早就離職了。之後，因為小蓮的外公家房間不夠，夏燦揚就自願到外面的旅館睡，因此大家又抽了一局「誰跟夏哥睡外面」，是我跟小蒲抽中。幸好不是只有我。

夏燦揚訂了兩間房，他一間，我跟小蒲一間。他替我們付帳。

從頭到尾，小蒲沒給我好臉色，中途還瞪了我一眼，彷彿在說：「妳咬了夏哥的黃金右手，他要怎麼幫人做療程？」

夏燦揚倒是沒有露出一絲芥蒂。

高燒起來時，我沒有告訴小蒲。

凍意像是從骨髓張牙舞爪地竄出來。我在被窩顫抖著看手機。梅堇岩沒有來訊。我將手機丟在床頭，將棉被包得更緊。

雖然昏眩，直到兩點還睡不著。太冷了。我需要藥物。

不行，我要撐過去。梅堇岩就會撐。他的頭再疼，仍堅持不吃普拿疼。我們芳療人盡可能不拿藥物毒害身體呀。

恍惚間，好像有人在打我的臉。我勉力睜開眼睛，小蒲酷酷的臉在我面前，旋即一片模糊。

「醒過來。」她又拍了幾下我的臉。

我想告訴她我本來就沒睡，未開口就先起一陣哆嗦。

小蒲出了房門。不久，我覆蓋頭臉的棉被又被掀開，她跟夏燦揚一起出現在我面前。

夏燦揚滿頭蓬亂，只穿一件鐵灰色無袖衫，胸口有兩個銀色裝飾鈕釦。我光看到他的清涼穿著，又是一陣哆嗦。

小蒲拉夏燦揚到一旁，兩人展開討論。我因為太抖又拉棉被蓋住頭，聽得斷斷續續。

「你要負責。」是小蒲冷面的聲音。

「我沒料到她身體那麼弱……你們全都被我推過，以前就從來沒有人……」

「……夏天……現在是冬天……」

「我冬天跳就沒事，小蓮跟派洋也沒事……」夏燦揚啪的一聲擊了個掌。「我知道了，一定是因為她失戀。」

「說。」

夏燦揚壓低了聲音，但我還是聽得見。「妳們都沒注意到她今天很反常……嗜睡……魂不守舍……心不在焉……想強顏歡笑，騙不過我……」

「那你說怎麼辦。」

「現在半夜三點多，車子停在小蒲的外公家，急診室……就算去了也會等很久……平白讓她更受凍……藥箱跟精油箱在小蓮那……」

後來我意識渙散，不知過了多久，被乒乒乓乓的聲音拉回神。他們四處翻箱倒櫃，隨後我頭臉一涼，棉被被掀開，夏燦揚拿著一粒藥丸和一杯水放在我床頭。

「普拿疼，這是現在唯一能找到的藥了。」

「我不要……」我說。

夏燦揚大概以為我病昏了，仍舊伸手枕到我後腦，想要餵我藥。

「那藥……傷肝……」我推開他。

「藥即是毒，這我們當然都知道。」夏燦揚口氣很急。「我們只能兩害相權取其輕。妳是要繼續痛苦，還是願意讓肝臟辛苦一下換幾小時的舒服？妳選一個吧。」

「藥……拿開……」我將頭撇開。

「可是看妳這樣我們會很難受。」他把我的臉扳回來。「人不需要活得那麼辛苦。妳既然不怕生病，為什麼要怕治病的藥？如果妳相信自己的身體對抗得了病毒，為什麼不相信它也代謝得掉藥毒？」

他說的不是全無道理，可我凍得無法思考，只是不斷搖頭。

他「切」了一聲，跟小蒲二度翻箱倒櫃，再次掀開我棉被時，他手上執著一罐精油。

「現在只有薰衣草，可能沒有辦法馬上讓妳感覺到舒緩，可是……」他像要說服自己。「有用總比沒用好，就當安慰劑啦。」

這次我沒有抗拒，乖乖讓他將純油抹上我的頸脖。如家的馨香讓我心情稍好。他穿那麼少，手怎麼還能那麼熱？職業使然，他上油時帶上按摩手法，雖然只剩左手能用，我的脖子還是舒服得無以復加，全身像麻糬放鬆得軟綿綿。

早知道，如果早知道，我當時會更用心享受他的療程，一撇一捺都細心領會。我不會再那樣緊繃，不會不願意將自己交給他。

他的指尖帶到我的鎖骨，猶豫了片刻，他抽回手，讓我悵然若失。

我肯定是神志昏亂了。

「小蒲。」他招招手。「妳幫她抹胸口，氣管跟支氣管的部位。」

小蒲過來了。他們兩人一起盯著我的鎖骨下方。

啊呀，我沒有穿胸衣。我連忙拉棉被護住胸，臉陡地熱了起來。

不拉還好，一拉夏燦揚卻是一笑。「小姐，別忘了我的職業，我根本不稀罕好嗎？」

我無力打他，只好瞪他。

他不以為忤，將薰衣草精油遞向小蒲。「抹啊。」

「我不會。」小蒲抱著胸。

「只是抹一下油，怎麼可能不會？」他愕然，「妳會抹乳液吧？跟抹乳液一樣就是了。」

「好奇怪。」

「妳們都是女生，哪裡奇怪？」

「你來抹。」

「妳沒長眼睛嗎？」夏燦揚失笑地攤手。「那個地方，我不能碰。」

我很想制止他們無厘頭的爭論，可是牙關顫得一塌糊塗。夏燦揚的手在哪裡？他的手能不能再放回我身上？我在冰庫裡受苦啊……不管是誰，給我抹上就是了。

拚盡力氣，我奪過薰衣草精油……我以為我奪過，瞧清楚後才發現我的手指抖得像八十歲的中風老人，一吋一吋爬上夏燦揚的手，一吋一吋從他手中抽出來，主要還是因為他肯鬆手讓我抽出來。

「我……自己……抹……」

夏燦揚伸手探我的額溫，臉色微變。「小蒲，去我房間搬棉被來。」

小蒲嘟噥著去了。夏燦揚把棉被向上拉到我的脖子，就起身走開，好讓我有自行上油的隱私。

「妳呀，難得這麼乖，這麼安靜。」他婆婆媽媽上身，一連串叨唸。「妳到底是什麼時候開始燒的？怎麼都沒講。妳看吧，平時不好好愛惜自己身體，到頭來身體還是會反撲妳。等一下我一定好好檢查妳有沒有帶花精，如果沒有的話，我們約法三章就破局了，我說到做到……」

他後來講的話，我都捉不住了，只是怔怔望著他熱切的背影，他對著牆壁時而扠腰，時而抱胸，指指點點。他其實可以不必這樣，都是因為古道熱腸吧。

「不准罵牆壁。」小蒲抱著一床棉被進來，打斷了夏燦揚。

夏燦揚回身接過棉被，整坨浮誇地堆在我身上。

「堆大便啊？」小蒲罵。她重新理了理，沒有比較好。

他們倆就決定讓大便這樣堆在我身上。我還是哆嗦得厲害。

「沒有用。」夏燦揚對小蒲說：「畏寒是從身體裡面冷起來，蓋棉被對她沒效，只是安慰我們兩個而已。吹風機呢？」

他們試著拿吹風機當暖爐，吹風機線太短，拉到半途卡住，小蒲罵了句髒話。他們討論要不要移動我，但是若要移動到吹風機吹得到的區域，我就得在地板上躺。

小蒲瞪眼說：「電視新聞說，要升高體溫最有效的方法，就是一男一女抱在一起。」

「妳不要講這種沒有用的方法，我是不可能讓那頭母老虎占我的便宜。」

小蒲沒反應，而我顫抖間笑了出來。明知他是在逗我笑啊。

又是一陣迷糊間，我感覺有一隻溫暖臂膀支起我的後頸，溫水灌進我的嘴巴。我睜眼看見夏燦揚的臉，一下子就渙散失焦。

他嗤的一笑。「妳也有今天。」

我吐出口中的水。

「妳可以選擇喝完，或是被強迫喝完。」

我不確定自己是選擇前者還是後者，總之，下次張開眼睛，是夏燦揚拉過一張椅子，蹺腳坐在我面前，下巴揚起對小蒲說：「妳先睡。我看她睡著我就離開。」

我幾乎沒感覺到小蒲上了床的另外一側，是到她滅了燈我才知道。

夏燦揚高大的身軀變成一尊剪影。剛開始我只看得到黑色輪廓，後來隱約可看見他的表情。他對我扮了個鬼臉，有節奏地擺動身體，像是在唱無聲的歌。

我被逗笑了，可是心裡明明很想哭。

我是失戀了。夏燦揚說的沒有錯。我失戀了，所以得到這場重感冒。被推下瀑布很冷，真正害我感冒的，卻不是瀑布，是梅堇岩。

我閉上眼睛，想讓夏燦揚以為我睡著了，可是畏寒太難捱。我寧願在黑龍江淋冰水，或到北極脫光衣服奔跑，也不想像現在這樣，無邊無際地從體內冷出來。

夏燦揚看顧我，反而讓我更無法入睡，想到他有著世上最溫熱的手和最銷魂的芳療手技，就算他摸過N個女生或交過N個女朋友又怎樣？我對他的需要，此刻到達頂點。

「吼。這樣抖我是要怎麼睡啊。」小蒲亮起了燈。「夏哥你回去，我來顧她。」

夏燦揚聞言站了起來。

不要走啊……我直覺反應拉住他的手腕。「抱……我……」

「她燒糊塗了。」夏燦揚伸手覆上我的額頭。「小蒲，妳來棉被裡抱她。」

「我不要。」

「小蒲。」夏燦揚口氣硬了。

「很奇怪。」小蒲雙臂交抱。「你不敢抱女人，我也不敢抱女人啊。」
「妳才奇怪，給妳機會抱女人還不要。」
「你才奇怪，給你機會抱女人還不要。」
眼見這場爭執即將變成小蒲的出櫃秀，我捏緊夏燦揚的手腕。「你……抱我……」誰抱我都好，狗也好貓也好，男的女的都好。
「妳不知道妳在說什麼。」夏燦揚口氣急了。「我現在抱妳，明天妳會拿刀砍我。再說，我是男人吔，我有名節要顧。」
「你……女友……怎麼……不敢。」我想譏笑他交過那麼多女友怎麼連抱我都不敢，可是語不成句。他根本不必避諱那麼多，不是嗎？
「你抱她。」小蒲翻譯。「明天我作證，是她要你抱她的。」
夏燦揚張大嘴巴，像中槍一樣倒退撞上牆壁。
小蒲砍下必殺技。「或是我作證，因為你不抱她，害她冷死。」
夏燦揚終於頹然嘆氣。「好，既然這樣求我，老子就當仁不讓。」他鄭重指著小蒲。「小蒲，她今晚是老子的了，妳不准跟我搶啊。」說完，他靈巧地用四肢跨過我的身軀，到床鋪中央我和小蒲之間。
我馬上感到床鋪大沉。大熊的體重跟小蒲不可同日而語。
「真是的。合力逼我，齊人之福也不是這樣享。」他鑽進棉被。「小蒲，妳在原地睡，我會讓位給妳。」說完他挪近我背後。我感到後背一熱，他的雙臂從我的肩膀兩側環向我的腹部，動作毫不猶豫，力道中有細膩。我沒穿胸衣的部位他都小心避過了，跟他的療程一樣精準。

他的身體好溫暖厚實，而且手腳很老實。我好想哭，突然感覺，即使現在下起雪都不怕了。

「這樣可以嗎？」他說話時鬍碴刮到我的頸間，酥酥刺刺的。我微微一縮，他馬上敏覺地避開。

啊，可惜，我其實不是要他避開。

小蒲滅了燈，四下墮入黑暗。我們兩人都微微挪動身體，尋找一種最相契的姿勢。不多久，我們都找到了。

「妳用什麼洗髮精？」他嗅到我頭髮的香味，笑了出來。「依蘭？」

我的耳朵轟然熱起來。「只是……護髮……別……別想歪……」

「小姐，我們現在這姿勢，不讓人想歪都難。」

我用手肘撞他。他早料中，雙臂一緊，我便攻擊未遂。

他很享受依蘭。我可以感覺到他的鼻尖抵進我的髮間，他的呼吸變深長。幾次吸吐之後，他懶洋洋地調侃：「洗護合一，省時有效率，很合妳的風格。我原本以為妳忙起來會用孕婦的乾洗髮咧。」

「去……你的。」

我被逗笑了，無意聞到他的味道。他這次除了薰衣草之外別無香氣，本有的男人味毫無掩蓋地浮現。我渾身熱起，起了一陣顫慄，不是因為冷。

他加重環抱我的力度，彷彿想制止我的顫抖。我好感動，很想翻到正面擁住他的頸子，對他說謝謝你的溫度，隨即心中一痛，如果現在抱著我的是梅堇岩呢？他會用什麼方式抱我？

我用力甩頭，想要驅逐這個念頭。

「喂，小心。」他叫：「撞到我鼻子會流血。」

「就是要……撞到……」我雖這麼說，後腦不自禁朝他偎了過去，磨蹭著，想要在他手臂上找一塊最舒服的枕位。

「小姐，我建議妳不要這麼做，妳的頭髮……」他伸手理順我的頭髮，我後腦一痛，他同時驚叫：「纏上我的釦子了啦。」

「不要吵。」小蒲兇巴巴壓過我們。「給我睡。」

我們倆都噤了聲。

等小蒲進入另一輪睡眠之後，他在黑暗中試圖解開我的頭髮，我也伸手到後腦想要幫忙，發抖的手越幫越忙，他不堪忍受，把我的手捉回腹部，他自己回頭努力。

他努力半天，終是未果，回到我耳畔用氣音說：「看來我們今晚只好當連體嬰了。」

今晚實在太過離奇。我因憋笑而發抖，他也跟著笑了，炙熱的氣息噴到我的耳朵，陣陣酥麻。

笑完，他按住我的額頭，引導我偎上他胸口最不易拉扯到鈕釦的地方，然後他重新環抱住我，把鼻尖伸入我的髮間嗅吸，肆無忌憚發出「嗯——」的享受呻吟，毫不隱藏他對我髮香的熱愛。他雄健的心律在我背後鼓動，猶如要把全身的熱能傳遞於我。

沒五分鐘，他手鬆開，發出微微鼾聲，沉睡得像個孩子。

我又想哭了，但是我不能。

我記著啊，我的眼尾枕的是全世界觀察力最強的男人的手臂，他碰巧可能也是全世界最快樂的男人，及情史最豐富的奇葩。他的右手，還有今天被我咬出的傷口。

所以，一定、一定要忍住啊，不能讓眼淚溼了他的手。

15

急驚鳳

大澍，妳預計何時到？

妳再不出現，我要下班了

死大澍

不管妳了，我不等了
妳以後最好不要再讓我見到，我會斃了妳

拍謝，我昨天重感冒，沒辦法過去

騙肖，妳腳骨折都能隔天上班，感冒哪擋得了妳？

好啦，我承認昨晚我是在一個男人懷裡睡覺

16

夏燦揚和小蒲與我的「3P」經驗，成為夏園奇談之一。每當茶餘飯後談起，總讓大家笑到飆淚。

後來是一場浩劫。隔天我們全睡過頭了。派洋以為我們發生意外，衝了上來抓人。此時夏燦揚呈現大字形，一腿跨到我腰上，導致我半身麻痺，我的頭髮仍與他的鈕釦糾纏不清。小蒲被他的熊臂壓到脖子，掙扎爬不起來。我和小蒲拚死拚活想叫醒他，偏偏夏燦揚他老兄睡死的程度神乎其技，好像海嘯也打擾不了他的清夢，後來……呃，當然就是一陣兵荒馬亂的解釋，跟尖叫。

下一個上班日，夏燦揚把他的筆電推向我，我如獲至寶。到了我預定提離職日這天，我偷出了近十一個月內曾往來過的廠商資料。

下班時間將至，我抓住最後使用筆電的機會，照理說要繼續偷第十二個月的資料，我卻莫名打開照片匣瀏覽。

他推我跳瀑布的照片傳到電腦中了。不曉得是哪位同事，幫我們做了一串連拍。我對當時的記憶斷斷續續，如今從照片中重建經過。

我剛從溪裡爬起，夏燦揚一手拿浴巾幫我披上，另一手對拍攝者的這個方向舉起五指擋格，像是叫對方別拍了。

別拍什麼？

我注意到這張照片前面的編碼跳過一號。有一張不見了。

我點開垃圾桶找尋，果然找到被刪除的這張照片。一打開我簡直不忍卒睹。原來我的外衣下水後變成半透明，深紫色胸罩呼之欲出。夏燦揚幫我刪掉了。

他不是應該是色胚，何必這麼好心？

別人口中的他，跟我認識到的他，好像不是同一個人？我有點糊塗了。

「妳感冒全好了嗎？」夏燦揚的聲音在我背後響起。

我急忙闔上電腦，發出砰聲巨響。

完了。肯定被他發現。

我完全不敢回頭，只縮起脖子等待他的反應，但是他什麼反應都沒有，好像回療程室拿東西了。狗屎運。我趕緊掀開電腦，把視窗全部關掉。

「我說妳呀，感冒全好了嗎？」他從療程室重新走出來了。

「欸……好了，好了。」

我若無其事轉向他。他露出照片中那種牙膏廣告的笑容，問：「妳發現這台電腦的隱藏彩蛋了嗎？」

「什麼彩蛋？」

他走到我身後，左手越過我左肩，掀開電腦。

他剛接完療程，手上帶著我從前沒聞過的調香，大約是熱帶羅勒、錫蘭肉桂和黑胡椒融合的南洋香料味，化為五彩繽紛的驚喜香氣……我居然開始期待這些了嗎？還有那香氣之下，他本有的男人味，那天他幫我暖身時讓我感到好安全的……我在胡思亂想什麼？

「妳試試看吧。」

「蛤？」我神思飄蕩。他對我說的話，我根本沒聽進去。

「我說，這台電腦有一個隱藏版彩蛋，關機才看得到。這是給下班的人的犒賞。」

電腦沒有開機。我伸手去按開關，他打了一記我手背。

「我剛說過了，關機才看得到，妳開機幹嘛？」

關機的螢幕就是黑色鏡面啊。我看了半天，不得不問：「在哪裡？」

「妳失戀還沒復原啊？」他噗的一笑，在螢幕上呵了一口氣，結霧後浮現一個用手指畫出的笑臉。

是什麼樣的男人會想到這麼童心的遊戲？

我的心軟軟的，塌陷了一方。

鏡面螢幕映照出他向日葵般的笑容。他在期待我的回應。

「虧你想得出這種把戲。」我強壓情緒，嗤之以鼻——我知道這很惡劣，我只是不想把提離職弄得像訣別。

「現在我確定妳失戀還沒復原。」他一臉同情。

「有件事情我一直想問你。」我轉移話題。「夏園為什麼那麼喜歡賣複方？」

「因為喜歡啊。」他笑開了，彷彿這是天經地義。「創作是很爽的，會讓妳忘了一切，妳以為才剛開始做，其實已經天亮了。」

「可是我聽說，有人認為應該以單方為主。一瓶複方不能套用每個人，而且譁眾取寵。」

「那是很崇高的理想，問題是我們要顧及現實。不是每個人都有心學芳療，對他們來說，複方是最簡便的。就像，妳喝過四物湯吧？如果執著不要複方，那四物湯都不用喝了。」

「可是複方沒有量身訂做的藥方好吧？」

「複方只要能幫到七成以上的人，對我來說就有意義。」他繞著櫃檯比著波瀾壯闊的手勢。「世界上受苦的人太多了。對那些上門求助的人，妳要對他說抱歉你先繳幾萬塊上三個月的課之後學著用單方幫自己調配，還是架上有一瓶複方你馬上可以用？妳要知道，有些人想要用精油，但是永遠不會想要花時間去學。對於這些人，我們就用方便他們的方式來服務他。我們複方的成分都是精選過可以適用大部分的人，裡面只要有一兩個成分配合到那個人的情況，就功成圓滿了。」

這番話我一時找不到太大的漏洞。我換個方向問：「你不怕被別人講話嗎？」

「刺青都有了，妳以為我會怕？」他幾乎噴飯。「我只管助人，外界說我什麼請自便，叫我芳療流氓也隨便。」

「我聽外界說……你定價太低，打壞了市場行情。」

「這太抬舉我啦。」他像是聽見全宇宙最荒謬的事情，作勢要去撞牆。

「你不承認嗎？」

「我定價的時候，從來沒有想要跟同業拚。我會這麼定價，是因為我窮過，我知道掏不出錢買東西是什麼感覺，所以我想要服務平民階級。但是我相信不管是貴還是便宜，大家各有各的市場，就算我今天有能耐影響到同業一點點，那不會是決定性的影響。世界沒有那麼狹隘。」

對他體諒民眾的心意我不能說不感動，可是我糊塗了。如果他說的是對的，那今天我來偷資料不就一切白費？

「澍耘，我相信商業不是我少了一分你就多一分，是大家合力把餅做大，你好我也好。也許外界聽了以為我天真，我就是情願天真。」

我吶吶的，喉嚨像是堵了一團黏土。電腦螢幕上是手指繪出的笑臉，映照出夏燦揚的笑臉，那些笑臉疊成一圈圈漩渦，把我吸進去、吸進去。

不行，無論再猶疑，都該是結束的時候了。

「好啦，聊天時間結束。」我闔上螢幕，強迫自己站起來面對他。「我有正事要跟你說。」

「妳這副表情……妳不會是要辭職吧？」

這傢伙。我氣苦地噴了一口氣。「既然被你點破，那就省得我說了。對不起，我被挖角了。你有三天的時間找新人。」說完我低頭整理包包，不忍心看他的表情，像是為了填補尷尬，我絮叨個不停。「反正我就是個現實鬼，哪裡發展好，我就往哪裡去。這段時間謝謝你借我筆電，投影片做好三個了，就存在裡面，你可以自由運用，就當作是我留給你的禮物。」

「妳可以把筆電帶回去。」

什麼？

我想像過許多種他的反應，從最輕鬆到最暴怒，這不在任何版本之內。

「我們都知道妳家裡的情況。」他站到我面前來，彷彿要讓我看清楚他的誠意。「妳去新公司以後，只要妳不把自己弄得太累，晚上還是可以接夏園的工作，幫我開發課程，待遇一毛都不會少。筆電就讓妳帶回家用，我重新買一台。」

「你為什麼要這樣？」我不敢相信。

「因為我希望妳快樂。」他的態度好像在講一加一等於二。

「可是……開發課程……」

「妳只需要開發課程，意思是幫我訓練出講師，妳本人不用拋頭露面，不會有人知道妳在夏園工作。」

這不可能是真的。

我不安地踱來踱去，測度不出他的用意，只好回頭盯住他的眼。「你要什麼？」

「什麼都不要，我不會要求妳洩漏妳新公司的商業資料。」

他完全洞悉我的需求，精準得令我全身發抖。

「不行。」我脫口而出。「這好得不可能是真的。」

「這麼好的東西，妳為什麼不要？」他對著我張開雙臂。「我全都幫妳設想好了，妳只需要接受就好啦。」

「還是不行。」

我不理解自己了。為什麼不行？為什麼不行？這令我害怕起來，怕他的洞察力，怕他對我太好，怕我心志動搖。我過快地抓起包包衝出去，快到讓他看出我的慌張，也顧不得了。

「澍耘，妳笨死了。」他追出來，揪住我外套的兜帽。「妳就為了自己一次吧。這個提議有什麼不好？」

「對你不好。」話一吐出，我連忙按住自己的嘴巴。我在說什麼？

「現在還管我做什麼？我就要妳對自己好一次，有這麼困難？」

「就是不行。」我轉身又要走。

他有些怒了，揪住我的上臂。「妳需要那台筆電，妳就拿回家。」

「我不要，我不要。」我瘋了似的甩他的手。

「難道妳要我幫妳整理出供應商名冊，妳才肯接受？」

我呆住了，所謂東窗事發後的空白。

等我腦袋轉過來明白發生什麼事後，我驚醒似的狂推他，用上九牛二虎之力，他卻挾持得更緊說：「我讓妳到梅菫岩面前立個大功，有什麼不好？妳愛他不是嗎？」

大急之下，我迎面賞他一個巴掌。

這個巴掌並沒有撼動他太多。當他轉回來將視線重新對向我，我清楚知道，他知道他說中了，是他願意讓我打中他。

「妳不用怕。我不是要張揚出去。」他神色相當平靜。

我惱羞成怒，揚手又想打他，看到他那明朗飛揚的五官，我的手懸在空中無法動彈。他也不躲，就這樣毫不掩飾地望著我。

我好痛苦，簡直是舊傷未癒，又添新傷。我癱坐到長凳上，伸手抹臉。

一陣清風擦過橙樹，幾片黃褐葉落到我膝上。這株橙樹是何時開始枯萎的？我不敢看，只怕更加感傷。

過了好久我終於能夠說出話來。「你什麼時候發現的？」

「先前就懷疑了，在妳生病的那一天確定。」

「怎麼確定的？」

「妳以為我睡了，其實我是怕妳尷尬，裝睡在等妳睡。妳睡著以後，手機震動，我怕妳被吵醒，想幫妳關機，就看到梅堇岩的訊息，當下我就猜到了。」

原來我終究是露餡了，他也很沉得住氣，但是還有一個地方我想不通。

「我不記得梅堇岩有傳訊息給我。」

「因為我幫妳刪掉了。」

「你憑什麼幫我刪掉？」我抬起眉毛。

「我認為妳那時候的狀況看那個不好。」

「你憑什麼幫我決定什麼是好，什麼不好？」

「澍耘，我當治療工作者那麼久，我有那個直覺。」他重重嘆了口氣，坐到我身畔。「如果妳一定要知道的話，那是婚訊。」

庭院冰冷死寂。

我以為自己早就跳下了絞刑台，現在才知道，今天才正式墜到底，疼痛從心口蔓延開來，久久不散……啊，他說得沒錯，我當時就已經要死不活，看到這消息，還能不雪上加霜？

「妳這人怎麼那麼喜歡折磨自己？」他同情地側頭看我。「喜歡他，告訴他不就好了。」

「你懂什麼？長在懸崖上的花，屬於天仙的花，怎麼能去採？」

「不怪妳。人在愛情中，都會做傻事。」夏燦揚的眼光閃爍，旋即進店內拿了一杯水出來，還有一盒面紙。

「我沒有哭。」我惡狠狠的。

「這時候還逞強做什麼？情緒是要抒發，不是壓到肚子裡面去就會不見。喏。」他將水硬塞給我，盯著我喝下。

水裡有洋甘菊純露的甜香，還有花精的酒味。我將水吐了出來。「這太荒謬了，你為什麼不把我揍一頓趕出去？還請我喝花精水？」

「現在不是時候，我怕把妳揍死。改天吧。」他笑笑地把杯子重新按上我的嘴巴，見我喝完後，才繼續說：「說真的，妳不考慮我的提議喔？」

「噗……你是人還是外星人？這世上沒有你害怕的東西嗎？」

他翻起眼珠想了想。「如果我哪天想到了，會告訴妳。」

「連供應商資料被沁芳園得到都不怕？你還雙手奉上？」

「哈，笑死我。沁芳園偷得走供應商資料，偷得了我與他們的關係嗎？還有我的腦，還有我的創造力。只要我活著，我永遠能玩出新的花樣，誰能奈我何？」說完他朗聲笑得好狂放。

「你……」

「我就不信梅堇岩會有時間跟我一樣和那麼多供應商打交道。」他大大地展開雙手。「他過不久就會被煩死了，除非他特別雇人來訂貨，就算他雇了，他會願意抓像我這麼低的利潤嗎？很快他就會發現，薄利多銷的世界不是他喜歡的。」

那一瞬間，我終於頓悟，夏燦揚不是恐怖的敵手。

他是宇宙超級無敵恐怖的敵手。

是天真，是傻氣，還是深不可測的智慧？三個月的努力是一場虛妄。我們撂不倒他。

17

夏燦揚說給我三天時間考慮他的提議。

回家這一路上，我心亂如麻。

他的提議是任何有大腦的人都很難抗拒的，但我怎能對梅堇岩不忠誠？梅堇岩要結婚了沒錯，他是拒絕我了沒錯，但是，現在是他最困頓的時刻。真正的愛，不該因是否能得到回報而改變，不是嗎？

我拉開床頭櫃抽屜，珍而重之拿出第三十九支花精，舉棋不定要許什麼願。

晚上九點，我發了封只有一句話的信給梅堇岩。

夏燦揚知道了。

半小時後他回覆：妳在哪裡？

我在家，但是他不可能同意上來我家，於是我給了他我住處旁一個小公園的地址。

三十六分鐘內到。他說。

梅堇岩說三十六分鐘，就會是三十六分鐘。

算算時間將近，我將第三十九支花精放進外套口袋，沒化妝也沒綁馬尾，一身素淡下去見他，為的是提醒自己放棄對他的非分之想。

穿過社區中庭，一陣刺耳的引擎隆隆聲傳了過來。有位重機騎士摘下安全帽放在後座。我看到他的臉，呆了一呆。

「爾邁？」

「姊。」

「還不快熄火，你是要把整條街的人都吵醒啊？」

「姊。」他惡搞地空催兩下油門。「妳兩個月沒有拿錢回家了。妳再不接濟我們，我現在就按喇叭喔。」

自從夏燦揚第一次叫我多為自己一點，我不是沒想過這個問題，所以試著拖延看看不拿錢回家會怎麼樣，原來會是這樣。

「你好手好腳的，找個工作就不需要跟我乞討了。」我雙手扠腰。

「我不知道要做什麼啊，一想到要找工作就沒力氣。」

「你現在就有力氣來找我。」

雖然不假辭色，我還是掏了一疊千元鈔，數也沒數就遞給他。因為兼兩份工作，這次特別大疊。

他伸手沾口水，喜孜孜地點起鈔票。「對了，媽說妳就是欠結婚。她叫妳趕快趁年輕貌美的時候，找個有錢人嫁了，搞不好可以一次解決我們的債務。」

「你們乾脆叫我賣身算了。」我翻白眼。

「姊，妳要當姑姑了。」

「蓓慈有了？」原本應該是大喜事，我像是聽見喪事。「哈？所以你們現在要指派我幫你養小孩？」

「先弄結婚基金給我就好了啦。小孩後面再說。」他賠了笑臉。他知道這副笑臉總能令我心軟。

「媽那天看報紙，聽說妳們老闆生意做很大。妳不是好像滿有機會接近他？他叫什麼？那個那個……梅……」

「他的名字，不是你配說的。」我衝上去，抓起安全帽砸到他身上。「滾回去。找到工作前不要再讓我看見你。」

爾邁催動引擎，隆隆呼嘯離去。

煙霧散去之後，是梅堇岩站在一邊。

他穿著一襲白色大領風衣。立定不動的身形，顯示他站在那裡有一段時間了。

世上有比禍不單行更慘的形容詞嗎？連家裡最不堪的一面都被他看見了，這種家人……我一言不發將手收進口袋，走往小公園，找個鞦韆坐下。

他跟著坐上我旁邊的鞦韆，就這麼靜止坐著。

鞦韆旁是一株含苞待放的梅花樹，原本可以很詩情畫意，現在卻是愁雲慘霧。唉。

「我想，你是要來給我遣散費的吧？」我這樣開場。

他搖搖頭。「妳是怎麼被發現的？」

我約略把過程告訴他，但是省略我畏寒那一段，和夏燦揚給我的提議。

他靠過來，仔細端詳我的臉。「他沒有對妳怎樣吧？威脅？動粗？」

「他對我非常友善，好到我覺得……他不是人。」

「會不會是有什麼陰謀？」

「就算有，我看不出來。」我苦澀地乾笑兩聲，伸出手。「就是這樣，我出局了。反正剛才你也不是沒看到，我需要錢，遣散費拿來。」

「妳以為我會這樣讓妳走？」

「不然是要拿掃把趕嗎？」

「我有一百種方法可以讓妳留在沁芳園工作，不被外界知道。」望著我吃驚的臉，他微微一笑。「澍耘，我一向知恩圖報。我說妳不能回到沁芳園，沒把後路告訴妳，是為了讓妳有必勝的決心。」

啊，我怎麼沒想到，這原本是梅堇岩會有的細心盤算。我按住嘴巴，又酸又甜，眼淚險些奪眶。

「妳為我做的，已經超出一個員工能夠負荷的太多，我銘感在心。」他伸拳輕敲自己心口。「我把妳視為生命中的貴人。在妳說要去夏園那天，我就對自己發誓，無論如何，只要妳願意留在沁芳園一天，我在經濟方面一定保妳安康，讓沁芳園成為妳的屋頂，為妳遮風蔽雨。」

貴人？原來這就是我在他心中的定位。

我低下頭強忍眼淚，不能哭啊，不能哭，這已經是最圓滿的結果了，不是多少人能當梅堇岩的貴人啊。

「我希望沁芳園給妳的薪水，能讓妳在七年內還清債務。」他眉目十分莊重。「這是我給妳的承諾。」

「這太多了。我沒聽過芳療界有領這麼多的。」

「這太慢了。」他很不滿意的樣子。「我不介意妳白天在外面兼差，即使是在同業兼差也沒關係。」

「白天的差哪夠？我是需要兼深夜的差。」

他莞爾於我的玩笑。我們相視而笑。

「那天謝謝妳罵我，妳罵得太對了。」他終究掀起了這個話題。「魚與熊掌，不可兼得。我回去思考了妳的話之後，就跟我女友求婚了，妳有收到我訊息吧？我確實耽誤她太久。謝謝妳讓我成為一個更好的人。」

感覺像冰錐透過心臟。梅樹的暗影彎彎曲曲。我低頭看自己的帆布鞋在沙地上劃來劃去，粗糙的質感。

旁邊一個影子靠近，梅堇岩不知何時彎身在我身邊，凝視我的側臉。他靠得好近，我慌忙揪緊了鞦韆繩。

「我以為妳會恭喜我，怎麼妳……反應不大高興？」

「我只是還驚魂未定啦。」我連忙笑說：「一下子以為要被攆走，一下子變成七年內可以還完債，洗三溫暖吔。」

「難為妳了。」他的神態很誠摯。甚至讓我覺得，他是心疼我的。

為了不想讓他再有機會說結婚的事讓我潰堤，我說起了夏燦揚對複方的看法，還有沁芳園得到供應商資料無用的論調，最後總結：「夏燦揚根本沒在怕。」

「他有他的道理，我有我的道理。」梅堇岩雙眼平視遠方，娓娓而堅定。「我是拉弓瞄準太陽，即使射不下太陽，至少比瞄準灌木叢的人要射得高。雖然知道曲高必定和寡，譁眾取寵比較吃香，大眾喜歡簡單速效的產品甚於深入學習，但是我不能因為這樣就降格以求，否則沁芳園就不是沁芳園了。」

雖然沒有大開大闔的手勢或大起大落的語氣，他這席話平淡說來，格外感人。

「我不找經銷商合作，因為只有我自己去開直營店，才能確保每一間分店能忠實傳遞出我們的哲學。我不外聘講師，因為只有自己訓練講師，才能確保每一位講師的高度。我只代理世界第一品牌，因為精油品質經過他們把關，再經過我的把關，這是雙重驗證。這樣的做法花錢花時間，我知道，但這就是我選定的路，我不會因為一時動盪就偏了方向。」

這種堅持好美，好美。潔白月光投到他俊朗的眉目，越發顯得氣蘊深沉。

「沁芳園定價低不下來，因為我們進貨成本高，還必須負擔這林林總總的費用。我們的芳療師六個月可以上任，可是要三年才會成熟，我們每年花那麼大的成本培育芳療師，讓她們就任之後我也必須給她們好收入，讓她們覺得這一切值得。」他的口氣陡然低沉。「我也要讓自己覺得這一切值得。我們是值得這個價錢的。」

我從前不完全懂沁芳園的定價哲學，如今終於明白，是他為理想堅持不屈，選了一條艱難的路。

「沁芳園現在的困境，當然不是夏園一件事造成的。」他將視線轉向我。「派妳過去，是太抬舉他沒錯。澍耘，把那些供應商清單刪掉吧，我們重新打一場乾淨的仗。」

「刪掉的話，這三個月的努力都歸零了，我根本沒用。」我踢起沙子，弄髒自己的鞋子。

「別這麼說。知道一個方法行不通，就是夠寶貴的經驗了。還有，知道身邊有這樣一個忠實的夥伴，沒什麼能比這讓我更欣慰。」

是夥伴啊……我也該感到欣慰吧。

「對了。」我從口袋掏出花精。「如果你現在可以許一個願望，你會許什麼願？」

「只有一個願望，好困難。」他溫顏微笑。「能不能許希望能多一百個願望？」

「太貪心啦。」

「那就希望夏園消失囉。」

「嗯，聽說這是心想事成花精。既然是你送我的，我回送給你。」

我滴了兩滴花精在舌下，正要許願，想想不對。如果夏園消失，他們所有的人是不是都會不見？不好，我幫他修改一下願望好了。

「希望夏園不能再威脅到沁芳園。」我閉上眼睛，而後張開。

沒有什麼神奇的瞬間，天噴花火，金沙四散，彩色漩渦什麼都沒有。四下一片靜寂，梅樹無聲含苞，鞦韆垂吊靜止，一切宛如平常。

「妳不怕裡面有菌嗎？」梅堇岩像父親看小孩一樣看著我。「我買到的時候，滴管頭已經老化，整個溶掉了，我換了一個新的滴管頭，可是裡面的花精可能已經受到汙染了。」

「不知道。」我聳聳肩。「上次的願望有靈，我也沒拉肚子。」

我將花精瓶收回口袋。他陪我走回社區大門口。

進社區前，我想到沒跟他說再見，猛然轉回身，不意撞進他的懷裡。他可能還想送我進去中庭，就這樣剛好與我撞滿懷。

他連忙握住我的肩膀將我穩住，我被清透如水的氛圍包覆，一時百感交集。不知怎麼想的，可能就是沒有想，我將額頭貼在他的肩上，握住他的那隻臂膀，像妹妹靠哥哥一樣，我說：「我也有一個承諾送你，這是我好久以前就對自己發過的誓。」

他身子僵硬，雙手舉在空中，不知該往哪裡放。

我心中酸苦，但還是戀戀不捨地靠著。「我承諾成為沁芳園中你最穩固的依靠。」

過了半晌，他柔潤的嗓音傳來：「妳一直都是啊。」

「有什麼工作，儘管交給我。」

「我一直都是啊。」

他的話聲輕透如水。我的髮梢有點被觸碰的感覺，很柔、很緩，是風吧？但是這個感覺慢慢延續到背脊，風不可能吹出這樣規律的感覺。啊，是他的手。他用指尖在安慰我。

這令我更想給他一個貼身的擁抱。我想把臉埋進他的風衣裡面，雙手插到他的風衣口袋取暖，對他說我愛你好深好久，請你考慮我吧。

可是我如何不明白，梅堇岩一旦定下就難有轉圜，事業如是，愛情亦如是。這樣做我跟他的友誼將就此終結，他將遠避於我，我將懊悔終身。

我百般不捨地放開他。他順勢向後退開了。

「妳今天怎麼了？」他很溫柔、很仔細地看著我。「以前不曾這樣的啊。」

我臉色變換，簡直像個鬧情緒的小孩。

「是因為妳弟嗎？」

「就是。」我故意吸了吸鼻子讓他相信我的謊言。「我難過死了。」

「我可以給妳一個建議嗎？」他還是好溫和地望著我。「請妳記住，七百萬是七百萬，不要再讓數字往上爬了，不然我給妳的承諾會越來越難實現，好嗎？」

我滿面柔順地點頭。

他點點頭，目送我進中庭。

我背過他向前走，想到他的婚禮，我胸口像被鐵爪掐住，肺像漏了許多洞，無法吸進空氣。我將指甲嵌進掌心，藉疼痛轉移焦點，不要回頭看。

貴人、夥伴、交換承諾、一個兄妹安慰式的羽量擁抱，今天這樣已經足夠。

不要、不要回頭看。

因為，一回頭，我就會雙腿萎地，肝腸寸斷。

18

「澍耘澍耘，妳快來，出大事了。」隔天早上七點，我接到阿覺來電。

趕去一看，夏園燒成黑色廢墟，蔓延到左鄰右舍五六戶。焦臭味溢滿我的鼻腔，我的血液隨之凍結。

「夏哥在醫院。」阿覺對著大家比手畫腳。「為了救小蓮，他的手三度燒傷，整條呼吸道也燒傷了。聽說他跟小蓮被送醫的沿路，他自己一聲都沒有喊痛，只顧著安慰小蓮，是進了醫院才痛暈。好可怕，我們現在是不是該去醫院看他？」

我的頭也跟著暈了，跌到地上，雙手按到柏油路，只感到冷硬粗糙的刺疼。小蒲狂罵三字經的聲響湧進我耳膜，還有派洋的哭聲。

當然該哭了。在場的人誰不知道，當一位芳療師失去雙手與鼻子的敏感度，他的職業生涯宣告死亡。

我到底做了什麼？

後悔已經不足以形容，我想殺死我自己。

夏燦揚是被我害的，是被我害的。既然是我害的，我就有責任讓他重獲安康。這恐怕要靠第三十九支花精的最後兩滴來實現？一股恐懼感爬上我的脊椎。那花精到底是怎麼運作的？第三次如果又搞砸怎麼辦？不會有第四次來彌補了。

「澍耘澍耘，妳覺得我們現在是不是該去看夏哥？」阿覺拉住我手臂，想把我拉起來。我縮回手臂，只管搖頭，手腳都在顫抖。

四周都是焦味，夏燦揚的身上現在也有這種焦味嗎？我蒙住眼睛，不敢再看自己闖的禍。昨天他還是那樣好的一個人，他給了我一個好完美的提議，一杯注滿關懷的純露花精水，一席絕頂動人的話。我打他罵他，他都不會倒，現在卻……啊，都是我，我毀掉了全世界最美妙的芳療聖手。

我的手機訊息聲響起，一整天響了好幾次，隔天仍繼續響。是梅堇岩從新聞看到這個消息，幾番想問我。我毫無心思去回應，蜷縮在家，拚命想著第三個願望應該怎麼許。

第三天向晚，我才執起手機，發了封訊息給夏燦揚。

你在哪裡？

半小時沒有回應。會不會是他的手傷太嚴重，不能回覆？

我直接撥電話去，三通都沒有接聽。

我打電話去醫院，護士說他跑掉了，是用「跑掉」這個字眼。

一定是跑回夏園。

我連忙將第三十九支花精丟進外套口袋，跑了出門。接近夏園廢墟時，遠遠就聽見夏燦揚的大嗓門，像是在爭吵。

在焦黑瓦礫中，夏燦揚穿著白色上衣——不是，是包著白色繃帶——在跟一位老先生吵架。老先生堅持他要賠償被波及的鄰居，想必是天價。

「房東先生，鑑識出來之前，不能歸因於我們。」夏燦揚雖然兩條手臂包得像條熊，一點都沒呈現委靡。「我查過法條了。」

「地方是你們用的，火是從你們這裡燒起來的，一定是你們不對，當然要你們負責賠。」

兩人交換了幾句，沒有共識。房東後來纏夾不清，誣賴夏燦揚把室內重新裝潢，一定是電線拉壞，後來改口說是桌上那杯花草茶壺點蠟燭的錯，最後繞到風水跟八字去。夏燦揚越發說不清，可能傷口也痛，開始吼聲連連：「你這人講不講道理？」

「是你這兔崽子不懂得敬老尊賢。」

房東從地上拿起一塊焦黑物丟擲夏燦揚。夏燦揚也火了，雙手不便取物，就用腳踢，踢到一個空瓶飛到房東腰間。房東從地上找到一個焦黑柱狀物，似乎是金屬椅腳，搥打夏燦揚手臂繃帶處。夏燦揚哇哇大叫，可能一半是怒一半是痛，伸腳要踢房東，卻硬生生懸在空中。

他的腿沒有受傷，壯健如常，要是踢到房東，房東必傷。

他頓了兩秒，突然一聲爆喝，改踢燒黑的房柱。

那房柱看起來很堅硬，我緊縮身體替他叫痛。不料，霎時間，房柱發出喀啦啦的響聲。我還沒反應過來，房柱就斷裂了，附近的天花層架隨之塌陷，發出轟然巨響，灰黑煙塵朝我撲面而來。

我趕緊閉眼縮身，但是氣管仍大受刺激，我嗆到流淚。

廢墟中也傳出響亮的嗆咳聲。夏燦揚咳著咳著，瞥見了我，但他立刻轉頭回去叫喚房東，怎麼叫都沒人應聲。夏燦揚的口氣越來越不對勁。

我上前去幫忙找。真是滿地狼藉。夏燦揚的手被包紮住，沒辦法翻物，我就四處翻找，翻了兩片焦木板，雙手就又黑又髒了。翻開第三片時，我尖叫出聲。房東被壓在下面，雙目緊閉，昏倒了。

「房東先生。」夏燦揚衝了過來。

「房東先生。房東先生。」我趕緊搖晃房東，搖到手臂骨都快散了，房東都沒反應。

「我沒有想要傷他。」夏燦揚很懊惱。

「他也不可能這麼脆弱吧。」我說：「這些層架不重啊。」

「而且柱子那麼粗，怎麼這麼容易就垮了？」

「他會不會是裝的？」我想到房東那麼刻薄，假裝重傷而後加倍索賠，也不是不可能的事。我狠下心，打了房東一巴掌。「喂，你不要裝了。」

房東的頭朝一旁軟垂下去，口角流出一道血絲。

我的心，也沉了下去。

雖然還是不敢相信，我仍伸手探了房東的鼻息，按了他的頸動脈，連探了五六次之後，我無法壓制雙手的顫抖。

「怎麼樣？」夏燦揚很急。

我無法答腔，心裡漸漸湧起一個認知——我不但終結夏燦揚的職業生涯，還讓他成為過失殺人的兇手？

不行，萬萬不行。

我不能讓他被抓到牢裡，必須馬上逃！

我趕緊站起來，推夏燦揚的背，推呀推，將他推出廢墟，推出這是非之地。

剛開始還沒想到他這麼大隻怎能輕易讓我推動，上了街道我才發現，我每推一下，他不是「啊」就是「哇」，傷口吃痛，但我無法顧慮他的疼痛，得把他推得越遠越好。哪邊偏僻，我往哪邊推。

「妳推我出來幹嘛？」他終於反抗了。「我們應該回去看房東呀。妳快拿手機出來打一一九。他可能是真的暈倒了。」

我不停手，將他推到一個不知名的暗巷中。

「你知道夏園外面那條街上有沒有監視器？」我問。

「不知道。」

「我們自己的監視器應該燒壞了吧？」

「應該吧。」他死命停下來不讓推了。「到底怎麼了？」

「如果你現在可以許一個願望，你會許什麼？」

「幹嘛？」

「你說就是了。」

「我沒有願望要許啊。」

「你這樣怎麼可能沒有願望要許？」我氣急得腦神經發疼了。

我繼續把他推到大安森林公園內，最陰最暗的角落，才停下腳步。

天空見不到星月。樹影糾結，細雨紛紛。我跟他的頭臉都微溼，沁入涼意。他身上刺鼻的藥味飄來，我胸中一窒。

「他沒有呼吸了，是不是？」他終究猜到了。

我沒有說話，算是默認了。

他木然了非常久，像是在消化，幾分鐘後才緩緩說：「他如果沒有呼吸了，妳應該推我去警察局，不是推來這裡。」

這太扯了。他應該要暴怒、失措，或不肯相信，總之會像一個正常人一樣亂如麻，但是他消化完這個噩耗後，怎麼能這麼平靜？

就好像，他失戀也能不痛不癢一樣。

「你以前殺過人嗎？」我問。

「沒有。幹嘛問？」

「為什麼能這麼平靜？」

「憂慮有用嗎？」他一臉不理解。「妳覺得我現在是搥胸頓足大哭大叫好，還是保持平靜好？」

「但那是一般人會有的正常反應。」

「我只知道人不能回到過去，也不能穿到未來，我們只能活好當下每一個片刻。」

原來是我誤解他了。他不是恬不知恥，只是選擇不浪費時間在追悔。

這需要多大的心靈功夫才做得到？

「我該去投案了。」他說。

「先不要去。你先告訴我，如果你現在可以許一個願望，你會許什麼？」

「今天又不是我的生日。」

「告訴我就是了，我有辦法讓你實現。」我抓他的繃帶手，強迫他跟我坐到一棵榕樹下。「沒告訴我前不准走。」

「我沒有願望要許啊。」

「我真想掐死你。」

「妳今天怎麼怪怪的？」他充滿疑竇地打量我。「不要跟我說是妳縱的火。」

我的肚子像被木棍戳了一記。我雖沒縱火，卻不能否認火是因我而起。

「妳怎麼啞了？就算是妳縱的火，也不需要自責啊。」他用繃帶手凌空搔搔我的頭。「為了已經發生的事鞭笞自己，不會讓事情更好——以後不要再犯就是了。」

「現在是怎麼回事？你才剛經過這麼恐怖的變故，我沒安慰你，反而是你來安慰我？」

「誰叫我是夏婆呢。」他居然還能開玩笑。「說真的，我去投案之後，全公司我最擔心的人就是妳。少了我，說不定我出獄之前妳就過勞死了。」

我心中先是暖熱，忽然間有點生氣，他這還是在安慰我。

「你現在還有心情擔心別人？」我跳起來仰天握拳。「你老是叫我要為自己，你什麼時候為過你自己？你想到我們每個人要用什麼花精、薰什麼香，那你呢？你可以給我那麼完美的提議，自己卻連一個願望也不會許。」

「噢，妳把我看透了。」他舉手投降。「沒錯，我吃紅栗花精很久了，治療我喜歡為別人窮擔心的毛病——我看妳現在也需要吧？」

我手拍額頭，簡直絕倒。

他道歉似的，用繃帶手往身旁指一指，請我坐回他身旁。

「終於肯告訴我願望了？」我問。

「妳覺得如果我們現在能有一碗熱湯麵，是不是不錯？我可以許這個願望嗎？」

「我真是快被你逼瘋了。」

「我能不能幫妳多點一碗？點個妳喜歡的番茄口味，好不好？」

我愣了愣。「你怎麼連這都觀察到了？」

「這很難嗎？妳每次訂餐都叫紅醬口味的麵，從來不點青醬白醬。」

「好啦。不要轉移話題。」我掐住自己的頭。「既然你不認真想願望，我幫你想。讓你回復三天前的狀態，怎麼樣？」

「我覺得我現在狀態挺好的。」

我出手想揍他的繃帶痛處，手在半空，終究不忍心落下。

「我就說我這樣的狀態挺好的。」他一臉痞子樣。「妳不敢打我，我就是無敵狀態。」

「哼。」

「好啦，我只有一個心願。等我被槍決之後，墓誌銘不要幫我寫『交過三十個女朋友的傢伙』。」

「算了。看來要逼你許願，比登天還難。」我長嘆了口氣。「你到底為什麼交那麼多女朋友啊？」

「因為我心理有問題。」

「正經點。」

他轉過頭讓我看清他坦蕩蕩的臉。「我從小被媽媽拋棄，被爸爸壓到馬桶裡聞大便，我根本不相信有人會愛我。交女朋友會讓我短暫相信自己有人愛，但是很快這種愛就會變調，我就會嚇得在她們提分手之前搶先提，以免又被拋棄。」

「因為怕被拋棄，所以搶先分手？」原來是這樣。我開始為他感到難過了。

「嗯，後來我終於相信自己值得被愛，這已經是交到第二十七、八個女朋友的時候，但是我那時候臭名已經洗不掉了，還選了幫女人抓龍這種職業。她們懷疑起我的時候就會拿我以前的紀錄出來講。」他大笑兩聲，用後腦勺撞樹幹。「我就是不懂，我選擇不隱藏過去，對每一個我正在交往的人都坦誠相對，為什麼她們那麼喜歡活在我的過去？」

我心頭一震，說不出話。

「所以我告訴自己，如果對方不懂珍惜我，不能信任我，那麼人生苦短，就放彼此自由吧。」他瀟灑地用繃帶手撥瀏海。

那一瞬間，他的眼神閃過一抹純真，和一抹老成，像是人瑞與孩童並存。

原來我沒有看錯。他飽受滄桑而能保持童心，遍體鱗傷竟能把自己療癒得如此完滿，這是奇蹟。只是我跟其他人一樣，選擇被他的過去所蒙蔽。

是啊，他曾有千百次機會占我便宜，但他刪除了我跳瀑布後上衣透明的照片，就算在棉被裡被兩個睡死的女人包夾都還是規規矩矩，我為什麼不相信這些事實，要去相信傳言？

我四肢發軟，冷汗蒸上背部，傷心、懊悔、自責、惋惜，諸般情緒湧了上來。

「妳覺得是我要求太多嗎？」他認認真真凝望我的眼。「像我這樣一個臭男人，希望能完完全全被女生接納，是不是太奢求了？」

「不會。」我衝口而出，「其實你很好。你……真的很好。」我發覺自己的指尖輕輕按上他纏滿繃帶的上臂。

「那妳會接納我嗎？」

「你這是什麼意思？」我急忙撤手。

「妳不會。」他在我額頭上虛拍了一記。「說我多好，根本是耍我嘛。」

這話讓我更羞愧了。

是的，作為朋友，我知道他是百分百值得相信。作為情人呢？我真能不被他的過去所撩撥嗎？我真能不在乎眾人的悠悠之口嗎？

「好啦，故事說到這裡，我真的該去警察局了。」他歪歪倒倒地起身。「可惜我現在這樣，不然我會給妳一個再見的擁抱。以後沒有我在旁邊嘮叨，妳自己要懂得照顧自己。」

「等一下。」

他拋下一個灑脫的笑容，轉身就走。

「夏燦揚。」

他頭不回，伸出繃帶手與我道別。

「夏燦揚——」我彎腰竭力大吼。

他還是不回頭。

不能讓他走。願望呢？願望呢？眼望他瀟灑闊步的背影，我急了，我慌了，花精在哪裡？我像隻被切了頭的青蛙漫無方向撞撞撞。口袋裡？兩手伸進口袋，沒有。皮包裡？我把全部東西嘩啦啦倒出來，沒有。身上還有其他口袋嗎？褲子前後口袋都沒有。

不會弄丟了吧？

我著急地不斷抹眼睛，抹了十幾次，想讓自己看得更清楚。會掉在地上嗎？我跪在地上摸索，四下都沒有。如果弄丟了，他會不會就永遠變成這樣，嗅覺喪失，手觸不敏，鋃鐺入獄，不不不——

「夏燦揚——」我跪在地上叫他，快要變哭音了。

不能讓他去警局受那些折磨，我得先把他抓回來。

我跳起來往他的方向奔去，不料撞進了一個懷抱，迎面是刺鼻的藥味。他什麼時候回來了？我要後退，他不鬆手，就這樣把我抱個滿懷。他的手會痛啊，怎麼能這樣抱著？我掙扎，他反而擁得更深，我怕他痛，就不敢動了。

「澍耘，我很開心。」他低頭將嘴附在我耳畔。「起碼我知道妳很關心我，這樣已經夠了。」

他還是回來跟我再見擁抱了，我心好暖。他的體溫像岩漿熔爐，擁抱的姿態是如此當仁不讓。

「你先別走，我……」天哪，我的聲音怎麼這麼啞。

他的嘴唇更靠近我耳畔。我耳頸一陣炙流通過，聽見他說：「我不在以後，妳去跟若竹芳療公司的老闆借八十萬，他有欠我那筆錢，我會請他把錢匯到妳帳戶，然後妳開間精油工作室，跟夏園的廠商進貨，需要人手就找夏園的老同事來幫忙——但是不要累死自己，不要繼續還妳爸的債了。」他捏住我的肩頭似要確認我是否理解，口氣既深又重，交代遺言似的。「我能幫妳的就到這裡。以妳的能力，用這個方法會比為梅堇岩打工強多了。」

「你為什麼要對我這樣？」我不敢相信。

「因為妳是我朋友。」他推離我，笑笑的，眼神卻認真得緊。「所以我只能在朋友的範圍裡對妳好。」

我皺著眉，不懂他的邏輯。

「如果妳是我女朋友，我才能對妳更好啊。」想到什麼似的，他陡然笑了笑。「雖然那會累死我自己。因為妳是個屢勸不聽的人，妳一定還是會想去還債，最後啊，我也只好替妳還了。」他沒再多解釋，轉身又走。

「夏燦揚，你給我滾回來。」我對著他的背影大吼：「如果你以為我可以容忍別人來跟我講什麼男朋友女朋友這堆不清不楚的話又跑走，你就太小看我了。」

「妳確定嗎？」他回頭斜我一眼。

我胸口驀地一痛，眼前一片昏花。

梅堇岩。

為什麼我可以對夏燦揚這樣沒大沒小，對梅堇岩卻束手無策？梅堇岩、梅堇岩、梅堇岩，我的罩門，我的死穴，我今生的冤孽。

一股刺鼻藥水味喚回了我的神志，夏燦揚不知何時回到我跟前，用一種看到小寶寶跌倒的憐惜神色瞅我。

我現在的表情夠慘，他肯定看懂了。

「唉，去他的梅堇岩，他不知道他擁有什麼。」他霸氣把我摟進他胸懷，像是痛死也不管，用種向全世界宣告的口吻說：「他不喜歡妳，我喜歡妳。」

「你什麼？」我渾身籠罩他的熱度，心中餵滿感動的甜意，但……「你怎麼可能喜歡我？」

「當然啊，我有一百個理由不喜歡妳。妳欺騙我，想要偷我資料，老是不聽我的話，成天跟我鬥嘴。很喜歡虐待自己，工作跟休息的時機都搞不清楚，老愛攬下別人的任務，所以黑眼圈消不了，可是我就是喜歡妳。特別是妳為了達成使命，氣勢爆發的時候，我常常必須強迫自己假裝生氣，才能不向全世界大叫我好喜歡妳。」

天地翻覆，我站不穩了。他矮身擁起我後背，我完全靠他纏滿繃帶的手撐住我，這恐怕令他更痛了。

「妳曾經問我世上有沒有我害怕的事，我有，世上怎麼可能有人什麼都不怕咧？」他說話時鬍碴掃到我耳際，一陣銷魂的酥麻。「我就是超怕身邊我喜歡的人過不好，尤其是妳。」

這番天地明朗的剖白，我無力招架，心防有什麼正在坍塌、正在毀壞了。

「我本來以為我有時間，可以等妳放下梅堇岩。我本來也以為我們有機會，成為終結彼此感情創傷的那一個。可惜現在妳看看我，我失去資格了。從今以後，妳不要心疼我了……」他把鼻尖深入我頸間髮絲。「學會心疼妳自己。」

我完了。我是一條在太平洋上漂流的無主孤船，一陣颶風來襲，我漂流擺盪，不知所歸，完完全全、徹徹底底完了。

他持續嗅吸我的頭髮，每一道都如電流穿透。

「你聞得到嗎？」我用細不可聞的鼻音問。

「我想像得到。」

我咬緊牙關，不讓自己哭出來。

他在我的額際烙下一吻，放開了我。

我全身一冷，重回寒風中，看見他的背影跟高舉道別的繃帶手，我急壞了。「等等。你快告訴我願望啊。」

他揮揮手，沒有搭理。

「你不告訴我，我自己幫你許喔。」

我狂搜全身上下，終於在外套角落碰到一個硬物，原來外套口袋破了，花精掉到內裡。

我將瓶底最後殘液倒到嘴裡，腦裡浮現鳳勳從前的建議。「我希望我從來沒許過前面兩個願望。」

這樣全部撤銷，不可能再有副作用了吧？

這次的感覺跟前兩次不一樣。一許完願，我就頭暈，視線一片漩渦，黑流從四周旋過來，不知怎麼了。

夏燦揚對我喊了幾句話，聲音縹緲迷茫。他是大聲公，照理說這樣的距離一定聽得見，可是我聽得很糊。

「什麼？」我大聲問他。

「我希望……」

他在許願了。我聽不見。

「你希望什麼？」我加高音量。

「……我希望……願望……」他看起來很用力在喊了，可我聽起來比上一次還要小聲。

「什麼願望？」

我朝他跑過去，視線越來越窄，只剩下中央一圈車輪大的視野。風聲也聽不見了，四周彷彿進入消音狀態。我用盡全力在跑，動作反而變得很慢，像在太空漫步，忽然我手掌和膝蓋劇痛，好像是跌了個大跤。

夏燦揚臉色關切，朝我跑過來。他全身浮在空中幾乎定格，像體育台的超慢速重播，這樣他跑到明年都跑不到。

漸漸的，我的視野只剩下他的臉，而後只剩他的嘴，而後只剩一片黑暗。

在黑暗之前，我還是聽不清楚，他到底許了什麼願？

下部

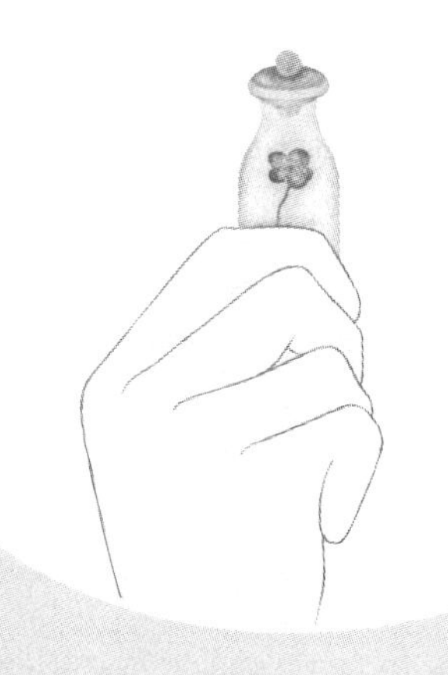

19

金紅色夕陽耀眼。熱氣拂面。

我猛喘氣，心跳得好快好快，一時不能適應這樣的氣溫和光線。

我在沁芳園天母店門口，站在熟悉的紅磚道上，身旁是我經常澆的玉蘭盆栽。我為什麼穿著無袖上衣？

「我是有東西要給妳。」是梅董岩熟悉的嗓音。

「什麼？」我反應不過來。

梅董岩往公事包裡掏去，忽然揪緊了眉心，往包裡越挖越深。「怎麼不見了。」

「什麼東西不見？」我嘴巴說著，卻東張西望。夏燦揚，夏燦揚在哪裡？

梅董岩沒回答，把公事包放到地上，徹底翻開來找。

我找不到夏燦揚，他應該不會在這裡。他好起來了嗎？我必須馬上弄清楚。

「澍耘，它真的不見了。」梅董岩抬起頭來，臉色很不對。

但我顧不得了。「老闆，對不起，我有事必須先走。」不等梅董岩回答，我已奔向馬路，舉起手招計程車。

夏園是好的。庭院橙樹挺立。

我雀躍萬分，衝進去推開玻璃門，捲進了狂卷旋風。

每個人都驚愕轉過來看我。小蓮在櫃檯，派洋在精油架旁，阿覺搬著一箱貨正要往裡邊走，還有滿室的客人，全都驚愕地瞧著我，定格了。

我火速搜尋全室，看見了，櫃檯後一身黑衣的虎背熊腰身影。夏燦揚閃亮大眼，濃眉飛揚，雄健的手臂好端端在打著筆電。他好了，他好了！

我喜極咧嘴笑，笑得像個傻瓜。

夏燦揚看見我了，站起來衝著我笑。「小姐，有預約療程嗎？」

這一句轟一聲，如雷貫頂。

「今天是幾月幾日？」我呆呆的。

「呃……十月一日。」

十月一日，我的生日，正是我第一次到夏園的這一天。

夏燦揚好了，但是……他不記得我了。對他而言我變回一個陌生人。瀑布上的戲謔，棉被中的擁抱，森林公園中的告白，那些共同的記憶全沒了。他不記得我叫他夏婆，他不記得聞過我的依蘭。我的心有一塊很珍貴的角落，脆弱崩解，嘩啦啦坍塌了。

所有的人都呆看著我，他們的臉色怎麼變得這麼奇怪？是什麼東西沾溼了我的臉？噢，我怎麼流了這麼多眼淚？不可能……我不會哭的呀。負債七百萬，我沒哭。苦戀梅堇岩，我沒哭。夏園燒成灰，我沒哭。我一向忍得住，可現在我怎麼掉了這麼多眼淚？快停，快停啊，可是淚如泉湧，我擦不乾。

「小姐，妳還好嗎？」夏燦揚滿臉關切，遞上一張面紙給我。

他的手好了，那雙美妙的芳療聖手就連遞面紙都如此靈巧，我又笑了，笑得胸腔顫動，無法抑止——可是他不記得我了，我不由得又爆哭失聲，聲聲撕心裂肺，跟瘋婆子一樣。

眾人一陣譁然。夏燦揚整個傻了。

我的天，這種初見面方式實在太糗了。對他來說，我應該成了個莫名其妙跑到他店中又哭又笑的瘋女人吧？

我理智升起，在淚花模糊中奪門而出。

但夏燦揚還是一直在背後叫著我。「小姐，小姐，妳還好嗎？」

回到天母店，我耳邊還是不停迴響夏燦揚的叫聲：「小姐，小姐，妳還好嗎？」

我甩不脫那聲音，在店外繞著玉蘭盆栽踱步，一顆心亂亂地翻騰著。

所以，現在是重來一次了吧？

我好憂慮。雖然夏燦揚恢復健康，可是後續會怎麼發展呢？許願花精用完了，這次如果出差錯，已經不會再有彌補的機會。

我能不能靠自己的力量，讓沁芳園解除困境，讓梅堇岩愛上我，還是讓夏燦揚……噢，不行，不行這樣想。如果我跟夏燦揚來往，梅堇岩怎麼可能容得下我？失去梅堇岩，絕不會是我想走的路。

呸呸呸，不要想夏燦揚了。只要他健康快樂，就夠了。我不能夠因為他對我好，就迷失了初衷。

那麼，今晚我該跟上次一樣去做生日療程嗎？天哪不行，剛才驚天一哭之後，我糗爆了，不能再過去了。

還是待在天母店就好了吧。

我望著燈火通明的店內。該現在進去嗎？現在才晚上七點多，還看不見梅堇岩捧東西，那是多麼飛躍性的一晚，我和他的關係從此更進一步，那……還是照上次的經驗，十點以後再進去吧。

我正要轉身離開，肩膀被人抓住了。

「靠，妳怎麼會在這裡？妳沒去做療程吼？」是鳳勳。

「我……」

「沒做療程，就罰妳幫我上架。」她沒讓我有拒絕的機會，將我拽了進去。

「為什麼妳老是要急著在到貨當天完成上架啊？」我沒好氣地回。「一個月才進貨一次，妳這樣是想在一天內把一個月份的工作做完吔。」

「快點啦，澍耘。」她早進了倉庫，在裡頭拔高音量鬼叫：「大澍——巨澍——千年古澍——」再這樣叫下去，她要把梅堇岩給叫出來了。我連忙進倉庫，聞到熟悉的精油與紙箱混合的氣味。

我站到鳳勳身旁，與她肩挨著肩，再次見到她圓圓的臉，碰觸到她老愛用來勒我的壯臂，我百感交集。

「嘿。」我衝著她傻笑。「見到妳真好。」

「妳幹嘛？」

「就算妳胡搞瞎搞，我以後也一定不會再說不想見到妳了。」

「妳吃錯藥了喔？」她一臉莫名其妙，忽然一怔。「妳眼睛鼻子怎麼紅紅的？」

「有嗎？」我趕緊將臉別開，瞥見了倉庫門口一個長身勻稱的身影。

完了，驚動梅堇岩了。他倚在門邊貨架上，清俊優雅，跟平時一模一樣。

「外面還有客人。」他朝我們撇個頭。

鳳勳「嘶」一聲縮起肩膀。我尷尬笑笑。

「剛才看妳跑得那麼急，怎麼不是去兌現妳的生日禮物？」他筆直望著我。

我迅速回想，這天我好像有答應去夏園做療程蒐集情報，回來向他報告？

「呃……雖然沒做療程，但是我有跟他們老闆聊了一下。」我這麼說。

他點了點頭，還算滿意這個答案。「到我辦公室來，好嗎？」

我跟著梅堇岩到二樓，他辦公室裡收納齊整，一塵不染，完全沒有異樣。

可惜了，我錯失了與他靠近的機會。

我照例沒有關門。梅堇岩清清白白，與女職員談話時向來不許關門。

「妳為什麼沒去做療程？」他坐到辦公桌後問。

「老闆，芳療師是男的，她們沒人事先告訴我，是存心要設計我。」我頓了頓。「你是不是也知道？」再頓了頓，終於鼓起勇氣。「怎麼不跟我說呢？」

「我擔心如果我說了，妳就不會去了。」他笑得有點侷促。「這要求，是有點過分。我向妳道歉，好嗎？」

「……嗯。」

「我認為妳是真的需要休息。」

「女生休息有很多種方式，通常不包括給男生做療程。」

「我以為就算是男的，妳還是會讓他按。」他略微驚訝地打量著我。「這是很重要的情資，妳不覺得嗎？我以為，照妳往常的個性，妳甚至不需要我開口，就會主動去蒐集情報了。」

「我是啊，所以我才去找夏園老闆聊天，這樣會比做療程還能聊出更多東西。」

他目中閃起期待，示意我說下去。

「夏園的療程沒有影響到我們多少。他們老闆手技很強沒錯，可是他只有一個人，目前沒有訓練芳療師團隊的計畫，所以能吸納我們客人的量不大。」

他側頭思考。「說得也是。」

「他們的定價雖然低，可是精油品質沒問題，這是因為他們找到世界各地小農的源頭直進。他們在徵物流員……」我定睛觀察他的反應。這一次，他會怎麼抉擇？

「不知道他們的貨源在哪裡？」

「老闆你不要往那個方向想。」我將手嵌上桌沿，指甲幾乎發疼。「我如果去應徵物流員，為了維護名聲你不能讓任何人知道，萬一洩漏你會否認到底，我回不了沁芳園，從此只能轉為地下職員。就算偷到資料，你會發現他們供應商太多，你沒空一一訂貨，你也不放心交給別人訂。就算交給別人，你也不會願意把利潤抓得跟夏園一樣低，最後你會良心不安後悔莫及，鞭笞自己很久、很久。」

他驚愕地瞪視我，半晌後，把臉轉開。「我要妳去應徵物流員了嗎？」

「呃……還沒有，我只是感覺你在考慮。」

他不置可否。

我的心像是剜了一個洞，虛空了。他的距離好遠。

「我最近在考慮去英國找第三十九種花。」半晌後他說：「如果能推出量產，會是非常大的突破。妳覺得呢？」

噢，這真不妙。如果人人都買得到許願花精，可不是世界大亂的開端？

「花精不是我們的營收主力。」我說。

「但是至少能提升營收吧？」

「我覺得老闆你的心力應該放在更大的事情上，譬如……如果老闆能親自做一系列複方……」我見到他眉心縮動，趕緊改口：「當然這是有違公司政策，我只是打個比方，因為精油才是我們的主力市場，從那邊獲得營收比較有希望。」

「精油和花精，我兩邊都要做。」他一字一字清晰地說：「魚與熊掌，可以兼得。」

「說得是。」這就是我一向仰慕的梅神豪氣，但我心頭驀然酸楚，脫口加了句：「但只有在事業方面。」

他奇怪地注視我。我趕緊斂起臉色，對他笑笑。

幸好他沒有再追問，只繼續說：「一月英國芳療展，我打算順道去找第三十九種花。」

「但是老闆，找到花的機率應該非常低，差旅費可不低。你這樣親自專程飛過去，投資報酬率恐怕不值得。」我咬了咬牙。「說不定會一場空。」

「我不會是專程，我也不必親自。」他依然四平八穩。「其實找第三十九種花只是順便，可有可無。最要緊的辦法還是釜底抽薪，一旦我們拿到花精的獨家代理權，夏園就沒貨賣。」

我胸口流過一波擔憂。如果往這個方向前去，這商戰的激烈程度恐怕不亞於上回，實在無法預見接下來的演變。可是梅堇岩的決心……我實在擋不住，現在只能退而求其次了。

「不然，派我去找花吧。」

梅堇岩揚起眉毛，很意外。

「雖然我常說自己英文很菜，照理說是不適合到英國出差，可是至少我是個花痴。老闆還記得我在巴赫故居脫隊找花的樣子嗎？」我的心口忽然揪緊，一口氣吸不上來。他就是在那時袒護我的。

他眼神微微一震，但很快隱了起來。「這麼說來，妳是適合沒錯。」

我拚命讀他的臉。這件事他的內心世界一定沒那麼簡單，可是現在的他已不是能讓我直呼名字的他，藏得好深好深。

「那麼妳去找花，順便幫我看展，好嗎？」

他的表情現在靜得像死水了。我搖了搖頭說：「可是我的英文要看展恐怕……」

「妳替我到每個攤位拿傳單，拍照，記錄妳對每個攤位的感覺，特別是他們的產品適不適合沁芳園代理，整理出來給我。這不需要太多英文能力。」

「……好。」

「只是有個小問題。最近公司需要節省費用，一個人能做的事，我不會派兩個人。」

「那我就一個人去。」

「謝謝妳。」

「我也謝謝老闆。」

「不用謝。」

他好疏遠，好客套。我已不知能再說什麼了。

「今天還有沒有其他事情？」他開始瞥向電腦了。

「台南店店長找你。」我居然還記得這件小事。「請你回電給她。」

「謝謝。等一下幫我把門帶上。」

他變回最初那個他了。冷靜自持、胸有成竹、遙遠疏離、只能遠觀。現在我不只失去了夏燦揚對我的記憶，還失去了梅堇岩與我的靠近。雖然他的靠近仍屬悠遠淡然，那也是我努力了那麼久、那麼久，所換來的珍貴成果，如今全部歸零，我的心也碎了。

我離開時，腳步十分沉重。去英國出差，畢竟比不上去夏園竊資那麼令他重視。往後，恐怕更難親近他了。

「澍耘。」他在最後一刻喚住我。「今天真的很不好意思。」

「不好意思什麼？」

「本來要給妳那東西。我不知道它為什麼會失蹤。」

他說的是他公事包裡那東西吧？

「是巴赫醫師的第三十九支花精嗎？」我問。

他怔住了。「我有告訴過妳嗎？」

「我猜的啦。」

那花精被我用完之後，大概就從世界上消失了，辛苦他白找那麼久了。

「那沒事了。」他揮手讓我離開。

我忽然有些不甘心。他上回把許願花精塞回去沒給我，是到我決定去夏園偷資料，才給了我。這回，如果我沒有去夏園偷資料，他是不是就不會給我了？

「老闆，你給我那個要幹嘛？」我回過身。「那個很貴重吧？」

「就是……」他的眸光似要看我，又不看我，最後盯回電腦。「給妳看看而已。」

我鼻腔酸熱上沖，又想哭了。

不管這回答是真是假，不是代表我在他心中的地位只配看看那瓶花精，就是他又在偽裝了。我原本可以安於如此，可是，在經驗過梅式讚美、直呼名字和兄妹式擁抱之後，我永遠只會想到我失去的一切。

這一次，我能如何讓他脫下仙人的外衣，卸下肩上的重擔？如何能讓他再對我說「我們能不能都不偽裝了」？如何才能讓我看見他的失態、脆弱與徬徨，即使是對我說他女友的事，都好，都好。

「妳怎麼了？」梅堇岩發現我的異樣，從座位上慢慢站起來。

我連忙轉身假裝沒事。

「妳還好嗎？」他來到我身邊。

我躲無可躲，被他看見了我的眼鼻。他好驚訝。

「這是過敏。」我強辯。

「不是在哭就好。」他鬆了口氣。「我還以為妳是因為沒得到那支花精，不開心了。」

「沒得到花精幹嘛哭。」我順水推舟。「那麼珍貴的寶物，我本來就不會肖想啊。」

「是啊，那種寶物我也不可能拿來送人。」

那上回為什麼還要送我呢？讓我如何安分得了？我再也忍不住，嘩啦啦流下兩道淚。

「澍耘？」

他慌了手腳，既像要出去找救兵但覺得不妥，也像要拍我的背脊又不敢，兩手不知哪裡擺，兩腳踏來踏去，終於在桌上找到面紙，連抽五六張給我，想想不夠，乾脆把整盒面紙拿過來。

他著急的模樣好可愛，我好像從門縫窺見了他的剪影，有一絲感到安慰。

「妳究竟怎麼了？」見我擦乾眼淚後，他問。

「老闆，你……我……」我真不知該如何解釋，還是扯到公事吧，還要夠嚴重到能合理化我的哭泣……考慮了半天我深吸口氣說：「我感覺到沁芳園虧損好一陣子了。」

「誰說的？」他大吃一驚，至少是相信了。

「沒有人。」

「妳偷看我電腦？」他旋即搖頭。「不可能，我的電腦鎖得很嚴密。」

「我怎麼敢。」

他毅然關上了門，回頭時臉色極凝重。「那妳怎麼會這麼說？」

「因為我感覺到你這陣子很不快樂……我覺得很……」我猛搖頭不敢說，心疼你。

「妳不用擔心。不會有事的。」他遞了更多面紙到我面前，臉色卻越發焦急。「有其他人知道這件事嗎？」

他分明進入危機處理狀態了。都是我害的。

「完全沒有。」我連忙收拾容色。「對不起，我好糟。你的經營壓力已經夠大了，現在還要處理員工的情緒。我還是趕快走，不要困擾你了。」

「不。聰慧如妳，妳的觀察力太令我驚奇了。」他的語氣放得好柔。「我原本就覺得，如果有人會發現，也只有妳。」

我嘴角勉強彎起一道弧度。「鳳勳說我是你肚子裡的蛔蟲。」

「不，妳是解語花。」

好溫暖的讚美，我臉上還掛著淚就噗的笑出來，旋即又是一悲，他這只是為了安撫我的情緒才講的場面話啦，他心裡一定覺得自己只是在做領導者該做的工作而已。

「老闆，今天真是失禮了。」我把門拉開。「我走了。」

「等等。」他忽然情急，握住了我的手臂。「今天這件事就妳知，我知，好嗎？」

他指的不是我哭的事，是沁芳園虧損的事，他仍然想獨立承擔，不讓人看見他的憂傷。

我用力點頭，直到他徹底放心為止。

出了辦公室後，我握住手臂上他握過的地方。他明明握得很輕，為何我會感到這麼酸楚，還有一抹蔓延到心臟的抽痛。

還沒離開梅堇岩的門口，我的手臂又被鳳勳握住。她對我比了個噤聲的手勢，把我拉進倉庫。

「我都偷聽到了。」她像發現新大陸。「解語花。哈哈哈。」

「妳怎麼可以這麼亂來？」我巴她的頭。

「我剛上去，聽到妳在大神辦公室裡說沁芳園虧損，門就關了，門關了！這太反常了，我當然要偷聽。」她激動到嘴角噴泡。「公司到底虧多少啊？」

「妳這八卦王，可不能說出去。」我狠瞪著她，可是要讓她閉口真不是用瞪的就夠了。

「哎喲反正遲早大家都會知道。大神打算怎麼處理呀？」

「妳先答應我，不能說出去。」

「好啦好啦，我答應妳。」她吊兒郎當的。

我嘆了口氣。「鳳勳，妳記得去年過年前庫存大亂的事嗎？」

她頓了一頓，「記得啊，幹嘛提？」

「妳記得大家為了收拾善後，客服跟出貨連續加班一個禮拜吧？」

「妳講這幹嘛？」

「妳記得大家說要告到大神那裡去，但是最後很奇怪地石沉大海吧？」

「這……這有什麼相干？」

「我知道罪魁禍首是妳。」我突然指著她的鼻子。

「妳……」她連連倒退，碰倒了一個大紙箱。

「妳急著回家過年，違反進貨程序，貨還沒有拆箱清點，妳就搶先更新了網站庫存，後來才發現廠商整箱貨寄錯，妳趕緊偷把庫存更正回來，然後騙大家說是系統出錯。」

「妳……妳現在提這幹嘛？」

「我會知道，是因為我太常幫妳上架了，我太清楚妳的工作了。」我向她逼近。「別人可以被妳糊弄過去，我沒提只是不想讓妳沒面子而已。大神之所以沒有反應，就是因為我。」我指住自己的胸口。「我這個每次負責傳話還被妳罵的大總管幫妳隱瞞下來了。要不然妳以為事情讓大神知道，妳可以逃得過他的火眼金睛嗎？」

她已經腿軟，跌到大紙箱裡。

「現在，我再問妳一次。」我溫柔一笑。「妳要不要答應我，今天的事不說出去？」

「大總管，妳說什麼都是。」她做出五體投地的動作。

我這才吁了口氣，感覺全身虛脫。

「那大神打算怎麼處理呀？」鳳動瞬間回復八卦模式，但是這回我知道，我跟她說什麼都是安全的了。

「我會去英國出差，找第三十九種花精。」

「要推出新產品喔？」

「拜託，那是許願花精吔。那種東西量產出來還不天下大亂，我第一個就要去阻止。」

「妳怎麼知道許的願一定會實現？」還沒待我回答，她馬上又說：「啊，我知道，一定是大神告訴妳的。他一定試用過了。」

「……沒錯，妳太聰明了。」

鳳動嘻嘻一笑。「可是妳為什麼要阻止量產？」

我想了想。「妳自己說，妳最大的願望是什麼？」

「希望全地球的人都給我用十倍速做事，否則我可以把他鞭打到死。」

「看吧。」我瞪她一眼。

「噢。」她似乎懂了。「那妳為什麼還答應去英國？」

「大神不派我去，也會派別人去。況且，如果真的找到那種花，我還是想要做一罐花精出來，以備不時之需。」

「那也順便幫我做一罐啊。我發誓不亂許願，否則我來世變蝸牛。」

這對鳳勳來說是毒誓了。我思索了一下，還是搖了搖頭。

「喂，我都幫妳改療程時間了吔。」她氣得勒住我脖子。

「啊？」

「我是費盡千辛萬苦幫妳約到夏園療程，這次又是千辛萬苦幫妳改時間，妳再不給我過去，來世變蝸牛的是妳！」鳳勳抓起大紙箱，朝我當頭罩了下來。

20

夏園的療程是改到一個月之後。我原本沒有正面答應鳳勳，後來她向我情緒勒索，說能改到這麼近的時間，是因為大夥兒又抽了一次籤，這次換松菱搥心肝，讓出她已經排了三個月的時段給我。

如此盛情難卻，所以當天早上我見到窗外下起滂沱大雨，便特地帶上一把最大的傘，好讓自己下班後能以優雅之姿抵達夏園。

我也特地檢查了自己的黑眼圈。因為上回去夏園竊資期間，晚上仍在家裡幫忙沁芳園做行銷，獲得了三個月的預先工作經驗，因此這一回可以「作弊」讓梅堇岩對我的工作無可挑剔，加上有乖乖用橡樹和橄欖花精，我已不常熬夜，黑眼圈終於消掉了。

我照例第一個到公司，開好二樓的燈，才坐下不久，梅堇岩也提著公事包上來了。一如往常，他經過我時微笑叫了聲：「澍耘。」才走進他的辦公室。

我馬上送宣傳稿進去給他過目。我最喜歡這種全公司只有我們倆的時刻。

他沉默地審完，把稿件從桌面推還給我。「很好，謝謝。」

「都不用改？」

「都不用。」他只這麼說。

「謝謝老闆。」

往常我總是很識趣地離開，但是，這天我實在無可忍受了，這一個月來他都是這個樣子。我到了門口忍不住回頭。「老闆，我已經連續一個月都完全不用改稿了吔。」

他愣了愣。「是，我有注意到。」

我沒有接腔。

他忽然像是醒悟了，掛上很有禮貌的微笑。「抱歉，是我最近太忙於公司的事，沒有好好稱讚妳。謝謝。妳做得很好。」

「老闆，不是，我不是要討你的稱讚，我只是……」看到他有如千里之外的臉，我最後只輕輕說：「沒事。」

其實我只是想確認自己現在的進度，距離得到第一個聖杯到底還有多遠？

我駐足在夏園對面，雖然撐著大傘，膝蓋以下還是全溼了，腳趾又溼又冷，心情倒是緊張熱切。

我沒有馬上進去，只是百感交集看著這個天堂，還有裡面的人。

因為大雨，店中暫時無客。小蓮、派洋在上架，不時彼此笑語。小蒲、阿覺還有一位我不認識的男生，大概是做我原本那個職位的物流員，到門口準備穿鞋下班。除了小蒲的臉依舊死板，其他人都洋溢快樂。我心中也暖流遍布。

我正想舉步過去，夏燦揚出現了。他從療程室的隱藏門走出，像陽光照亮滿室，不知說了什麼笑話，大家都笑了。我的心口突然抽緊，以為一個多月來可以沖淡對他的感覺，但我還是……很關心他。

只有關心而已。我告訴自己。

夏燦揚走到沙發區一位穿著紅衣的女生面前，那女生站了起來，夏燦揚就摟住了她。是她。夏燦揚的女朋友，他們還在一起。

上次他們不是應該早就分手了？噢對，是因為我。他女友生氣夏燦揚把那個職位給了我。這次夏燦揚雇了男生，沒有那個導火線，他們就繼續交往下去了。

夏燦揚摟著她出了大門。女生對他搖手道別，夏燦揚突然把她揪回來，重重吻了她的嘴，才縱聲大笑放她走。

不好……這實在令我……不想看下去。

夏燦揚看向我這邊來了。我連忙用傘遮住臉，轉身就走，走一小段之後改用跑的。跑到了公車站牌，我才抬起雨傘，確定他沒有跟來。

腰部以下都溼漉漉了。我就近找了超商進洗手間整理，一進去看到鏡中自己的臉，怎麼這樣？這種臉，好像剛被老闆開除一樣。

夏燦揚有女朋友，我為什麼會是這種臉色？我又為什麼需要逃走？這心態肯定是……本來自己可以得到的，突然得不到，才一時不平衡吧。

此時手機忽然響起，是梅堇岩。

「澍耘，方便說話嗎？」他總是這麼有禮貌地確認。

我趕緊將話筒緊貼在耳朵。「請說。」

「我今天想了想，既然妳現在做得那麼好，妳以後交電子稿給我就好。」

「欸？」

「這樣妳可以不用進辦公室跟我討論，節省妳的時間。」

「喔？」

「好嗎？」

我不敢相信我的耳朵。他這是在懲罰我。

但我怎麼敢說不好？

我太懂他，他溫溫和和用商量的口氣問妳一句「好嗎」，其實他心裡，早已經過不知多少次的縝密考量，拍板定案了。

「好。謝謝老闆。」

掛完手機，我跌坐到地上，像朵深秋枯萎的花。

21

急驚鳳

為何是懲罰？

交電子稿不合理
我就坐在他辦公室外，走沒兩步就能送稿子進去
萬一不好，當場就可以討論
這才是節省我的時間

也許寄電子稿比走路快？

用腦袋！
討論時是打字還是講話比較快？妳想一想

可是他說是因為妳做得很好，所以才改用電子稿
這是鼓勵耶

等哪天妳被調到台中店，妳也會覺得是鼓勵

什麼意思？
喂，妳說清楚啊
敢給我已讀不回，死大澍！

22

出國前，我好不容易排到了歐任東的占星服務。

一方面是想知道梅堇岩這一回有沒有找他排我的星盤，一方面是對至今為止的走向束手無策了。

走進歐任東的工作室，我以為走錯了。這像陳年古董室，錄音帶、黑膠唱片，還有看起來像是我出生前出版的古舊童書。我重新出去確認一次門口招牌沒錯，才再次走了進來。

小姐領我進歐任東所在的諮商室，我一看到大桌後面那個男人的臉，再度以為自己走錯。他看起來好娃娃臉啊，卻穿著一襲唐裝。

歐任東已經對著電腦開始解讀我的星盤，看起來漫不經心的，卻突然驚叫了一聲，「我看過妳的盤！」

「是從哪裡看到的？」我又驚又喜。難道梅堇岩這回也有來找他？

「我夢到的。」

「什麼？」我以為我聽錯。

「那個夢很清楚，我印象很深刻，就是這星盤。」他很激動地把電腦螢幕轉過來給我看。「妳聽說過梅堇岩嗎？報紙上那個芳療才子。」

我點頭如搗蒜。

「就是他要我看妳的星盤。」

我無法形容我的驚奇，隨之是更多疑惑。「但是，夢裡的星盤怎麼可能跟現實一樣？」

「就是這麼奇怪，妳的每顆星跟宮位都跟夢裡一模一樣，一模一樣。」他眯著眼審視我的星盤。

「我平常星盤看完大概只能記得七八成，不曉得為什麼，那個夢我就記得十成。哎呀！」他突然推離電腦。「這已經不是巧合可以解釋的了！」

我腦袋飛速運轉，消化這個情況。難道……難道上回的經歷會滲漏到夢中，改以夢的形式出現在相關人的記憶裡？有點像……復刻版記憶？

「你認識梅堇岩嗎？」我問。

「他是我大學同學。那時候我們都叫他孔夫子。」歐任東好似十分沾光。

「你們很熟嗎？」

「認識孔夫子是我的福氣呀。」他眼神閃爍，好像期待我問下去。「以前的事情，記憶猶新哪。」

「你可以告訴我他的事嗎？」見他好像還不滿足，我加一句，「鉅細靡遺地告訴我。」

歐任東果然像梅堇岩說的一樣口無遮攔，開始講起古來。

「他剛到我們系上修課，大家都很注意他，畢竟不是那麼多人有機會認識那種貴公子，家裡有錢，長得白白淨淨，平常都不怎麼跟我們講話，難得講話的時候，好像隨時會拿出扇子來搖。他念醫學系，還來輔修我們英文系，隨便念一念，期末考就把我們全系的人都幹掉。」

「他不是隨便念一念。」我忍不住糾正。「他是全心投入在念。」

他用奇怪的眼色看我，但還是繼續說：「總之，那時候連我們系花，就柳聖芭，都被他迷倒，每天去宿舍站崗，送早餐，從大一站到大二，風雨無阻，但是孔夫子竟然對她視若無睹，早餐都不拿，柳聖苣硬塞到他口袋，他就偷偷丟到垃圾桶——我親眼看到的。我去問他怎麼可以對柳聖苣這樣，他竟然說……說他高攀不上豪門千金。我很生氣就罵他不識相，他只是冷冷地反問，難道那些早餐不是她派司機去買的嗎？」

他裝出梅堇岩那種淡漠的表情，維妙維肖。我哭笑不得。

「其實柳聖苣是派司機去買早餐沒錯，但是他也不該這樣無動於衷吧。」他竟是十分氣結。「那時候我們都勸柳聖苣死心，但是她好像反而被激發了強大的征服慾，加倍的對他好。終於有一次被她逮到機會，孔夫子得了嚴重流感，柳聖苣不眠不休照顧他，後來也被他傳染，就換他反過來照顧她了。」

「我一直以為是梅堇岩追她追得很辛苦。」

「哪是，那是後來在一起之後，女生愛面子，才這麼宣稱的。實際上孔夫子鐵石心腸，柳聖苣站了一年還換不到他一個正眼，要不是那場流感，恐怕還追不到咧。」

啊，我終於懂了。恩情回報。

柳聖苣站了一年加上一場流感，贏得梅堇岩的心。我在梅堇岩身旁已站了三年多，還連跟他聊私事的資格都搆不著，但是……就算用這方法能擊中他的罩門，我還是不想要這樣做。

「後來呢？」我問。

「後來畢業就沒聯絡了，一直到前幾天我夢見他要我看盤——對了我只顧著講以前的事，都還沒幫妳看盤，我現在幫妳看喔……」

「說你做的夢。」我發現自己拍了桌。

他抖了一下，用碰到奧客的眼神瞧我。「夢裡就是孔夫子突然打電話到我工作室來，要我幫他看合盤。」

「合盤？」

「對，就是兩張命盤拿過來，看兩個人的關係。」

梅堇岩只告訴過我他算我一個人的星盤，沒說他是算合盤呀。

「什麼種關係？」我追問。

「怪就怪在這。那麼多年沒聯絡，他也從不參加同學會，突然聯絡我看合盤，我當然覺得很驚訝，就問要看什麼關係，可是他什麼也不講，只說那命盤是他的兩個朋友的，性別也不透露。我頭一次碰到這種瞎子看盤的情況，實在不能著手。他就一個一個問，這兩人的工作關係怎樣，感情關係怎樣，師生關係怎樣，合夥關係怎樣，把我弄得頭暈腦脹。」

「所以他確實有問到感情關係嘛？」我的血液在奔流。

上回在河濱公園，他對我語多保留，是不是就在保留這個？如果是純粹問工作關係，他沒有必要打這迷糊仗，一定是問不適宜給別人知道的關係呀！天哪，這已經是……已經是……這不只是聖杯了，這是珍鑽。

「是有，不過這只是夢。」歐任東回到電腦看我的星盤。「現實生活，孔夫子跟我早就八百年沒聯絡過了。」

我的雙手原本在顫抖，是驚喜，是意外，旋即被鋪天蓋地的失落掩蓋住。是啊，現在知道已經太遲。現在的我，距離摘到珍鑽還好遠、好遠……

23

接下來的幾天，梅堇岩與我的互動仍是沒有進展。我從同事口中才知道他剛完成了台南店遷址的壯舉，好像馬上投入下個新計畫。至於是什麼計畫，眾說紛紜。

他連我都不告知了。

一直到我去英國前，他都沒有一封信、一通訊息或一句詢問。感覺他徹底忘掉了這件事。不過，歐任東的夢境，讓我仍然緊抱一絲希望。只要梅堇岩也做了夢，進度肯定會大躍進。我等待著那個時刻。

我登機後，鳳勳來電。因為飛機即將起飛，我直接關機。

我剛出倫敦機場就迷路了。為了買通行地鐵用的牡蠣卡，就花了四十分鐘。出地鐵後找旅館又繞了一個半小時，找了幾個人問，有的人不熱心，熱心的我也聽不懂他們的話，幸好最後瞎子亂繞有繞到。到旅館辦入住，英文對話又是一陣緊張，等到進了房，我行李一丟就躺倒，看著天花板白慘慘的油漆，倫敦之大，人口之眾，為什麼我覺得萬里之內只有我一個孤獨的靈魂？

鳳勳的未接來電有十幾通，來自天母店總機的來電也有五、六通。我納悶之際，在訊息中找到原因：「老闆有東西要轉交給妳。我們忘了交給妳。」

是什麼？我問。

「不知道，一個牛皮紙袋和一個箱子，彌封起來，我們不敢打開。」

我將手機抛到枕頭邊，繼續大字形仰躺。會是什麼呢？大概是工作吧。

行程前三天都是看展，後面三天是找花。

頭兩天尚稱順利，第三天一早出了旅館，一個男人跑過來把我的肩包搶走。我過了兩秒反應過來，連忙尾隨追去。奧林匹亞展覽館附近看展人潮一波一波，我想求救，臨時想不起小偷或搶匪的英文怎麼講，只好叫：「Stop、Stop。」

天底下哪有搶匪聽到停會停的。我的腿也快不過人高馬大的英國佬，追過幾條街宣告放棄，迷路了老半天才回到展覽館，頸間掛的單眼相機已經把我胸口撞得疼痛。

回想肩包裡有手機、前兩天蒐集的資料、信用卡和幾乎所有的現金，接下來三天我真的不知怎麼過，光是去找花的交通費就有問題了，幸好展覽三日通行券是在褲子口袋裡，證件和回程機票鎖在旅館保險箱裡，這代表至少前兩天的資料補得回來，家也回得了……想到這裡，我的心情才稍微鎮定下來。

只差錢的部分需要解決。這還好，了不起拿手錶或相機去換交通費，不夠的話這三天斷食也不打緊。

我進到展覽館，望著浩瀚直逼奧運體育館的偌大會場，我告訴自己不能流連在擔憂，必須咬緊牙關，一個攤位一個攤位從頭記錄、拿傳單。

到尾聲，我已完全笑不出來。還有十幾個攤位要拍，我舉相機的手已痠痛難當。

畫面中有一群好像是同夥的外國商務旅客，其中有個像華人的男人，揹著一個登山大背包，擋住攤位的招牌，害我拍不到。等聽到他開口，果然是台灣腔，我忍不住放下相機「喂」了一聲。

他回過頭來，是閃亮大眼，濃眉飛揚，笑得放肆開懷。

夏燦揚？

我的胸口突然有一群蝴蝶在飛舞。

這時候不巧一群巨人般的歐洲客經過這條走道，將我們沖了開來。我急忙踮腳找尋，是他嗎？是夏燦揚沒錯。他稍微一伸頸，馬上拔得比那群歐洲客要高。他伸出食指對著我。「欸，我認得妳，妳是那個……那個那個……」

那個跑來我店裡又哭又笑的瘋女人？我的臉登時熱了起來。

「我擋到妳的畫面了？」他指著自己。

我還沒答，他已側身讓位給我拍照。我如夢初醒，舉起相機對焦，忽然手上一輕，是他伸指幫我把相機頂起。

「妳很厲害呀，用這麼大台的相機，妳會攝影？」他一派自然跟我攀談起來。「但我看妳的手有點抖，臂力是不是需要多練練？」

「我已經連拍三天了，今天一整天沒有吃東西，你要不要試試看？」

「失敬，失敬，當我沒說。」他笑笑地轉移話題。「怎麼那麼巧，會在這裡碰見妳。妳也是做芳療的嗎？」

「你說呢？」我按下快門。

「當然是，不然妳何必連拍三天照——妳是哪間公司？」

「你不需要知道。」

「噢。」他撫住胸膛好像很痛，眼裡卻閃出亮光，就像從前假裝被我打得很痛那樣。

我嗤的笑了出來，旋即鼻酸。天哪，我好懷念。

「很高興這次是看到妳笑啊。」他說。

意識到他是在調侃我上回到他店裡哭的事，我假裝沒有聽見。

他不以為忤。「還有沒有要拍的？我幫妳吧。」他一把將相機從我頸上拉起，往下個攤位走去。

「你不跟你朋友一起走？」我指著那群與他同夥的外國人。

「他們喔，是我剛剛在路上認識的，不用跟他們一路啦。」他揮揮手，向那群新朋友示意他要離開了。

「沒關係啦，我可以自己拍。」我伸手要拿回相機。

他動作好快，瞬間把相機舉得老高。我跳起來還是抓了個空，只好認栽。

有他的幫忙，工作進展得快多了。他負責拍照，我在旁邊拿傳單做筆記。

「欸，妳也入鏡啊。」他拍拍我的肩。「妳應該很上相。」

「不行啦，我要記錄。」

「妳就一個人來嗎？」

「你有看見別人嗎？」

「你們老闆這麼放心？」他不苟同地搖頭。「要是我，讓女職員一個人出差到傑克開膛手的發源地，我晚上都睡不著，尤其是像妳這樣的。」

不知道為什麼，別人說起來很輕薄的話，他說起來就像是單純陳述事實，連讚美都不像。我百感交集，又想哭，又想笑，趕緊低頭猛記錄。

「在這裡碰到認識的人也算難得。」他拍完最後一個攤位，把相機掛到自己的頸上。「妳往哪個方向？我送妳出去吧。」

出會館摩肩擦踵的一路，他邊哼歌，邊走路。

我將傳單抱在胸口，壓抑住內心的雀躍。看到他這樣健康快樂，值得了，值得了。

出了展覽會館門口，他把相機掛回我頸上。「妳一個人，路上小心啊。」

我衝著他笑，他也一直笑望著我，後來那個笑容有點疑惑了。啊，他是在等我先走吧。

我真傻，居然忘記我倆現在只是萍水相逢，當然該道別了。

我強迫自己轉身離去，順著人潮走，也不知道自己往哪裡去，總覺得有什麼不對……什麼不對？什麼不對？

對了，我需要錢！

我趕緊回頭，幸好像他那麼高大的黑髮男不多。我又跑又鑽，總算扳住他的臂膀。

「夏燦揚。你可以借我一些錢嗎？我的包包今天早上被搶了。」說完我慚愧得耳朵發熱。我到他店裡亂哭一通，現在還跟他借錢？

「噢，沒問題呀。」他當場卸下登山背包，也不顧人潮洶湧，就在紅磚道上拉開背包找錢，只不過他打包很隨興，錢一時找不到，內褲倒是翻出幾件，他也不以為意。「妳需要多少？」

「我需要去巴赫醫師故居的車費，還有三天的餐……」

「巴赫故居？妳也要去巴赫故居？」他跳了起來。「我也要去那裡。」

「所以？」

「我們一起去就好啦。」他立馬揹回背包。

「這……」

「我跟妳講。我這趟本來有同事要跟我一起來，她臨時上吐下瀉不能來，我只好一個人出發，沿路悶死了。雖然我那同事有跟沒有沒兩樣啦，她的話比金子還要少，可是一吐出來就會讓我很頭大。我又希望她講話，又希望她不要講話。」

我笑了出來。小蒲。

「怎麼，要不要一起？」他給我個熱情得足以融化太陽的笑。「這樣妳路上可以當我的保鑣。」

我怎麼能不笑？明明是他幫我，總能做成好像我幫他似的。

「我不知道。」我雙手插入口袋。「各走各的，比較單純些。」

「哈，小姐，相信我，我比妳更想單純。」他亮出手上的戒指。「我有未婚妻了好嗎？要是妳敢對我怎麼樣，我可救不了妳的性命。」

「好好好，你有未婚妻。」我笑得眼睛都彎了。

雖然我還沒正面答覆，他已一派自然地與我並肩而行，當作我已經答應了似的。

我們交換了住宿訊息，原來各自的旅館只距五分鐘步程。

空氣接近零度，呼出的風像能結成冰柱。在他身邊我卻像是被大熊牌暖風機罩住。美中不足是紅磚道行人眾多，我很怕與他失散。幸好他是個易熟的人，每當我被人潮沖離，他就會拉住我的領子。

那股熟悉的溫熱，每每令我感慨萬千。

「對了，我還不知道妳的名字。」他問。

「叫我澍耘就可以了，水字旁的澍……」

「大澍？妳就是大澍？」他像是捉到懸案兇手，重新湊到我面前看清我。「妳就是那個沒來做生日療程的大澍？」

「你怎麼知道？」

「原來就是妳。」他驚喜交集打量我十幾秒，才一股腦地說：「妳兩次療程都沒現身，妳同事跟我說了好多妳的事，我知道妳家的狀況，妳工作的狀況，妳跟妳們老闆相處的狀況，妳在我面前……太透明了，看著妳我好像看見……看見……」他的眼神分明是看見珍禽異獸。

「你少誇張了。」我失笑，「我又沒有三頭六臂。」

「妳是沒有三頭六臂，妳是千手觀音。」他好熱烈地按住我的肩。「妳怎麼能從二樓高的梯子摔下來，骨折都不會哭啊？還隔天就回去上班？」

「因為我那時候在幫公司貼聖誕窗貼，還沒貼完啊。」

他噗的一聲，瘋狂大笑。

「我很高興娛樂到你。」我訕訕的。

他好不容易才把笑彎的腰挺直。「鳳勳跟我說妳隔天拄著枴杖還企圖爬梯子上去繼續貼完，沒有人攔得住妳，哈，我就想，我一定要認識這個恐怖的人。」

「你也不遑多讓。」

「後來鳳勳說是她請老闆出面阻攔，結果妳們老闆還沒說話，妳就乖乖下來了——妳很愛他，是吧？」

「你說什麼？」我嚇得渾身凝結。「鳳勳跟你這麼說嗎？」

「她們沒有人跟我這麼說，是我聽了她們每個人各自說了妳的事情，我感覺出來的。」

「我……」

我想狡辯，但是夏燦揚的眸子肆無忌憚地望穿我的眼，包括我整個人。我再狡辯，也只會重蹈上回的覆轍而已。

「鳳勳是出名的八卦王，我跟她說的話，是篩選過的。」我冷然地雙手抱胸。「你接到的訊息，也是篩選過的。」

「喔？那就看看我能不能篩出黃金囉？」他興味盎然，雙手環抱胸口。「聽鳳勳說妳幫妳們老闆寫書？」

哎喲，我中槍了。

這理當是祕密。

我主動寫稿獻給梅堇岩用在他的書中，雖然不算違法或違背任何合約，可是若傳了出去，對梅堇岩的名聲不會是好事。

「你別聽她胡說八道。」我一疊連聲衝口：「我不是幫我老闆寫書。他從來沒有要求我寫，是我主動寫好，獻給他的。他收到我的稿子也覺得很意外，會採納純粹是為了鼓勵我。反正我本來就是他的學生，我所知道的一切都是他給我的，沒有他，就沒有我。所以我寫，就等於是他寫……」

「妳真的好愛他喔。」他打斷我。

我啞住了。上了這傢伙的當。

「我跟妳說過我知道妳們老闆是誰嗎？瞧妳急的。」他繞著我踱步，目光上下打量。「看這樣子，妳們老闆應該很有名。芳療公司老闆有出書的不多，我猜妳們是……」

「不要說。」

「為什麼？」

「同業關係比較敏感。你不要知道比較好。」

「蛤？同業不是可以變成好朋友嗎？」他疑惑地頓住步伐。

「你在開什麼玩笑？」

「同業就代表我們喜歡一樣的東西、選擇一樣的志業，我們的開心跟煩惱可能都是一樣的，所以我們最容易理解對方。不跟同業做朋友，還有誰更適合？」

我莞爾了。事情在他眼中總是這麼單純，這就是他的大智若愚啊。

「欸，大澍。」他叫我的樣子好像我們認識一輩子了。「我的旅館到了，妳進來，我請妳吃晚飯。」

我看著面前活潑特色的城市旅店，還是壓抑地搖了搖頭。「不用了，我還要整理今天的資料。」

「喂，看看妳四周。」他天南地北指了一輪。「妳到了倫敦，倫敦吔。妳不會到了北極還說要工作吧？」

我仰頭看天，假裝沒聽見。

他一口氣像是順不上來，咳了兩聲。「要不然妳進來暖暖身再走，我旅館裡有溫水游泳池，裡面很溫暖。」

「免了啦。」

他突然踩了我的腳一記，然後盯著我的臉。「感覺怎麼樣？」

「沒怎樣啊。」我莫名其妙。

「妳的腳趾頭都凍麻了，對不對？這種天氣，穿什麼帆布鞋？妳出發前難道沒查過倫敦的氣溫？只想著要帶工作，沒想到要帶保暖一點的鞋子嗎？」他簡直要用手指戳穿我的額頭。

「我可以叫你夏婆嗎？」

他氣呼呼的，不由分說把我推進旅館。

泳池室內暖融融，霧氣蒸騰。我花了一些時間才看清，眼前是長方形的泳池，由淺藍漸層到深藍，最深藍處看起來深不見底，上方有個跳台。原來可以跳水，怪不得他會選這間旅館。

「妳什麼時候要來做我的療程？」他脫下外套丟到躺椅上，舒了個快適無比的懶腰。「我還沒退妳同事錢喔。」

我望向他，沒有答話。

「還是我先幫妳做個肩頸按摩？我看妳一定非常需要吧。」

我還是沒說話。

他奇怪了，張開方正的大手在我面前搖。「喂，妳知道妳如果不答應會錯過什麼嗎？」

我知道，我都知道。

上回他幫我做療程，我沒有好好把握到。可是這回，在我們經歷那麼多以後，我如何能以純淨的心來接受他的好意？

現在我知道他有女友，他知道我有深愛的人。我跟他的愛情連結已經斷了，現在只能當朋友。我不能在他幫我做療程時心存遐想，否則他一定會感覺到，這對專業芳療師來說，是不折不扣的羞辱。

但是……我明明想要，不是嗎？不然怎麼會感到心中像萬蟻啃噬，密密的酸楚？我這樣壓抑自己，是為什麼？

梅堇岩。

我胸口猛地一疼。無論他怎麼待我，我都記著他將全副心力都投注在拯救沁芳園。如果此時他得知重要幹部跟頭號敵人往來，會有什麼反應呢？一定覺得屋漏偏逢連夜雨吧，我怎能這樣對他？目前只是為了借錢完成任務才能跟夏燦揚發生交集，回台灣後，就不能再相見。

所以我必須忍，不能讓夏燦揚靠近，不能再脫軌。

「妳怎麼啦？」夏燦揚湊到我身畔。「妳看起來不太對。」

「沒事。」

他審視著我，似乎是知道我在隱瞞什麼，但他不點破，只是將我一綹亂掉的髮絲拉回正確的髮際線，這個小動作，又是這個小動作，我打了一個顫抖，不能自已。

「妳是還會冷嗎？」他眉頭微揚。

「不……不……我只是想到我一個朋友。」我抽身不看他。「真的沒事。」

「跟妳之前到我店裡『問日期』那件事，有關嗎？」

我捏住大腿。他怎麼能把那麼尷尬的事情說得那樣好笑？

「跟妳上次在我店門口撐傘，把我看成閻羅王那件事，有關嗎？」

天哪，原來他有看見我。

「妳到底經歷了什麼？」他直接扳過我的肩，看進我的眼眸深處。「跟我說說吧。」

我被他的眸子吸住了。好精光四射，也好溫暖熱切，彷彿想告訴我：我是妳朋友，我永遠挺妳。

我怎麼忘了，他對我沒有情意，起碼會有義氣，就像他對任何一位朋友一樣。

也許我對他胡言亂語也不打緊。

「我有一個好朋友，失憶了，他不記得我了。」我說。

「那不是很好嗎？」他不假思索咧嘴笑。「不管從前有過什麼不愉快，你們都可以重新創造新的記憶了。」

我揍他一拳。他噢的一聲好像很痛，眼睛卻亮晶晶的。

「別裝了。那一拳對你來說像蚊子叮而已。」

「所以到底發生了什麼？」他收起玩笑態度，正色起來。

「我問你，你會相信時空穿越嗎？」

「我接受度很高的喔。」

「多高？」

「我同事會通靈，可是通靈我已經覺得不夠看了。」

「那你聽聽看喔。」我背過雙手，清了清嗓。「我那位朋友原本是我同業，我到他們公司去偷資料，偷完之後發現打不倒他，所以我拿出巴赫醫師遺留下來的第三十九支許願花精，許願讓他不能跟我們公司競爭，隔天他就失去嗅覺跟觸覺，還變成殺人兇手，可是他說他愛上我了，我過意不去，就再許一次願補救，時間就回到了我跟他剛認識的那一天，他……就不記得我了。」

他聽得眼睛越瞇越細，彷彿需要偌大精神才能消化如此光怪陸離的故事。

但是他沒有發笑，也沒有輕蔑，一點都沒有讓我覺得我是神經病，反而像是十分努力試著理解。

就這麼一絲可能性，我的心臟劇跳，也許……我可以再大膽一點。

「夏燦揚，這一次我去巴赫故居，就是要去找那第三十九支許願花精。」

他像是需要點時間回到現實，深深緩緩地應：「好。」

我望著他，等他繼續消化。我好緊張。

過了幾拍，他終於綻出他的招牌笑容。「如果找到了，妳讓我許個願。」

「你就會相信許願花是真的？」

「對。」

「你就會相信我整個故事了？」

「嗯……妳讓我許個時空旅行的願望，假如實現了，我就全部都相信。」

我滿心喜悅，全身緊張的肌肉都鬆開了，但……怎麼可以讓他許願？萬一許錯，豈不是又天下大亂了？

不不不，不能用這個方法。

「夏燦揚。」我沉下嗓子。「不需要許願。我有其他的方法可以證明，因為其實你就是我那個失憶的朋友，所以我那時候才會跑到你店裡……問日期。」

他的表情像看到尼斯湖水怪，驚愕萬分。

「我現在就可以證明。譬如我知道你有一枚十塊錢的玻璃戒指，你用那個戒指對個案假裝你有未婚妻。」

「這我公司的人都知道啊。」

「呃……要更少人知道的證明也有。你把廠商的資料都散散地放在電子郵件裡，你最常交易的是英國的寇巴希，你跟一間巴西廠商吵過架，美國的莉迪亞最喜歡跟你聊天，你們通信來回有一百多次。」

「妳駭進我電腦？」

糟糕，我才成了到他店裡又哭又笑的瘋女人，現在又成了居心叵測的駭客？得趕快救回來。

「我知道你內心最大的恐懼。」我用最篤定的姿態挺起胸膛。「你怕你關心的人過不好，所以你吃紅栗花精很久了，但是我知道其實你最怕的是被拋棄，這個恐懼解決之後你又怕被別人因為你的過去斷定你的現在，所以你才會交過那麼多女朋友。」

他的眼睛驚異地張大，嘴巴也開了。

我鎮住他了嗎？希望我有！

他木然許久才回神指著我。「妳——通靈的準確度和細緻度比我那同事高很多。」

「哎喲。不是通靈啦。」我拍上自己的額頭。

「只是妳有一件事說錯了。我的玻璃戒指已經退休很久了。」

「啊？」

「我現在戴鑽石戒指啊。」他伸指給我看，如假包換的八爪切割鑽石。

「怎麼會？」我聽見自己聲音拔高八度。

「欸，妳這什麼意思？」他作勢要用鑽戒敲我的頭。「妳是以為我不配有未婚妻嗎？」

我笑不出來。前一秒還是那樣暖的，現在渾身凍結。

但……我不應該有這種反應，我應該為他高興。

「恭喜。」我的嗓子有點乾。

「這才對嘛。」他應道：「所以妳剛才說我是妳那失憶的朋友，我第一個念頭就想，我真的有可能愛上妳嗎？我比較有可能愛上林志玲吔。」

其實這很幽默，但是我很難受，雙手插進外套口袋，準備告辭。

他的眼神在讀我。我感覺全身被他熾熱厚實的眼神裹住，我逃不脫。

果然，敏覺如他，沒幾秒他就說話了。

「妳是不高興林志玲那個玩笑，還是不高興我有未婚妻？」

「你覺得咧？」被他讀個透明，我惱羞成怒。「我把我的故事都告訴你了。你覺得咧？」

一出口我就後悔了。不是不要再脫軌了嗎？怎麼會搞成這樣？接下來他會罵我神經病，然後掉頭就走了吧？

我等著看他生氣，真正的生氣。但是他沒有。

他反而笑了。

他的笑聲狂到傳到大廳，驚動了櫃檯人員過來查看。

「我以為我已經是很瘋的人了，妳比我……還瘋……哈哈哈……」意識到我錯愕的注視，他努力收笑像要得內傷。「其實妳的故事很合理，上一個時空我喜歡妳，這個時空我跟妳開這種玩笑，妳這樣的反應也是合理的。雖然這個時空我們沒戲唱，起碼我可以跟妳去找許願花，讓我許個願，我就知道了。」

我其實好感動，他這麼認真看待我的穿越時空故事。怪不得他能交友滿天下。

「但是你許不出願望。」我說。

「怎麼可能？」

「我問你，如果你失去嗅覺觸覺，還變成殺人兇手，你要許什麼願？」

「……」

「想到了再告訴我。」我悵然望向深藍的泳池，語重心長。「這一次，我一定會逼問出來。」

他沒有答話。

這有點反常，我不禁轉頭找尋他。

他眼神閃爍，衝著我咧開了嘴。「欸，不要這麼憂鬱啦。在夏園，我會跟他們玩一種遊戲，玩完心情就會很好。」說完他的手慢慢伸到我身後。

又來了。我在完美時機側身避過。趁他意外的空檔，我一腿把他踢下游泳池。

他好壯，我被一股劇烈的反作用力襲來，跌坐在地板上，臉面隨即被他濺起的水花潑溼。

「妳怎麼知道我要幹什麼？」他狼狽地浮出水面，臉上寫滿驚異。

「夏哥，你忘了。」我幽幽地說。「你親手為我做過入會儀式呀。」

他徹底愣住了。我跟他就這樣定定望著彼此，無形中有股絲線將我們拉近，再拉近。

他突然驚醒似的甩了甩頭，抓住我的腳踝，將我拖進池中。

我像被沖進夏天，口中都是氯的味道。他一雙閃亮大眼對著我眨呀眨，如棋逢敵手一般驚奇。那樣寬闊的眉眼，頭髮漂浮張揚，彷彿回到瀑布那一天。

他抓住我的脖子，把我壓到池底。我的後腦碰到堅硬的地面。

我沉靜地望進他的眼，放鬆身體，把自己交給他。就像後悔上次沒有做的一樣，將自己全然交給他。

氣盡了，我開始吐出氣泡，但仍對著他微笑。

他的眼神從疑惑，變成訝異，忙不迭拉我浮出水面。

「妳怎麼不掙扎？」在水面上他掐住我的手臂，拚命搖晃。「就這麼信任我？不怕我把妳溺死嗎？」

我給了他一抹蒙娜麗莎的微笑。

「笑什麼笑？」他錯愕得鬆開了我的手臂。「我原本只是想把妳懸在游泳池上，嚇一下妳而已，又沒有真的要把妳推下水。妳現在把我踢下水，妳自己全身也溼了，是要怎麼在零度的時候走回旅館？」

噢喔，他說得對。

「還有這個。」他從褲子口袋拿出一支滴著水的手機，按了按，完全沒有反應。「我新買的吔。」

我臉色一變，剛才的勝利之姿全沒了。

24

夏燦揚沒有要我賠手機，但他命令我去他房間，說要借我衣服。

雖然泳池旁附有浴巾可擦拭，穿過大廳的一路，我們還是沿路滴水。櫃檯人員、拖著行李的住客，全都盯著我們直瞧。我不好意思地朝夏燦揚身後躲。他對那些人的眼光倒是一點也不在意，還繼續拿浴巾擦著頭，好像這裡是他家後院呢。

「弄壞你的手機，對不起。」到了他的房門口，我說。

他正要接話。我馬上再補充一句：「但我知道你不會生氣。」

他呆了一呆，慢慢揚起浴巾，阻隔在我與他之間，就像療程前的準備動作。

我百感交集。這不就像上回的初見面？

「這是做什麼？」我過了好半晌，才沙啞著嗓子問。

「遮羞啊。」他悶悶的。「我在妳面前是不是也太透明了？」

我搥了一記他的肩膀。他這才哈的一笑，抽出房卡。

房門嗶一聲開了。

迎面就是薰衣草溫馨恬然的香氣。他的收納很隨興，行李大開，其實那行李也就是登山大背包而已。浴室晾著幾件衣物，可以當我的洋裝的長袖T恤，可以當我的睡袋的長褲，可以裝進我的兩顆頭的紅色子彈內褲……

我臉龐微微一熱，假裝沒有看到。

「妳將就著吧。」他丟了一件長袖T恤給我。

我進浴室先褪下內衣褲吹乾。上次穿著溼答答內衣重感冒的慘劇，我不想要再嚐第二次。

吹著吹著，鏡上霧氣蒸出一張用手指畫出的笑臉。

我眼眶莫名的熱了。這男人，怎麼到哪裡都留下快樂。

我穿上他的T恤，被溫暖的聖誕風肉桂香氣包覆。我偷聞了其他掛著的衣服，每一件味道都南轅北轍。愛嘗鮮，他真的對世界充滿好奇。

等我整裝出來已是滿久以後，床鋪那邊傳來一波波規律的鼾聲。

夏燦揚在床上大字形睡著了，像個孩子。

噢，我好懷念。

他已換上那件鐵灰無袖衫，真是一點都不怕冷。睡得太酣暢，一邊衣角掀起，腰間的刺青圖騰露了出來。

我不該看，可是他的刺青太動人心魄，直逼藝術品。那是蝶翼嗎？還是鳥羽？周邊纏繞的是松樹根嗎？

無袖衫很薄，掩不住他張狂的胸肌、六塊肌和人魚線。被這樣的身體壓住會是什麼感覺？天哪我在想什麼，趕緊拉棉被蓋住。

可是，他的刺青如果單單一角就這麼懾人，全身看起來會是什麼樣子？

才這麼想，我的手已掀開棉被，捏住他的衣角……

該不該掀？

他不會介意讓我看一下吧？

鈴——的電話響聲把我嚇得跳起，可別把他吵醒了。我迅速接起電話。

「喂。」

「……喂？這是夏燦揚的房間嗎？」

完了。是他未婚妻。

「呃……妳打錯了喲。沒這個人。」我匆匆掛了電話，隨後搖晃夏燦揚的肩膀。「喂，你快醒來呀你。紅色警戒。」

他完全沒有反應。

對了，當時我跟小蒲是費了多大的力氣才把他叫醒啊？我們對著他的耳朵大吼，在床上跳來跳去，把他的頭當球摔，只差沒踢他的蛋。

我打了他一巴掌，他只是發出一個更大的鼾聲。

鈴——電話又響了。糟了。

我跑到浴室裝了一杯冷水，看到他的臉，心頓時軟了。他就是這樣，睡得像個嬰兒。他的五官怎麼這麼大號啊，嘴角連睡著都上揚著，是在做美夢吧？誰忍心拿水潑這樣酣眠的孩子？

鈴——電話第三度響起。

不能心軟誤事了。我毅然將整杯水倒上他頭臉。

「怎麼了？怎麼了？」他終於嚇一跳坐起。

「你未婚妻打電話找你啦。我騙她說她打錯了。」我指著電話。

「啊？」他伸手抓起話筒。「冬晴？」

電話那端大約提了前面的事，夏燦揚笑得很溫柔。「剛剛是我旅途中認識的朋友接的啦，她怕妳誤會。」

「你白痴嗎？」我馬上搥他的背一記。「怎麼可以跟她承認？」

果然電話那一頭問起了。他不理我的警告，開始源源本本地托出。

「妳記不記得我跟妳提過有個女的到我店裡問日期的事？……對，超巧的，我在展場碰見她……她被搶了……我就邀她一起去巴赫故居……」

他說越多，我頭皮越麻。不，不能這麼天真。有些事情你不能對女生老實說，你會越描越黑。

「後來我找她到游泳池……對，因為零度……她的腳都凍麻了……附近商店都關得差不多了……我沒有想到啊……」他未婚妻問得越來越細，夏燦揚解釋得越來越瑣碎，越來越招架不住。

「我跟她講。」我簡直為他心慌，搶過話筒說：「喂……呃，冬晴，不好意思我剛才騙了妳，我是怕妳誤會。」

她沒有說話。一片死寂。

「我希望回台灣後可以請你們夫妻倆吃個飯。這次我包包被搶，謝謝他幫了我大忙。」

「我們又還沒結婚。」她有些敵意。

「不是快了嗎？」我賠笑著。

又過了漫長如年的死寂，她開始吸鼻涕了。「妳不用幫他圓謊了。我早就知道會有這麼一天。」

「不不不，我不是在幫他圓謊。」我掐緊話筒。「他說的每一句都是真的，是真的。」

「他們都叫我不要跟他在一起，是我自己傻，相信了有這種歷史的人。妳知道他以前交過二十九個女朋友嗎？妳看過他的刺青了沒？他那樣的人妳真的了解嗎？如果妳聰明的話就不要像我一樣傻傻被他騙了。」

這些禁忌的話像時速一百公里的棒球把我擊暈。

「這些話……請妳不要再說。」我當機立斷掛下話筒。

「欸，怎麼掛了？」夏燦揚追問。

「給她一些時間冷靜。」

「我現在就要跟她解釋清楚，不然她會整晚睡不好。」他馬上抓起話筒。

「你紅栗病發作了，趕快去找出來用一用。」我按住他的手，指著他那塞滿萬物的背包。「回台灣之後如果她還是不開心，你跟我說，我去向她解釋。」

「不行啦……」

「夏燦揚。」我用氣勢洶洶的眼神把他釘上牆壁。「聽我的。」

他呆了一呆，坐回床沿，許久後才抬起頭。「她有沒有跟妳提到，我以前交過多少女朋友？」

「沒有。」我拾掇著衣物，隨後不放心地補充，「就算她提了，那也不是她的錯，那是人之常情。」

「難道我對她老實，是我的錯嗎？」

「我不知道。」

「難道她希望我騙她？」

「我不知道。」我將衣物擰在手中，大聲說：「我不是她，我不會知道她是怎麼想。我只知道，如果換作是我，我不會希望你騙我。」

他似乎有些寬慰，熱切凝視我，好像希望我再多說一些什麼。

我捏著手中溼冷黏膩的衣物，不由得震顫。我不該繼續攪動不該攪動的東西了。

於是，我閉緊了嘴巴。

25

回到旅館房間，算好台灣上班的時間，我開電腦傳訊給鳳勳。

在英國錢被搶了，要怎麼弄到錢？

靠，妳騙人。

我有這麼無聊嗎？我送出一個怒氣貼圖。

噢，縮李，我馬上去幫妳問大神。

等等！

我在大神門口了。

不要不要，不要進去。

為什麼？

他已經夠忙了，不要再給他添麻煩。我急得險些把鍵盤打壞。

我進去過了，他不在。

想想別的辦法。

乾脆我買機票飛去英國送錢給妳？

這實在太蠢了吧。

這樣最快呀！可是沒有大神我沒錢買機票。

梅堇岩寧定的表情浮現我腦海。他一定能在彈指之間，指揮若定地告訴我們該怎麼做，偏偏我現在最不想想像他的反應。他表面不會有一絲不悅，但心裡會不會覺得我在他百忙之際扯他後腿呢？

我現在越來越難想像梅堇岩褪下仙人外衣的樣貌了。在這回裡，他的臉就是那樣斯文、精緻、平靜……像高級藝術品。

沒關係啦，我在展場遇到夏燦揚，他會關照我。

夏燦揚？他要借妳錢？鳳勳傳來驚訝貼圖。

他還要帶我去巴赫故居，陪我一起找花。

喂妳小心嘿，他那個人好雖好，大家都說他沒什麼禮義廉恥。

不會呀，他很正直。

他連有夫之婦都可以搞吔。鳳勳八卦蠻性發作，打字像飛的。夏園實體店本來六年前就要成形了，後來拖慢了三年，就是因為他搞上有夫之婦！

我空敲鍵盤，沒有回話。

喂，妳聽到了沒？他橫刀奪愛，那女的還是身障人士，那時候他把對方老公打到肋骨斷掉，被判拘役喔。

他為什麼打他？

那男的對女的家暴。

所以她老公家暴身障的老婆？我略微懂了。

不是。是她老公把老婆家暴到身障。

我皺起眉頭。那種人渣，女的怎麼忍得了那麼久？夏燦揚又怎麼會看上那女的？

沒有忍很久，結婚沒多久就發生了。夏燦揚跟她是在幫派裡認識的。

這事情，聽起來還有更深的東西需要挖。

妳怎麼知道那麼多？我問。

夏燦揚自己說的呀。我們每個人去問他，他都會說。

從頭到尾說清楚啦。

就夏燦揚跟那女生是幫派過命的交情，十幾歲就認識了，後來那女的嫁給一個大頭目，就身障啦，她原本就知道夏燦揚喜歡她，就找夏燦揚求救，夏當場就帶她走，是當場喔，連行李都沒收咧。經過種種追逐，就打鬥啦，夏說他只是回了一拳，對方肋骨就斷了，但他自己也被對方槍傷，有掀起來給我們看，疤痕很明顯。後來他為了照顧這個身障女生，開店就延後了。更扯的是，妳猜猜他們怎麼分手的？

怎麼？

有一天夏半夜醒來發現那女的，本來腳就不良於行了嘛，她在床上蠕動一直往他的床頭櫃伸手，為了偷看他的手機。

這……我真是傻眼。

哈哈哈，他跟那女的認識那麼久，為她出生入死，事業可以放一旁，最後竟然為了一支手機就把人家甩掉。妳看他是不是神經病？這種人可以給他做療程，最多再當當朋友就好，妳可不要被他拐走喔。

鳳勳告訴我是為了警告我。但我怎麼感到滿心疼惜？

夏婆的愛，實在大開大闔，一點退路都不留給自己啊。當他為了對方拋棄一切，發現對方還是不相信他，內心有多痛呢？

他究竟究竟，跌倒過多少次？他身上除了刺青，還有多少的傷痕？我昨天真該掀開來看看的。

不過我想妳沒那麼低能啦。鳳勳又說：大神每天在妳旁邊晃，妳都把持得住了。

我沒有回覆。

像大神那種從一而終交往十多年的，才是有定性。欸，夏燦揚最短的還只有兩天咧！

兩天？

就他跟女生告白，隔天女生跟他說，父母對他的背景不是很滿意，他就說好哇那就不要在一起呀。

這好像是第七個女朋友吧。

他也太老實了吧，這種也算進去？我笑到咳嗽。

他早期這種經驗很多。

那近期呢？

冬晴嗎？她原本是他的個案。

個案？我不敢相信螢幕上的字。他不會占個案的便宜吧？

還好他在這方面把守滿嚴，他一發現自己對她有感覺之後，他馬上就告訴她，說除非妳當我女朋友，否則我不能再幫妳按摩了。

我噗哧一笑。這種告白法，簡直是無賴嘛。

這時候，他還完全不知道她的感情狀況。後來才知道她為了他跟男友分手，不過夏燦揚那個人就是沒有道德觀，他一點都不覺得這有怎樣。所以小姍就說嘛，他在感情上是無恥之徒。她發了個輕蔑貼圖。

我笑傻了。夏婆啊，我以為我夠了解你，你還是能令我驚奇。與我一樣，你心中也有想追尋的聖杯，距離還有多遠呢？

無論如何，冬晴這事我該幫一幫。

叮咚——

門鈴聲中斷了我和鳳動的傳訊。我離開電腦，從門孔窺出去，只看到一片黑。

奇怪了，我打開門，突然「嘩」的一聲，把我驚得跳了起來。是夏燦揚跳出來嚇我啦。

「你幾歲呀。」我往他身體摑下去。

「妳剛剛看的是我的眼珠。」他好得意，笑得窗戶都震動。

昨晚跟冬晴的不愉快，絲毫沒有在他的神色中留下痕跡。我們搭上火車，一路上天南地北地聊。下車時，他已把夏園的經營眉角都抖了出來。真是一個沒有祕密的人。如果這是上回，我一定會因為獲得這些情資而雀躍萬分，現在只是五味雜陳地微笑。

突然砰的一聲巨響，全車旅客都嚇了一跳。「大澍。」是夏燦揚興奮得跳起來，頭頂撞到車頂，他揮舞著我的住宿資料。「我們的旅館是同一間吔。」

「好，乖。」我忍笑撫住他的頭。

不敢相信，他真的經歷過那麼淒慘的往事嗎？

再搭一小段出租車，我們就走在鄉間小路上了。豔陽高照，為接近零度的氣溫添上溫暖。我沿路伸手撫觸青翠的樹葉，享受芬多精的清涼氣息，夏燦揚亢奮的話聲流過我耳際，巴赫故居的木牌已在前方……可我仍在思量著冬晴的事。

「妳怎麼了？」他馬上發現了。

「沒什麼。」

「沒什麼就是有什麼。」他主動接過我的行李箱，忽然顰起眉心。「妳行李怎麼這麼重？是要逃難嗎？」

「就是做花精用的鍋碗瓢盆，我連卡式爐都帶來了。」

「那很好啊。妳在擔心什麼？」

「你昨晚有打電話給冬晴嗎？」

「打了七通，她都不接。」

「我就知道你不聽我的話。」我踹他一腳。

「妳不用擔心啦。」他一派樂天。「等一下找到許願花，許個願不就好了？」

「那不是解決的辦法。」我搖搖頭。「你想到要許的願望了嗎？」

「妳很冷，是不是？」

他的右腳微動。我迅速縮腳不讓他踩。

「不要迴避我的問題。」我說。

「妳學得超快的嘛。不愧是鼎鼎大名的大澍。」他指指我的鼻子。「我是看妳鼻水都流出來了。」

「我不冷。」我用袖子擦掉。

「妳喲……沒救了。」他頻頻搖頭，脫下他的運動機能外套，披到我肩上。

這個動作讓我石化了。我彷彿獲得大熊的迷你版擁抱，貪戀起這股溫暖，好一會才意識到該把拉鍊拉起。

外套好大，我好像布袋戲人偶，想要拉上拉鍊，手卻搆不到。

他蹲下身為我捏住拉鍊頭，粗手粗腳，一直對不上。

「做療程的時候，你可不是這樣吧？」我壓下受寵的感動，刻意奚落他。

他忽然想到什麼似的，抬頭審視著我，好像要把我每一吋都看透。

我不太理解他的用意，他這……是什麼意思？

我從不曾這樣認真解讀他的表情。一方面是他這人大剌剌的，本來就不需要解讀，二來是過去我對他的關注，是梅堇岩的十分之一都不到，而且多半限於偷資料跟筆電，所以他那天在森林公園對我告白時，我才會那麼驚訝。

現在他這表情是……關心？還是……不止？

「你夢見過我嗎？」我心念一動。

「沒有。」他站了起來，順暢地拉起我的拉鍊。

我還沒回神，他整個手掌按上我的後肩。我心神一蕩，他突然手揚起來打了一下我的肩。

「硬死了，回去我幫妳安排療程。」他兇不啦嘰地指著我的臉。「黑眼圈那麼深，氣色又差。再這樣下去，做一百次療程我都救不了妳。」

我為自己的會錯意感到臉紅，咬緊下唇。「那是因為出差，有時差。」

「我也是出差，我就不會把自己搞得那麼憔悴。」他拉起行李繼續上路。「說好了，回台灣後一個禮拜內，過來讓我按。」

我如夢初醒，扯住他上衣後襬。「不行啦，我不方便讓你做療程。」

「別惹火我喔。」他做出太保流氓樣。「惹火老子，我現在就把妳抓過來按。」

「想想冬晴。」我苦口婆心。「還是來討論一下我可以怎麼幫你吧。」

「想想妳的老闆。說不定妳哪天才會需要我幫妳咧。」

我衝過去巴他。我們打打鬧鬧，像小學生似的邊玩邊跑到巴赫故居門口。

今天門外停了不少黑轎車，好像是個大日子。

我還在張望，夏燦揚已拉住我的衣袖，拽我進花園，通過一縷清爽的冬日花香，紅磚小屋在植物叢中露出頭來。屋內人聲鼎沸，好像有活動。

屋裡的人群剛好出來了。一群金褐髮人簇擁著一個黑髮男。那黑髮男應該是重大訪客，英國人輪番跟他握手，好似奉為上賓，態度親熱得不得了。

那些人沉浸在歡慶的氣氛中，完全沒注意到我們，直到黑髮男一個側身，看見我，露出驚喜的神情。

「澍耘？」是梅堇岩。

我像個啞巴一樣，驚訝到連老闆都忘了叫，身體乍熱乍寒，徹底錯亂。他怎麼會在這裡？

英國人見到我們認識，紛紛讓開了一個道。梅堇岩與我就像牛郎織女分立鵲橋兩側。他在眾目睽睽下走到我跟前，難得地沒有收斂笑容。

「英國給我獨家代理權。我們剛才已經簽約了。」也許是高興過度，他彷彿想伸手觸碰我的上臂，但是瞥見了夏燦揚拉住我袖子的手。

我緊急把手甩開。

「這位是？」梅堇岩的視線射到夏燦揚的臉。

就是這一刻，我的死期到了。

「老闆，」我聽見自己的聲音從好遠的地方傳來，我的手硬邦邦地為兩人介紹。「這位是夏園的負責人夏燦揚；夏燦揚，這是我老闆。老闆，我的包包被搶了，是夏先生幫我付了後面行程的費用。」

夏燦揚綻開大大的微笑，把我的行李箱鬆手一丟，向梅堇岩伸出手來。「很開心認識你，澍耘都不肯透露她在哪裡上班，請問你是？」

「我是沁芳園的負責人，敝性梅。」梅堇岩面色不改，不卑不亢，從西裝內裡遞上名片，與夏燦揚握手答禮。

梅堇岩乍見宿敵怎能如此泰然自若？或者，他怎能「裝得」如此泰然自若？他的翩翩風采，或者逼迫自己完美表現的本事，三年多下來，我還是感到驚訝，尤其是……我正穿著夏燦揚的外套，我的袖子才剛從夏燦揚手中抽回。

「沁芳園？你是梅大神？芳療龍頭梅大神？」夏燦揚徹底訝異了。梅堇岩的名頭畢竟響亮。

「那是別人開玩笑的。我沒有這麼叫過自己。」梅堇岩神情很平穩。

「你太謙虛了。我剛學芳療的時候就看過好幾本你的書，到現在還在翻。你的書超經典，是芳療界必讀啊。澍耘……」他轉向我。「妳怎麼不早告訴我？在沁芳園工作是很驕傲的一件事啊，妳……」他壓低聲音附到我耳邊。「妳幫他寫書？」

我板起臉孔，假裝剛才聽見的是風聲。

「這段路承蒙夏先生照顧澍耘了。」梅堇岩不知何時調整了站姿，與我並肩而立，共同面對夏燦揚。「澍耘需要還您多少錢，我稍待馬上奉還。」

「不用啦。」夏燦揚豪爽地將手一揮。「出門在外，本來就該互相照顧，接下來三天我還要陪澍耘一起找第三十九號花精……」

「那是在她見到我之前。」梅堇岩客氣但堅決地接話。「現在既然她已經找到我了，沒有必要再麻煩到您。接下來三天，我會照顧她。」

夏燦揚收起笑容。聰敏如他，終究是聽懂了這段禮數周到的逐客令，以及送到眼前的完美下台階——可是他不是在乎下台階的人呀。

夏燦揚環視四周，像是估量情勢。他馬上懂了。

「好，那我就跟你打開天窗說亮話。」夏燦揚伸指朝空中指了指。「你們是來拿獨家代理權的？」

「是的。」梅堇岩仍氣定神閒地接招。

「你們拿到了，夏園出局了？」

「您可以跟沁芳園批貨，沁芳園會定出合理的批發價。」

「但是我從此以後必須照你們的定價賣了?大約是我目前定價的兩倍？」

「我們會給經銷商九五折的打折彈性。」

夏燦揚朗聲大笑，像是聽見宇宙最荒謬絕倫的事。

英國人紛紛交頭接耳。就算語言不通也看得出來，這是宿敵相見，論及勝敗。這場景太不堪，我閉上眼睛不忍卒睹。

「高招，不愧是大神。」夏燦揚居然稱讚起敵人，爽朗地揮揮手。「我沒有怪罪你們的意思，大部分的人都會選擇跟你們做一樣的事，是我這個人比較奇怪，哈哈哈……既然如此那我走啦。後會有期。」他像古代俠士一樣抱了抱拳，轉身就走。

他人走遠了，笑聲仍然震動我全身。我站得搖搖欲墜，不意手中多了一大疊鈔票，是梅堇岩塞來的。

「妳拿去還他。」

「老闆……我覺得他不會要。」

「做人基本原則，我們絕對不能承人情或欠人錢，特別是他。」

「可是……這也太多了。」我掂了掂錢，簡直五倍不止。

梅堇岩只是靜靜望著我，眼裡寫著「寧可天下人負我，我不可負天下人」的堅定。他的原則。

我拗不過，嘆了口氣，撒腿去追夏燦揚。

夏燦揚揹著登山大背包，仍一下子就走了老遠。他不理會我的呼喊，只丟了句「還錢就免了」。

兩個男人的角力，簡直折煞了我。追上夏燦揚時，我已上氣不接下氣。

「你就收了吧。」

「我都不介意了，你們介意什麼？」他的表情倒是無風無浪。

「我們老闆的一點心意。」我遞出鈔票，看他沒有動作，我就往他背包側袋塞去。

他機伶地閃開。

「求你了。」我將鈔票夾在雙掌間膜拜。「這不是為了你，是為了我，好不好？如果你不讓我老闆還清這筆錢，他會很難過。他如果難過，我也不會好過。我們還是朋友吧？」我開始生氣自己，出這種賤招對他情緒勒索。

「所以我收下這筆錢還是幫了你們呀？」他似乎覺得好笑，伸出了手。

我火速把鈔票塞到他手上，就怕他反悔。

「我收下了。」他掂了掂重量，表情很滿意。「你們老闆出手很大方嘛。嗯，非常好。」

他的反應有點反常，我不知該不該附和。

「現在，我把它送給妳。」他將鈔票塞進我的外套口袋。

「你搞什麼？」

我想攔他，他卻逃得超快，轉眼就拉到我追不上的距離了。

「澍耘，妳比我需要那筆錢。」他遠遠地喊。

「你瘋子嗎？」

「妳才是瘋子。」他抓著背包肩帶，回身向我，腳底仍倒退著走。「我翻到爛掉的芳療寶典居然是妳寫的？這回我真的猜錯了。妳太讓我驚訝了。我不是沒想過那個可能，可是妳看起來那麼年輕、那麼嫩，雖然我直覺妳是沁芳園的人，可是用理智一想就覺得……這不可能啊。可是妳下次放聰明一點，跟他共同掛名當作者，別什麼都拱手獻給別人。」

「你還不是一樣。」我雙手扠腰。

他中槍似的踉蹌了幾步，隨後拉拉上衣對我示意。

我低頭看自己的上衣。哎呀，我還穿著他的外套。趕緊拉下拉鏈，這外套實在太大，我拉到底了，還有好一截落在下方，我得彎腰解開。

「我是說妳留著吧。」

「欸？」

「我不怕冷。」他這句話被風吹散，是真的走遠了。

我跺了個腳，但是為什麼要跺腳？

一切還好，其實，一切還好。瞧他腳步壯健，無論如何都比上一回更好。縱使被奪走花精代理權，他都沒有恨我、怨我、生氣我，這樣我還有什麼好不滿足？我著著實實，低估了他寬廣的胸懷。

巴赫故居那邊，梅堇岩已褪下西裝外套，露出內裡的氣質格紋羊毛衣，乍看之下很像牛津大學研究生，淵渟岳峙凝立在那群英國人之間。

他剛才打了好漂亮的一仗，表情仍如平常的悠淡，沒有驕傲，也沒有狂喜，好像這是尋常不過的一天，他在文章中間打下一個句號，眼前還有許多宏圖大業待完成。他望向我，眼光卻像落在我身後的天際線。

這就是我矢志追隨的男人。

他是唯一唯一，我不曾後悔的選擇。

我曾發誓成為他最穩固的依靠。

只是我現在到底怎麼了？他的臉怎麼跟夏燦揚相疊在一起？疊成一團霧，我看得滿眼迷糊。

26

第二天天剛亮，我跟梅堇岩就踏上尋找許願花的路途。

我沿路都神經緊繃。原本以為是我跟夏燦揚找花，現在換成梅堇岩親自上陣。要是果真讓他找到這種花，拿回台灣量產……他不知道這種花的可怕副作用，我能怎麼合情合理地跟他說明？跟他再說一次另一個時空的故事？天哪，我寧願在他面前穿小丑裝。

看來，唯一的方法，就是我先一步找到許願花，在他看見之前銷毀。至於我原先想做一瓶花精自用的計畫，只得放棄了。

我們循著英國人的指引，朝著巴赫故居的西北方，踏過一大片草原，會看見一大片樹林，那裡頭最有可能生著許願花。此花非常有趣，是在最寒冷的一月生長，目前正是花季。

「所以妳上次是白找一通。」梅堇岩對我微笑。「季節根本不對。」

我們踏在遼闊無際的草原上，腳下溼土富有彈性，踩起來一彈一跳。梅堇岩一路都跟平常一樣沉靜，後來終於還是開口問起夏燦揚的事了。

「這是妳的私事，我照理說不該刺探，只是……因為妳在公司算是位居要職，如果妳覺得有什麼事是我應該知道的，妳可以告訴我嗎？」

他問得好委婉，好顧及我的顏面。

「我是在展場碰到夏燦揚的。」我張開雙手，以示清白。「他是唯一一個我可以借錢的對象，我們一聊之下發現剛好同路，路上他發現我流鼻水，硬要借我外套。就這樣，沒有別的了。」

他露出好溫和的微笑。「妳包包被搶，為什麼沒早點讓我知道？」

「老闆諸事繁忙，我能自己處理，就自己處理了。」

「妳沒有拿到我給妳的東西。」他牛頭不對馬嘴地吐出這句。

「對了，老闆你是要給我什麼東西？」

「沒什麼，不重要了。」

肯定非常重要。但我的疑問堵在喉頭，望著他莊重沉默的眉眼，我不敢造次。

「前面三天妳過得怎樣？」他又聊了。「一個人會怕嗎？」

我不敢相信我的耳朵。他問我的感受與情緒吔！他今天心情似乎很好，是因為人在異鄉，景致美好，讓他願意敞開心扉嗎？

「還好。」我幹嘛還假裝？「有點怕。」我頓了頓，還是把握與他坦誠的機會好了。「其實我怕死了。我只是假裝不怕。」

他彎起唇角，好久好久沒有答腔。在我緊張到以為我答錯話時，他終於發出一句清透得像幻覺的回應：「我有時候也會這樣。」

他開始坦白了，我的心快樂得顫抖。這句話的重量，我懂，我懂。他的心門，為我開了一條小縫。

我的腳步雀躍起來，什麼顧忌都拋掉了，像個小女孩追在他身旁。「老闆，公司最近好點沒？」

這個話題在過去三個月我都想問不敢問啊。

他略微嘟著嘴，那副神態好專心，是在認真思考這個問題呢。

「暫時死不了。」他將手中袋子往上拉提，發出乒鈴乓啷的響聲。「我不會忘記自己扛著多少人，總之天塌下來我頂著。」

這話讓我好心折。

這一路他幫我提著做花精要用的鍋碗瓢盆、礦泉水、白蘭地酒與卡式爐，走了那麼遠，一句怨言也沒有。這讓我有備受呵護的感覺。

我笑開了。「我看得出來，得到花精獨家代理權是一步，找第三十九支花精是一步，但是這兩步還不太夠吧？花精對我們的營業額來說只是副產品，精油才是主戰場。」

他嘆了口氣，像是向我的逼問投降。「上次聽妳一說，我開始在研發複方產品了。」

「妳願意嗎？」

「老實說，還很猶豫。」他停步下來望我。「事實上，我帶了我研發的筆記，想要來問妳。」

「不用猶豫了。複方很好啊。全台灣沒有人能做出像你這麼高明的複方。」

「這是對現實的屈就。」他笑著搖頭。「如果用單方可以配出一百分，我為什麼要屈就在七十分？」

「但是，複方可以是帶路雞。我們如果做出一套膾炙人口的複方，然後推出課程教她們自己調，不就達到我們的期望了？」

「妳這話倒是打動我了，雖然我也知道這樣的轉換不是那麼簡單。」

「可是值得一試。」

「值得一試。」他微笑了，笑得好動人。

進入樹林邊緣，他莫名停下來，珍重地凝視我。「澍耘，謝謝妳。」

我不解地回視他。

「妳為我阻止了一場大災難。」

「什麼意思？」

「三個多月前，妳勸我打消讓妳去夏園應徵物流員的念頭。我有一天真的夢見妳去應徵，後來白忙一場。」

他夢見了。

他擁有復刻版的記憶了。

他會記得我們在河濱公園的深談，還有小公園那場兄妹式的擁抱了！

「後來呢？」我的心跳拍搏得像太鼓。

「我是要謝謝妳洞燭機先。現在這些方法，好多了。」

「還有呢？」

「就這樣。」他講得很輕鬆。

「就這樣？」我沉默了好片刻，確定他沒有要再透露，我才甩甩手。「老闆你不用謝我，要謝你自己，這都是因為你願意接納建言，一點就通……幾乎啦。有些事情你還是好固執。」說完後我自己呆了一下。大概是因為知道他擁有復刻版記憶，我對他的態度也開始親近了。

「譬如什麼？」

「譬如裝出一副胸有成竹的樣子。」

他怔了一怔。「妳怎麼會這樣認為？」

「還裝。」我噗哧一笑。「老闆，反正自從我上次在你辦公室哭過，我就感覺自己黑掉了，後來你罰我交電子稿，我就明白，你不想讓我看見你心裡迷惘、脆弱、不知所措的角落，那我也只好假裝看不見了。」

「不是，我並不是要罰妳。」他有些難以招架地扶住一棵大樹。「我是……覺得徹底被妳看透，好像什麼都瞞不過。這讓我很懷疑自己的表現，妳讓我覺得很……」他的頭左右連換幾個角度，似是找不到正確形容詞，或者他自己也搞不清。

「討厭？」我幫他完成。

「不是。我不知道。」他伸出一隻手阻在我面前。「妳不要誤解。不是不好的方向。」

他不欲繼續這個話題，提起鍋碗瓢盆便往樹林深入。

樹林幽深神祕，一進去就暗影幢幢，看不見天。我跟他都沉默了，好像進入月球之類的異世界。

梅堇岩將鍋碗放在一棵最粗壯的樹下。「我們以這裡為定點，放射狀搜尋。」

「分頭找，好。」說完我就隨意選了一個方向去。

「不是。」他急急喚住我。「妳沒有手機，會走散。」

「這裡沒別人，你大聲叫我就好啦。」

「不是。」像是說出這番話有點困難似的，他神情困擾。「妳已經遇到意外一次了，不能再有第二次。」說完他緊緊跟上我身旁。

我這下頭大了。這樣我要怎麼在他發現第三十九種花之前搶先銷毀？

有了，我搶在他前面尋找，盡量拉遠與他的距離。要是找到許願花，馬上捏掉滅跡。

「好哇，我會跑很快，老闆你跟我後面慢慢來就好喔。」

我精力充沛往前衝，打算把他甩在後面，只需讓他看得見我的背影就好了。

衝了半天，這附近根本沒有花。別說紫花了，紅橙黃綠藍白花全部都沒有。地上鋪滿或褐或綠、或長或短的草。

「不用急。」梅堇岩神出鬼沒到了我的身後。「我們時間多著。」

接下來的幾小時，從興奮，到疑惑，變成一場拖磨。花朵遲不現蹤，梅堇岩誓言不讓我離開視線似的，跟得好緊。

下午時分，我揉著痠疼的腿，跟他坐在足以兩人環抱的大樹下，吃早先準備好的三明治。樹林不僅陰暗，還泛起薄霧，沁得肌膚冰冰涼涼。

我三口併作兩口吃完，站起來拍拍屁股。「老闆你慢用，我再往前面找。」

「澍耘……」

不顧他阻攔，我奔向前方大規模搜尋。穿過緻密的森林，絆了幾下樹根，忽然感到一股奇異的氣氛。我的腳邊生著一朵精緻絕美的五瓣紫花，大約只有小指甲的四分之一大小，但在這樣幽暗的森林中竟鮮豔得有如發光。

不會錯，這種花早已烙印在我的記憶裡。四面就這麼一朵。我湊上去摘，鼻腔突然竄進一縷異香，太香了，比依蘭還媚惑千倍，簡直像有毒。我屏住呼吸將它扭下，要丟在地上嗎？會不會被他發現？還是藏進外套口袋裡好了。

繼續向前走了一兩分鐘，又出現一朵。我繼續摘。如此數回，我頭皮越來越麻。這種紫花雖然分布稀疏，但是向前延伸好遠，要全部除掉，工程比想像中浩大。

梅堇岩在後頭叫我，聲音已渺不可聞。

我不理會，逕自狂奔銷毀紫花。

慢慢的，我聽不見四周的聲音，也看不見四周景物。我的手沾滿花香，口袋逐漸滿載。我忘了一切，天地只剩我與花。

一陣刺骨強風吹下我的兜帽。奇怪，我什麼時候穿出這片樹林了？太陽何時沉落的？只剩一抹殘黃在地平線上，像是死了。

梅堇岩等我多久了？

我身旁還依稀可見六七朵紫花，陡地天色昏暗，殘陽消失，看不清楚了。

我不能再逗留了，這就回頭騙他這個方向沒有花好了。

回到樹林，我呆愣無法舉步。該往哪個方向？剛才太陽落下的地方是西邊，所以我該往右前方回到東南側入口吧？但是梅堇岩跟我已經走了好幾個小時，早就不知道跑到天南地北去了。

我迷路了。

穿回樹林，樹影幢幢，風穿樹梢發出沙沙聲響，每一次的呼吸都是冰霧。我在闇黑中摸索，慌不擇路。我害怕了，發狂似的叫老闆、老闆，到後來什麼都顧不得了，直接叫梅堇岩、梅堇岩，然後將兜帽展在耳後蒐集聲音。

只有風聲咻咻穿過樹梢，如鬼哭神號。

這氣氛好恐怖。我如瞎子亂撞奔跑，以手視物，摸到樹幹就避過。前方一陣大風，把我臉面颳疼，是又穿出樹林了嗎？我不管了，照樣跑，剎那間腳下嘩啦啦一聲，一陣冰涼穿透我的腿，天哪，這裡怎麼會有河？我要崩潰了，怎麼會有河？我大腿以下全溼了，會結冰嗎？

我爬回岸上，已經全身哆嗦。我徹底慌了，救命啊有沒有薑精油可以給我？還是黑胡椒？不然急救花精幫我定個心也行。我褲管溼了，一定要保持溫暖，快拚盡全力跑。

跑著跑著，我好像跑進更荒僻的地域了，撞到樹幹的頻率提升。我越緊張反而跑越急，突然腳下一絆，身子飛了出去，啊，額頭好痛，眼睛怎麼看不清楚了，怎麼越來越黑……越來越……暗……

27

「澍耘……」

啊，我頭好暈，眼睛睜不開。這是梅堇岩的聲音嗎？我們在哪裡？啊……我天旋地轉。

「澍耘……澍耘……」

這裡還是好凍人，我們還在森林裡吧？我強自睜開眼睛，眼前有張模模糊糊的臉，他手上有個光源，是手機手電筒吧？

我視線好不容易聚焦在那張臉上，是梅堇岩擔憂的臉。他立刻露出笑容，丟下手機，撲抱住我。

我呆住了。我到底醒來了沒？他是真的……撲抱住我？

他的手就在我背後，整片手掌貼上，不再是只用指尖了。我徹底傻了，愣了，不知如何反應了。過了好一會，我才驚醒，抓住機會回抱他。他的背肌穠纖合度，精緻得像骨瓷，讓我感覺像抱住全世界最優雅的藝術品……

「澍耘，妳終於醒了。」他放開了我，但仍握住我的雙臂。「我好怕妳遇到意外，妳果然遇到意外。我剛才一直想……一直想……萬一沒有妳……萬一沒有妳……」他的聲音好抖，我從來沒聽過他用這種聲音說話。

「對不起……」啊我好虛弱，說不完話。

「妳現在感覺怎樣？」

我摸上頭頂，一個包，好痛，我強忍著不叫出聲。他的毛呢外套已蓋在我身上。噢，他找了我好久了吧。

「暈……冷……」我昏眩中只說得出氣音。

「妳是在黑暗中踩進河裡，然後跌倒了？」他扶我背靠一棵大樹坐起，旋開卡式爐，將爐火捧到我腳邊。「還好那邊是淺灘，不然……哎，我差點沒急去半條命。」

爐火照亮他的臉，是極度困擾的眉目。我實在是令他頭疼的員工吧。

「老闆你不需要擔心，我有勞保啊，出事勞保局會賠。」

「不是那個問題。錢怎麼比得上妳的安全？妳是我……妳是我……生命中的……」他鬼打牆好片刻想不出那個字眼。

「夥伴？」我幫他說。

「不是。」

「貴人？」

「豈止是貴人。」他破口而出，意識到自己說出什麼後，臉色忽然斂起。

氣氛有些侷促。我連忙開玩笑說：「貴人上去沒什麼選項了吔，總不可能是愛人吧。」

他臉色一怔，口氣冰冷。「不要開這種玩笑。」

是了，我竟忘了他是不容褻瀆的仙。即使他才為我開啟心門，總還是有個界線。

我向後靠回大樹。

梅堇岩回復沉默，將卡式爐移到我腳邊，撿了些樹枝來燃燒，就地生起營火。

溫度稍不那麼難耐後，他執起我的雙足，幫我脫下鞋子。

意識到他在做什麼，令我臉孔大熱。梅堇岩幫我脫鞋……是梅堇岩吔。我下意識縮回腳，他將我的腳捧回去，繼續褪掉襪子。

他的手骨修長，動作細膩無雙，眼觀鼻，鼻觀心，像是執行茶道，而我的腳是史上最貴重的茶具。他脫我鞋襪到底要幹嘛？他該不會要……天哪，他幫我摩挲腳底，做起了歐式腳底按摩的起手式。

我渾身一震，猛抽回腳。

他溫柔卻堅定地將我的腳覆在手中，拉回爐火邊。「妳的腳趾已經變紫色了。」

對喲，我的腳趾只剩微微的痲感，不處理恐怕會廢掉。那只好伸腿任他處置了。

我把臉藏進兜帽，以免讓他看見我臉色暈紅。

沁芳園的經典療程手法，是梅堇岩出國學習而傳下的，可是我們沒有一個人能領受他的療程。他只負責教，不負責做。甚至，當他教的時候，或許是為了避嫌，示範模特兒都用男的。

現在他竟然拉起我溼淋淋的褲腳，折到膝上，為我從腳底摩挲到膝蓋。我前世是修了什麼福？

他的手法溫柔細膩，並非刻意，那就是他的性格，如打太極，一撇一捺都講求哲學。手勁輕巧，卻能點點到位。該重的時候，他也並不客氣。

他的療程會比夏燦揚的高明嗎？我抱著這個疑問偷瞧他。他的表情柔和，宛如禪定，周身泛出光華，將我融進這股閒雅靜謐中。我瞬間忘了評判他的手法，忘了寒冷，忘了他是老闆，忘了我們迷失在陰暗森林中。

在他如同彈鋼琴般的藝術撫觸中，我徹底沉醉。有些時候我咬著唇以免舒服到呻吟出聲，有些時候我放鬆到幾乎睡著，但在那入眠瞬間，我某個腳底穴道就會突然被刺激一下，是他刻意喚醒我，因為天氣太冷，睡著會失溫。

他為我做了最後一個完美按壓，卡式爐的火轟然熄滅，我們再次墮入黑暗中。他連時間都拿捏完美。

他摸起手機，螢幕亮起，不料是迴光返照，下一秒就宣告沒電了。柴火他剛才忙於按摩，並沒添加，只剩少許餘燼。

我的四周全是漆黑，頓時有點害怕，扯住他的毛衣衣角，這才想起，他剛剛都沒有穿外套。

「喏。」我把毛呢外套塞還給他。

「妳褲管還溼，妳用。」他推回來的力道令我不容拒卻。「距離天亮還有十幾個小時，我們不能在這過夜，妳可以走路嗎？」

「應該可以。」

我聽到一陣鏗鏗鏘鏘的聲音，難為他四處奔走找我，還拎著那一袋鍋碗瓢盆。

「我不是你的貴人以上啦。」我噗哧發笑。「如果是的話，你哪裡還會記得要帶這些東西？」

「只剩三件。」他的語氣非常平緩。

「什麼？」

「我丟到只剩三件了，卡式爐、水、酒。就這三件用得上，其他全扔了。」

我木然無語，想像他在黑暗森林揮汗奔走，急到狂丟贅物的畫面。

「對了，妳要不要喝酒暖身？」

漆黑中我感覺到一個硬物靠到腰際，摸到是白蘭地酒瓶。我就著瓶口咕嘟咕嘟喝了兩大口，燒灼感從喉頭蔓延到胸中。

我遞還給他，聽見他也咕嘟兩口，看不清楚，他是就著我剛喝過的瓶口喝下的嗎？

「老闆，對不起，我知道你平時菸酒不沾的。」我是真過意不去了。

「不要再叫我老闆了。妳也不是員工。」他把酒瓶噹啷放回袋中。「今晚慶祝我找回妳，妳當澍耘，我當堇岩。我平時的確不喝酒，我是怕我在半路凍暈，沒辦法帶妳回去。」

出現了。那個不偽裝的梅堇岩終於出現了。他終於褪下禮貌的矯飾，坦露出真實的情緒。我無法形容我的驚喜，好像吹出滿天彩色泡泡。

「堇岩。」我脫口而出。

「嗯。」他應答。

我不知道該說什麼了，他的名字就這樣懸在空中，讓風吹熄。

「澍耘。」他也叫我，後面也是一片沉默。我感覺自己的名字如羽毛落地。

我們在黑暗中看不見彼此地看彼此，有種心照不宣的溫存感受。我試著朝他接近一步，踩到地上樹枝，啪嚓一聲，他辨音接過我的手臂，像是不確定該怎麼碰觸，最後選擇拉住我的袖子。

「這一次，我會抓緊妳，妳再也沒機會走失了。」

這話讓我莫名心跳加速。

我讓他拉著走，心情再也不同。他一向負責帶領我，在工作上，在芳療專業上，這卻是第一次真正讓他拉著袖子帶我走。

有酒暖身，他並不急，腳步穩定。酒精卻令我飄飄然，很想跳舞。

「所以貴人以上到底還有什麼？」我出聲才發現自己大舌頭了。

他的聲音慢了半拍才傳來。「我不知道。」

「好友？知己？」

「我那時候腦袋裡一直繞著一句話。」他的話音有點尷尬。「少了妳，我……好像少了一隻手。」

「你言重了。」我心中一甜，笑得好開心。「我領你薪水，你是我的衣食父母。我對你來說只是一隻手，你對我來說是一整片天咧。」

「要不是我，妳根本不會遇到這些事。」

「要不是你，我剛才可能已經失溫而死。你是我的救命恩人。很遺憾我沒有什麼可以還你，幸好現在不是演古裝劇。」古裝劇就要以身相許了呀，但是我還沒醉到會開這種玩笑的程度。

他還是撒開了手。「妳不要開這種玩笑。」

「這樣也不行啊？」我簡直撒賴似的。「是誰說今天不當老闆的？」

「妳別誤解……」

「我都叫過你的名字，你剛都抱過我了。」

老天，我怎麼口不擇言？我是不是語無倫次了？我真醉了嗎？

他那頭一陣踩地的劈啪聲傳來，越來越遠。

完了，他被我氣走了。

「喂。老闆。」我循著聲音追過去。「好啦，我道歉。我沒喝過那麼多烈酒。」

狂風一颸，我頭又暈了，一時站立不定。

這裡風好強，仰頭可見星子，淡淡的光線照下來。原來這塊地的樹被砍了幾株，成為一片空地，所以風勢特別猛烈。

他肯定是氣壞了，在空地上踱著步，一下往這邊踱，一下往那邊踱，一見到我，他朝我的反方向踱得更遠。

可是風太狂，他一定冷斃了。他穿的毛衣是透風的，不能擋風啊。我不成直線地跑向他。

「對不起啦，我不會再亂講話了。」我把毛呢外套塞給他。「你快穿上。」

「我不用。」他不接，也根本不看我。

「你明明很冷。」

他伸手插入頭髮，非常崩潰貌。

「梅堇岩。」我擺出流氓生氣樣。「如果你的手比我冰，你就給我穿上。」說完我握住他的手，啊哈，果然像冰棒。

他被鱷魚咬似的一把甩開我的手，眉目十分嚴厲。「項濎耘，請妳馬上離開。」

我被嚇住了。沒見過他火氣這麼大。我反而不敢移動了。

「妳為什麼還不離開？」他的臉色更火了。

酒精太可怕了，一向體察上意的我居然能把他惹怒到這種地步。我顫抖地倒退兩步，心中湧起深刻的悲傷與懊悔。

我終究是搞砸了吧？梅大神終究是可望不可即的吧？無論我再怎麼努力轉變人生軌跡，對他的癡心終究是妄想吧？

但是……燒灼的憤怒湧上了我的喉頭。三年多的忠誠與犧牲，在他的心目中，就抵不過一次失言嗎？只不過說錯了句玩笑話，就值得他動那麼大的肝火嗎？

今天會走到這地步，難道全都是我的錯，就完全不關他的事嗎？

「上次來英國的時候，你為什麼要袒護我？」我質問他。

他咬住下唇，並不回答。

「上次來英國的時候，你為什麼要袒護我？」我將外套砸到他身上。

他任由外套落地，微微鬆開下唇，但還是不答腔。

洶湧的酸楚衝進我的眼鼻，眼前一片朦朧，但我不想掩飾了，就這樣淚流滿面直視他。「為什麼你要讓我覺得，你對我有一點點特別，所以我有一點點機會呢？」

「澍耘，妳……」他怔住了，全身都挺直起來。

「你知不知道你不經意的每句話、每個小動作，都會影響我很深很深，讓我晚上都睡不好？你知不知道我願意為你做任何事、任何事，就算我加班，那也不是為了我自己，是為了你、為了你。但是你對我冷淡的時候是凌遲，對我好的時候更是凌遲。就是從那天開始，就那麼一個小動作，讓我從此以後不能安安分分。在那之前，我想都不敢想啊。」

我心中酸苦再也無法遏抑，哇地哭了出來。

噢，我徹底搞砸了。他的臉色加倍恐怖，筆直朝我逼近。他要過來嚴詞斷了我的念想，把我調走，劃清界線。這原是他會做的事。

我不堪忍受，想要掉頭走，四肢卻不聽使喚，眼睜睜見他逼到我面前，捧起我的臉，朝我吻了下來。

我瞪大眼睛，背脊旋起一陣顫慄。

他吻我！

這個吻盈滿深沉的安慰，同時強悍而堅定，像是過去幾年都傾盡這一個吻給足。他的嘴唇有點鹹味，一定是找我時急到出汗了，觸感很軟，很美好，像香草。

我渾身僵硬不知該如何回應。滿天繁星，在我眼前轉呀轉。轉了好幾輪，我才意識到我可以回吻他。他受到莫大激勵，一股重力朝我壓來，直到我的背抵上一棵樹。他吻上我的額角、鬢邊和頸間，停泊在我的唇上，這次是情意纏綿，溫存細膩，就這樣細細地吻我、細細吻我……

我心跳飛速無法呼吸，簡直意亂情迷。啊，這就是我心目中的梅堇岩式的吻。

真的不知道過了多久，也許是五分鐘、十分鐘，還是二十分鐘，他忽然撤回他的唇，手仍然捧著我的臉，好深好深地說：「妳以為只有妳才是被影響的人嗎？那一天我在所有人面前袒護妳，妳以為我晚上就睡得好嗎？我隨後跑去求英國賣我那瓶花精，他們報的價格讓我以為自己多聽了一個零，我還是不顧一切買了下來，想要送妳，滿腦子只想送妳，可是多少次我想送卻找不到合理的藉口，花精不見之後我翻遍四處找不到，折磨得不能睡。妳以為妳才是唯一受到凌遲的人嗎？每天我看著妳，卻不能夠靠近妳，妳以為我就不痛苦嗎？」他急促喘息，臉頰紅撲撲的，整個混亂到底。

我也喘息，根本無法回話，只覺得滿眼都是眩暈，髮瀑竟然整頭披散了下來。剛才的擁吻多激烈啊，髮圈都鬆脫了。

他的眼神發亮，拉起一綹我的頭髮到鼻下去聞。「我早就想這樣做了。」他的表情好欣慰啊，像是醉了。「妳調的是什麼香？」

「依蘭。」神鼻如他，何必需要問？

「不，不只是依蘭。」他閉起眼睛再聞了一次。「妳調的什麼迷香，我怎麼認不出來。」天底下居然有他認不出的香味嗎？我也拉了一綹來聞，可能嗅覺疲乏，完全聞不出味道。

「可能我被妳迷住了吧。」他像是看見珍寶，將我拉入懷中。「澍耘，對不起，我剛才不是故意要對妳兇。我是怕我管不住自己。過去這幾個月我好怕妳，就是怕這樣。」

「可是……現在已經這樣了。我是不是會害到你？」我滿臉擔憂。

「不。這是我這一生最快樂的事。」他溫柔地環抱住我。「我情願再多幾根白髮，也不願意從來沒跟妳靠近。」

我眼裡泛起溫熱的霧花。

這不就是我要的嗎？多年來，我心心念念想要的，就是這一刻。他親口承認他愛我。梅堇岩、梅堇岩、梅堇岩，有你這句話，就算前方是火海，我也願意跳啊。

他牽起了我的手，擁著我向前走。他的手溫比我還涼一些，他還是堅持讓我披著他的外套。我們穿出樹林時，像一對小情侶，就是小情侶無誤。天際星光璀璨，我們勾肩搭背，黏在一起，有時他朝我擁過來，有時我向他抱過去，不知是酒精還是愛情作祟，走路簡直不成直線。

終於走到我們下榻的鄉村旅館，古色古香的紅磚建築，說是十七世紀的驛站改建。櫃檯是位胖胖的英國大嬸，她看見我和梅堇岩溫存的情貌，手藏在腰下對我指著梅堇岩，比了個大拇指。連英國大嬸都識得他的風采，我驕傲得很啊。

梅堇岩的房間先到，他拿出古式鑰匙，插進去推開門，我沒經過他的允許就蹭了進去，徹底造次了。

啊，他的房間不像有住人，除了角落放了一只已收納好的行李箱，別無長物。就連室內的空氣也單純，只有一點裝潢木頭的味道。

「你昨晚到底有沒有睡過這裡？」我沒大沒小地指著他。「除了行李箱，什麼都沒有，你就沒有其他東西嗎？」

他放下那一袋僅存的水酒爐具，笑吟吟地走向我。「我有妳呀。」

他竟然大方跟我開起玩笑了。

我歡欣跳起來抱住他。

他抱著我走了一段，把我丟到床上，自己也倒在我身邊。我們看著彼此又開心又狼狽的倦容，一塊兒笑了起來。

「妳累了吧？要不要睡一會？」他幫我褪下一層他的毛呢外套，再一層我的羽絨外套，揚手想把兩件外套拋走。

「等一下，給我聞聞。」我揪住毛呢外套，深深嗅吸了一口，仍是清澈如水。「你這人怎麼就沒有味道呀？」

「因為我已經好幾年沒有用精油了。」

「你是精油大師吔。」我不敢置信，這就像孔子說他好幾年沒讀書。

「我告訴妳吧。」他拉棉被將我裹住，輕柔無比地擁住我。「我不喜歡用化學物，所以走向自然療法，但是有一天我突然想，精油畢竟還是化學分子，有些有毒性。我能不能用更自然的方法，譬如蔬食、運動或喝水，來維持身心靈健康？所以我就做了這樣的嘗試，不知不覺就好幾年沒用精油了。」

「你感冒也沒用精油？」

「沒有。」他笑笑。「失眠、頭痛、身體多不舒服的時候都沒有用。我不讓自己用。」

「何必這樣苛求自己？」我抱住他的頭，為他苦行僧式的生活感到一陣揪心。同時又因為他願意向我訴說祕密，感到無比喜悅。

「現在我沒有苛求自己了。」他握住我的手。「我有了妳，這太奢侈，我會折壽三十年。」

我笑了笑，硬是吞下了「要陪我白頭到老」或是「你不能比我先死」之類的情話。現在的狀況還不適合。

想到死，夏園房東的死狀無端竄上我腦海，夏燦揚最後許了什麼願，仍然是個謎。

「我可不可以問你一個不太吉利的問題？」我有點突兀。

「我不相信吉不吉利這回事。妳說。」

「如果有一天，沁芳園火災，你失去嗅覺、觸覺，職業生涯全毀。這時候讓你許一個願望，你會許什麼？」

「那還用說嗎？」他似乎覺得好笑。「當然要讓我跟沁芳園恢復原狀，我才能繼續完成我的理想和志業啊。」

「理想和志業。」我玩味他的話。

當他說起這句話，乍看閒雅，眼眉間卻流露排山倒海的光芒。這就是為什麼我會如此愛他吧，他好偉大，好辛苦，好令我疼惜。

「我可以再問你一個問題嗎？」我吞下一口口水，對自己的唐突依然有些緊張。「你是什麼時候喜歡我的？是上次在英國的時候嗎？」

「我也問過自己這個問題。那時候看到妳滿頭亂髮撲在草叢裡找花，我的心一直跳，妳大概不知道自己頭髮放下來時有多誘人。」他好坦白、好認真地回想著。「但是不是，比那早多了。這兩三年經常有人問我為什麼不把辦公室搬走，我就隱隱約約感覺到，我是不想離開妳。」

「那麼早？」我詫異了。

「恐怕更早。」他仍對自己的答案不滿意地搖頭。「幾年來我從來沒跟妳提過我女友。我可以跟別人提到她，就是不想跟妳提。有一部分是覺得，如果不提，好像我可以假裝我跟妳之間不用隔著那座山。」

我不敢相信。

「但是我一直欺騙自己，強迫自己不去看這件事。直到上次來英國，我違背原則，撒謊袒護妳，我才不能不否認自己陷下去了，之後好幾次我想跟妳提起我跟我女友之間分不了斷不開的關係，想要斬斷我對妳的非分之想，可是妳在我辦公室哭了那一次之後，我很害怕，覺得什麼都逃不過妳的眼睛，我太怕被妳看出來，只好想盡辦法躲妳，那些話當然更是講不出來了。」

我不覺把手指掐到疼痛。原來河濱公園那次是我誤解他了，這幾個月來他對我的冷漠也是誤解。他不是在拒絕我，他是在拒絕自己對我的情感。

「所以我真的不知道是什麼時候開始的，也許上輩子吧。」他低頭吻了我的額角，忽然有些羞澀地一笑。「現在換我問妳了，妳是什麼時候喜歡我的？為什麼我完全感覺不到啊？」

「傻瓜。世界上又不是只有你會假裝。」我笑了出聲，眼裡一片酸楚朦朧。「你會問雨是什麼時候想要投入山川的懷抱嗎？雨不知道，它一直就想，在它剛形成的時候就想了。要不是你，我根本不會學芳療，現在大概在某家設計公司做便當店的傳單吧。」

「所以是我們第一次見面的時候嗎？」

我搖搖頭，沒有答話。有些事情，說出來太害羞了，不如保留在心裡。

「我記得第一次見到妳的時候。」他輕撫我鬢邊的髮絲。「妳才剛畢業，看起來年紀很小，好柔弱，又瘦，我擔心妳承受不來這麼繁瑣的工作，可是妳的臉色那麼堅定，誓不罷休的樣子。我記人名的本事不好，別人可能要記三個月，對妳，我一個月就記住了。」

「一個月那麼久喔。」我出拳假裝要打他。

他捉住我的拳，將我拉近他的身軀。「後來內訓的時候，妳膽敢打瞌睡。我去叫妳醒來。當時我還以為我看錯人了，妳怎麼會這麼不用功？但是考核的時候妳最高分通過，我不得不對妳刮目相看。」

「冤枉啊。那時候我不是在打瞌睡，是在想事情。」

「想什麼？」

「想……事情。」我怎麼好意思說我是在幻想他？

他的好奇被激起了，揪住我後腦的頭髮，瞪進我的眼睛。「想什麼？」

我被他清澈如潭的眼波給吸住了。這是天池，是地海，是我終極的夢想，如今我竟然能這麼近地望進他。

「好哇。不回答。」他扳住我的臉，用唇覆蓋我的唇，讓我無法呼吸，忽然他停下動作。「妳到底調了什麼香？這風格不像妳。」

「什麼才像我？」我促狹地問。「鬼針草嗎？」

「妳是花梨木。」他倒是認真。「有花香有木香，溫柔中有堅強，付出奉獻再多都不退卻，而且，瀕臨絕種，世間難得有。」

他這段話就像他的文章，精雕細琢，字字珠璣。

我好感動，主動啄上他的嘴唇。他幾乎沒有鬍碴，膚質好細緻，很清爽滑順的觸感。在我的鼻子擦過他臉頰時，終於聞到了一點皮膚的味道，像清新的竹葉香。

他受到煽動，翻個身半壓到我身上，找到我洋裝式上衣的背後拉鍊，似乎想要拉下去，突然間握拳揪住不動，臉色泛起紅潮，急速喘息。

原來他不是沒有情慾，只是太過壓抑。

我們對著彼此喘氣。我沒有鼓勵他，也沒有拒絕他。他的臉色逐漸轉為慘淡，仰頭倒在一旁。

「澍耘，我完了。」

「彼此彼此。」我望著天花板的斑駁裂痕。

「我的狀況比較複雜。」

「我知道。」我牽住他的手。「這樣我已經很開心了。我沒有要你當壞人。」

「耘……」他這一聲好感動，溫軟的吻，細細密密落下來。每一個吻都是夢，是秋日楓葉落肩上，是海浪拍撫白沙灘。

雖然我明白，夢遲早會醒來，但現在我只想與梅堇岩十指交扣，遁入夢鄉。

28

等我再度醒來，眼前是梅堇岩脈脈的眸光，我的手仍然在他的手中，被握得暖暖。

窗外有微光，照到他的側臉。他的臉呈現冰般的透明，看不清摸不著，不像真人。

我在夢中嗎？

「幾點了？」我掙扎著爬起。

「下午三點半。」他安撫我的額頭，讓我繼續躺著。

「什麼？」我泛起類似怠職的不安。「再半小時天就又黑了。你幾點起來的？」

「我沒有睡。」

他的眼白微帶血絲，看來真的是整夜沒睡。

那倒是，跟我發生這件事，自律嚴謹如他，怎麼睡得著呢？

「你可以叫我起來陪你呀。」我嘆氣。

「我怎麼捨得？」他溫溫地對我笑。

「我記得你好像每天早上都會去運動？」

「為了耘，晚一點也可以啊。」他的口吻像微風，像是刻意不讓我感到壓力。

啊，他叫我「耘」。寵溺如此，我幾乎感到罪惡了。

我們餓了，手牽著手出去吃飯。走道風冷，他毅然將我擁進他的外套裡。我們簡直像連體嬰。

旅館餐廳裡傳來一陣囂嚷。我們走進去，櫃檯的英國大嬸在幾個青年男子旁邊，被逗得咯咯笑，正在講玩笑話的那人就是夏燦揚。

對喲，我完全忘了夏燦揚跟我們下榻同一間旅館。他那麼快就交到可結伴旅遊的異國朋友了。他們都揹著大背包，滿頭是汗，看起來剛健行回來。

夏燦揚的眼神剛好對上我，臉上寫滿詫異。

也分不清是誰先放開誰，我跟梅堇岩火速分開兩尺，好像偷情被撞見……就是偷情被撞見。

夏燦揚立即會意了，投給我們意味深長的一瞥，就回頭匆匆把笑話說完，揚手跟大家道別。大嬸眉花眼笑地多塞了兩個餐包給他。那群外國人意猶未盡，勾肩搭背簇擁著夏燦揚一道離開。

他們一走，原本晴光朗照的餐廳，頓時冷景淒涼。

我跟梅堇岩慘然地看著彼此。現實當頭朝我們壓了下來。

「耘……」他開口了，卻沒有把話說完。

但我怎麼不懂他？

他不能讓這個醜聞流出，尤其是被競爭對手流出。

他向來愛惜羽毛，尤重名譽，這等同芒刺在背，他容不得。

是的，我終究必須面對這些。

「不用擔心，夏婆不會洩漏出去。」我趕緊撫撫他的背。「他什麼事都可以攤在陽光下給人家看，不會耍那種招數傷害我們。」

「夏婆？」

噢，我不只稱呼錯了，語氣也錯了，就好像媽媽在菜市場跟人家自誇「我們家阿揚啊如何如何」。

「我聽說的啦。」我將他按到座椅上。「放心吃頓飯，不會有事的。」

「妳怎麼知道？」他若有所思。「妳要不要去跟他說一下？除了不能把獨家代理權給他，其餘看他要多少錢、什麼條件，可以儘管開出來。」

「他一定什麼都不要。」

「妳跟他很熟嗎？」

我張開嘴，喉頭像是塞了塊棉花。「……好，我待會就去。」

之後，梅堇岩幾乎沒動他的盤子，只是揚著嘴角看著我吃，但是我感覺得到他的低落，因此我也低落了。英式甜點米布丁上到我面前，我推到一旁就起身。

他也沒再說什麼。我們默契地一起去櫃檯問夏燦揚的房號，隨後他去運動，我去敲了夏燦揚的門。

夏燦揚剛洗好澡，拿了條白毛巾擦頭。寒天凍地他還是只穿著那件銀釦鐵灰無袖衫，檜木堅毅舒爽的香氣襲來。他開門的表情好像早料中我會來。

「你不生我氣吧？」我開門見山。

「生妳氣？」他哈的一聲，伸手推我的額頭。「我氣死了。妳有沒有搞錯，妳怎麼會讓自己陷在那種不健康的關係裡？妳知不知道三人行有多辛苦？」

「噗……」我噴飯了。「你應該氣我們搶走你的花精經銷權，不是氣這個。」

「經銷權是小事，妳這才是大事。」他氣鼓鼓的。「這關係到一生的幸福快樂吔。」

「哎喲，你不懂啦。」我重重甩手。「你又不知道我經歷過什麼。」

「我以為妳連經歷過時空旅行都告訴我了。」

「我沒有什麼事都告訴你。在那之前的事，你又還不知道。」我踱進他的房間，在他床上一屁股坐下。

他那邊很安靜，遲遲沒出聲。我奇怪地瞥他，他居然一臉認真等著洗耳恭聽。我不由得笑出來。

「妳喜歡他很久了。」他直接用肯定句。

「從我高二的時候在書店翻到他的書開始。」我托出這個埋藏在心中的故事。「那個小女孩發現這朵天堂裡的花，她夢想著把它摘下來，一直跳跳跳，從女孩跳成了女人，就是摘不到。有一天那朵花終於情願彎身下來讓她摘，你說她摘不摘？」

「那朵花有毒。」他吹鬍子瞪眼。「妳知不知道他有未婚妻了？」

「我當然知道。從我高二知道他的時候，他就已經有女朋友了。」我想到什麼突然愣住，急急望他。

「你剛說什麼？未婚妻？」

「我看到你們倆在一起，我回來就咕狗梅堇岩，他們婚訊剛發布，他沒告訴妳嗎？」

他將手機嘟過來給我看。昨天才發布的新聞，標題是「名媛聖苣添喜訊 芳療才子男友求婚放閃」。有一張柳聖苣的秀鑽戒照。

不。我不相信。

雖然在上一回經歷過，那是因為梅堇岩挨了我的罵才回去求婚。這一回，怎麼他也求婚了？

「妳確定妳要參加這場比賽？」他滿是苦口婆心。「對手是誰妳看清楚了，妳……」

「好了，我知道你要說什麼。」手機光亮很扎眼，我轉頭避開。「你要說我的對手是個狠角色，我如果參加這樣的比賽，就是參加撒哈拉超跑，會把自己整死半條命。你要說我在虐待自己，說我這樣一個好好的女生值得一段更好的關係。你還要叫我吃花精，吃菊苣消除我對他的情感依附，加上急救花精挽救我起伏不定的心情。我都知道。」

他的眼睛張得很大，右手已經插在登山背包裡找花精了。

「夏燦揚，我懂你。」我將他的手從背包中拉出來。「所以他叫我過來跟你談封口的條件，我半個字都沒有跟你提，因為我信任你。你的意思我都明白，但是我有我的路要走，你就不要為我擔心了。你多擔心一下自己吧。」

他盯著我好久，難得如此安靜，像是要重新認識我這個人。

他的手，漸漸從我手上鬆開。「妳身上這是什麼香味？」

我拉過一綹頭髮來聞，沒聞到什麼。

「奇怪，這個香味很奇異。」他也湊過來聞了聞。「不是頭髮。」

我用髮尾鞭了他的鼻子一下。「我老闆也問兩次了，但這香味連他都認不出來，你就別白費工夫了。」

「我不管。」他露出勢不罷休的眼芒。「天底下不能有我認不出的香味。」

他旋即像條獵犬沿著我身周嗅來嗅去。我推開他，他就不屈不撓地靠回來，連續好幾回。正當我開始考慮要抓檯燈砸他的頭時，他突然頓住，粗聲說：「外套脫掉。」

我愣了愣，脫掉外套。他馬上搶過，從口袋裡拉出一團紫花。

「皇天不負苦心人。」他笑開了。「這什麼怪花？難怪沒人認得出來。」

我忍俊不住哈的一笑。果然是從小愛聞東聞西的孩子，即使頭破血流，他都不能不聞出個答案吧。

「這就是許願花嗎？」他拿起紫花到鼻邊一嗅，皺起了眉頭。「雖然很香，我不喜歡這味道，太野了，跟妳這種清純的女生不搭。」

我揮揮手，假裝自己不屑他的讚美。

「對了，妳把花偷藏在這裡，不怕被梅大神發現？」

「噢。」我臉色微變。「你幫我把它丟垃圾桶吧。」

「不留一點做紀念？給鳳勳她們瞻仰一下？」他用探詢的眼色看我，右手掏進登山背包。「我有夾鏈袋，裝起來他就聞不到了。」

「那好。」

我接過夾鏈袋，裡頭只留五、六朵小紫花。不能做花精，也許可以做壓花或乾燥花？

「妳怎麼把它藏在口袋裡，沒做花精嗎？」他又問。

「我把這個機會毀了。我怕它被量產出來，會天下大亂。」

「說我白痴，妳才白痴。」他臉色一垮，推了我的頭一記。「甘願讓自己的願望泡湯，也不想害別人。妳這樣是要怎麼去跟那個狠角色決鬥？大笨澍，我現在就能預言妳的將來。」

「你不要說。」我摀住耳朵，害怕起他即將說出來的事。

我害怕他的預言成真。

某部分可能是因為我知道他的預言會成真。

我敲敲梅董岩房門。

他一開門，臉色非常凝重，一言不發將我攬進他的懷裡。「委屈妳了。」

「夏燦揚答應不會說出去。」我希望這句話能讓他安心。

「條件是？」

「沒有條件。」

他眉心微蹙，不敢相信。

「真的。」我推離他，讓他看清楚我的誠懇。

他勉強點了點頭，再度擁住我，擁得有點過久了，彷彿在彌補什麼。他的下巴抵到我頭上昨日撞到樹的包，我隱隱作痛。

「怎麼了？」我動了動身子。

「對不起，我剛剛看到新聞。」他鬆開了我。「我女友公開我向她求婚的消息，那不是真的，是她在逼婚。我從來沒買過鑽戒給她。」

「啊？」我裝傻。「什麼新聞？」

「我寧可妳從我這裡知道，不是從別人那邊聽說。」

雖然我已經聽說了，心還是好暖。他有顧慮到我的心情呢。

他牽著我的手，帶我到床沿坐下，說了他接受女友家資助和簽約的事情，這些我聽過了，他這次倒是繼續說了更多。

「我不能不承認，我跟她之間是有些問題，不然我也不會……像今天這樣子。最大的問題是她想結婚，我不想。幾年下來她已經失去耐心，會當著很多人面前酸我。這我自知理虧，就讓她酸。」

「可是結婚本來就不是一定該結或不該結啊。」

「但是我已經把我自己賣給他們家了，我耽誤她那麼多年，我有義務負責她的幸福。」

是啊，我要面對的不只是狠角色名媛，更是梅大神寧死不破的原則。

「錯不在妳。」他捏捏我的手。「錯也不在她。這一次她發這個新聞逼婚，也是她等我夠久了。畢竟在一起這麼多年，她太了解我，這一招令我毫無招架之力。如果沒有妳……如果沒有妳……我一定會向她屈服。」

「現在呢？」

「我不知道。」觸及到這個話題似乎令他很不舒服。「我不想結婚，但是我更不想做一個忘恩負義的人，更何況我跟她爸有合約。毀約？在我的字典裡沒有這回事。」

「如果你毀了約，就算跟我在一起，也不會快樂的，是不是？」

「我真的不知道。」他將手指插進頭髮裡。「假設性的問題，我不知道。有些事情是必須經歷過了才知道。」

「但是有些岔路只能選一條，不能兩條都走。」我輕輕嘆息。「原則動搖，你痛苦。辜負女友，你痛苦。毀約，你更痛苦。你傷腦筋的事情已經太多了，我不想再當其中一隻催魂手。你只需要選擇讓自己最快樂的那條路，不用顧慮我。我只是很難過，我害你傷腦筋了。」

「不，這兩天已經是我從來沒有過的幸福。」他深情款款地環摟著我，讓我偎在他的肩上。「其他的事情，我們暫時不要去想，好嗎？」

「當然好啊。」

「多希望時間可以凍結在這裡。」他在我額角印上一吻。

我也想凝結這一刻，將它化為藍色冰片存在冷凍庫裡，永久保鮮。

我們把工作丟到一旁，許願花再不重要。接下來的二十四小時，都像此時此刻，像美夢，像天堂，像不存在人間的樂章。

29

回程的飛機起飛之前，憂愁已降落在我和梅董岩的肩上。

在英國的登機口，或許是我們都意識到這樣的日子很難再有，我撲到他的懷裡，像我從前老早想對他做的，將手插到他的外套口袋裡。

事情大約就是在這裡急轉直下。

航程中，他全程凝望窗外，憂心忡忡。在毛毯下我伸手去握他的手，他的手很冷，並沒有反握我。

飛機降落在桃園機場，我們之間便隔著一片透明的牆，出關沿途，保持著普通友人的距離。他是不是已開始面對困難的抉擇，還是他這樣的表現已是下了決定？我想問他，但是不能。他已經諸事操煩，我不該表現得像緊迫盯人的小三。即使我們的愛情僅能綻放這三天，對我來說已是不可思議的幸福。

行李從轉盤上轉來，他為我搬下行李，為我拉著行李，僅止於此。到了出境大廳，我們必須面對基本的交通問題——計程車？高鐵？還是老闆你的車停在周邊停車場？他終於回過身來與我對話。

「澍耘。」

我的心涼了大半。他叫我澍耘，不再是耘。

他做了決定，現在就看他用何種言詞揮劍斬斷。

我約略懂了為什麼夏燦揚會搶先在女友提分手之前說分手，原來是這種懾心的恐懼。

「不用說，我懂了。」我露出一切沒事的笑容。「不用擔心，我會好好的。你不要自責。」

「澍耘……」他的臉色難掩掙扎。「我非常抱歉。因為我個人定力不足，我放縱自己，忘了自己該負的責任。這對妳很不公平。」

入境旅客一波一波，拉著行李滾輪從我們身邊穿過去，發出隆隆聲，我費盡全力讓那聲音輾過我的耳膜，好讓我聽不見他那一番鞭笞自己的話。

「這一切都是我的錯，妳可以把一切都怪我。我會盡力彌補妳，請相信我並不想傷害妳……」

他的每一句話都在搧自己耳光，也搧在我的心上，血跡斑斑。

「如果妳……感覺我有任何虧欠妳的地方。」他幾乎是嘶啞的，「也許妳會想要報復我或……背叛我，妳可以老實跟我說，告訴我妳希望我怎麼補償，我一定……」

「我怎麼可能呢？」我的心像被利刃插入，但我發現自己咧開笑容。「沒事的，你不要擔心。如果你為了跟我在一起，毀掉名譽，變成大家唾罵的對象，你不會快樂，我同樣不會快樂，所以你這個決定是對的。只要你不後悔，我就支持你的任何決定。」

他似乎不敢相信他的耳朵。

「我只希望你快樂，其他我別無所求。」我將笑容咧得更大。「這三天，已經夠我回憶了。接下來的日子，只要你過得好，對我來說就夠了。」

「澍耘。」他的話聲突然變得好低、好嚴肅。「妳不是在強顏歡笑吧？」

我一時哽住了。

「我雖然平常對別人的心情不太敏感，可是，起碼現在我感覺得到，妳是在演戲。」他頓了頓，眼中有些茫然。「妳是不想讓我為難嗎？」

他竟然讀懂我了。

一直以來都是我觀察他、體貼他、覺察他，為他一點一滴的小動作思之再三，幾至輾轉不能寐。如今他終於也會觀察我了，但是我們就要分手了。

我張開嘴巴，良久無言。

「有什麼事是我可以為妳做的嗎？」他問。

「你不怕我獅子大開口？」我企圖用玩笑沖淡離愁。

這玩笑卻使他一怔，好片刻後他才慢慢地說：「我寧願妳對我獅子大開口。」

他的反應令我胸口冷涼。多年來的信任，他怎能把我想像成是會獅子大開口的人？

但……如果我不跟他要個什麼東西，他才會更難受吧？

「那你可不可以抱我？」我說：「最後一次。」

他僵住身子。彷彿經過無限猶豫後，他說：「澍耘，妳真的可以要多一點。」

所以現在他是把我當成償還的對象嗎？然後他想要圓滿他那不肯欠人的原則？我的眼睛頓時感到一股酸楚，只好拚命眨眼掩飾。

他嘆了口氣，拋開行李箱，上前擁住我。

他這回的擁抱十分不穩定，有時鬆鬆的，像是迫不及待想放開我，有時卻突然收緊，像要把我揉進他的胸口。我傾聽他忽快忽慢的心跳，疑惑著，手掌該不該完全貼上他的背心？

忽然一陣扎眼的光亮閃花我的眼。

有個女人瞪視著我們。她身後是幾個帶著單眼相機的男人。

我呆呆盯著他們，不知做何反應。還是梅堇岩敏感，率先放開了我。

「阿苣？」他這樣叫她。

「你在做什麼？」柳聖苣疾言厲色指著他。

她偌大的銀色水滴耳環劇烈晃動，雙手往粉色法式洋裝一扠，銀色高跟鞋一跺，好有女神氣勢。與書卷氣質的梅堇岩兩相對比，我忽然明白了，不管他們有過多麼契合的過去，十多年後畢竟有了遮不住的歧異。

她後面那些人是記者嗎？

梅堇岩臉色風雨欲來，回頭遞還我的行李。「妳快走。不要回頭。不要讓他們照到妳。」

我覺得天地即將毀滅，趕緊呆呆地走。

我能控制自己不回頭，可是不能控制自己不聽見他們的聲音。柳聖苣歇斯底里的喊叫，崩潰的哭號，甩耳光的響亮，鎂光燈的喀嚓，圍觀群眾的喧嘩。我聽得滿心驚懼。

不要這樣，他很辛苦了，他很努力了，他比任何人能想像的都更嚴格要求自己了。他並不想要這樣，不要這樣對待他。

可是我內心的每聲呼喊都化為更多的淚水。我記著指令——快走，不要回頭，不要讓他們照到妳。

但我其實不確定，他這是為了守護我，還是為了維護他自己？

30

我想我真的不同了。隔天我人生中第一次用掉特休假，中午過後才進天母店。

小姍看見我，好像聞到纈草之類的臭精油，一臉嫌惡。

我聞了聞自己的衣袖，沒味道啊。

走進店裡，我想再不敏感都該察覺了，所有人的眼神像要把我釘在十字架上。我趕忙走到自己的座位，開電腦搜尋柳聖苣的新聞。

柳聖苣夢碎　芳療才子驚爆出軌

名媛柳聖苣日前才公布婚訊，記者昨日隨柳聖苣至桃園機場接機，原本預期芳療才子男友梅堇岩將重演甜蜜求婚記，不料撞見梅堇岩在機場與一馬尾妹擁抱，狀甚親暱。柳聖苣當眾質問，怒甩梅堇岩耳光，引發民眾圍觀。該女據悉為梅堇岩經營的芳療公司沁芳園職員，當日脂粉未施，外表清秀，頗有學生氣質。梅堇岩表示，因為該女沒有完成出差目標，情緒低落，因此加以安撫。他懇請柳聖苣原諒，他願意盡力修補兩人關係。

這是人間地獄。

這一刻我才真正懊悔在英國耽溺於他的懷抱，沒有去把許願花精做出來。不過，懊悔有什麼用？就算我最後一日吵著要去做，依當時那情況，梅堇岩必定黏來，最後必然還是結束於我被迫毀花。

噢，他回去是面對了什麼？怒吼、淚眼、迎面砸來的醋罈子、來自未來岳父的壓力、大眾媒體的羞辱？想到他必須承受的，我心痛如絞，雙手發抖。

我跑到小倉庫想要找鳳勳。裡面傳來低沉的對話聲，不是鳳勳。

對了，鳳勳今天休假。

「妳們看那會是真的嗎？」是魏怡麗發話。我跟她並不熟。

「拜託，妳問這什麼蠢問題，梅大神吔，妳覺得梅大神會是隨便抱人的人嗎？」這是孟申軒的聲音，她比我資深但是升遷沒我快，我一直覺得她心有芥蒂。「上次項澍耘把腳摔斷那次，大神也只負責打電話跟在旁邊指揮，需要移動她的時候，都是叫我們動手。像這樣的人會抱下去，鐵定有鬼。」

「他們平常看起來都那麼正經，工作那麼忙碌，怎麼會有時間談戀愛啊？」

「妳想嘛，每天在公司待得最晚的是誰？」

拍掌的聲音。「對喲，我還把他們想得多偉大，搞不好辦公室都變成他們的摩鐵了。」

「他們這樣搞，把沁芳園的招牌都砸壞了，丟死大家的臉。」這是小姍的聲音。「我弟本來就瞧不起我玩精油，他昨晚跑來跟我說，噁喲，你們老闆玩精油玩到床上去。」

眾人一陣啐罵。

「現在老闆會怎麼收拾啊？」魏怡麗說：「報導裡好像他把項澍耘切割得滿清楚的。」

「對了。」小姍壓低聲音。「我剛接到一通電話，信義店店長李桃英打來想確認老闆要的辦公桌尺寸有多大，我聽不懂，就多問了幾句，她說老闆今天早上打電話要她們把一間療程室騰出來當他的辦公室，還限期兩天完成。」

「這不意外啊。一個是豪門千金，一個是負債七百萬，妳會怎麼選？為了安撫豪門千金，斷就斷個徹底。」孟申軒說。

「可是七百萬對老闆來說不是大數字啊，說不定兩人打得太火熱，老闆就拿錢出來……」

我聽不下去，轉身離開。

我回到座位上做網路文宣，可是心情不寧，半天做不出一件成品。

我不覺得自己是最慘的人，梅堇岩才是。在報導中我叫「馬尾妹」，他叫「沁芳園的梅堇岩」。他需要頂下來的，比我多了何止千百倍？我現在能做的，只有把手邊這個工作做好，還有不讓他為難。

梅堇岩的辦公室燈是滅的，他今天沒有進來，沒有電話，沒有訊息，沒有信件。她們說得沒錯，他是著實要把我切割了。

我不驚訝，這原本就是意料中事。梅堇岩向來潔身自好，任何錯誤一定確實矯正。如今我是他高潔之軀上的汙點，是擋風玻璃上的泥汙，依照他過往的性格，一定得抹得乾乾淨淨。

下午兩點鐘我才聽見熟悉的腳步聲。他的腳步聲向來輕而穩，今天卻有點不規律，像被拖著走。

我的座位就在他的辦公室門口，他要進出辦公室，必先經過我。這待遇原來這麼特殊，我怎麼到今天才明白，難怪孟申軒嫉妒。只是，從此以後，他的辦公室要改成療程室了吧？

梅堇岩進入我的視線。他的目光從我身上掃過去，一言不發。他的裝扮一如往常乾淨體面，眼神透露似有若無的憔悴，那純粹是基於一個如我這般關心他的人才能察覺的不同。

他的辦公室內傳來搬物聲，直到紙箱堆出門口，我才有了現實的感覺。

他搬出最後一個箱子經過我時，我再也無法忍受這樣沉默的凌遲。

「你為什麼不把我解雇？」我盯著螢幕輕聲問。

他頓住腳步，宛如被石化。

「解雇乾脆多了，省得你大費周章，她也更能放心。」我像對著空氣自言自語。「或者，我主動提辭呈也可以，省下你一筆資遣費。」

「澍耘。」他的口中迸出我的名字，有驚訝，也有責備，彷彿不敢相信我能說出這麼決絕的話。停頓了許久，他才平靜下來，神情極其悲傷。「如果妳要這麼想，我很遺憾。」

這就是我與梅堇岩回台灣後的第一次，也是最後一次對話。

幾天之後，他的辦公室搬進機具施工了幾天，變成療程室。他沒有再進過天母店。此時，全世界都看得出來，我被打入冷宮了。

三天的幸福，轉眼間變成永久的酷刑。

儘管這是可預料的結果，我還是不斷問自己哪裡做錯了？就在返台的航程，他的態度有了大轉變，或許是他必須面對困難的抉擇和道德良知的批判，可是那轉變也太戲劇性。我到底是哪裡錯了？無數個夜晚我躺在床上，想推敲出如果我在哪時候對他說出不同的話，事情會不會不一樣？要是我在機場向他許的願望不是要他抱我呢？會不會有那麼一絲可能，他會選擇我？

儘管如此，我仍強忍洶湧的情緒，正常工作。為了維護梅堇岩的名譽，對鳳勳的追問抵死不承認。這些我還做得到，可是同事異樣的眼光是最可怕的，因此我加班時數遽降，到後來寧可把工作帶回家做。

「妳最近為什麼不加班了？她們都說妳以前加班一定是醉翁之意不在酒。」鳳勳有天中午過來這樣問我。她是僅存會跟我講工作以外事情的人了。

「人言可畏。她們的眼光像飛刀一樣刺我的背，誰會想加班？」

「妳需要發洩一下。要不要我們晚上出去喝個爛醉？」鳳勳眼神一溜，看起來有點賊兮兮的。

但是我抱著幫情緒找個出口的心態，還是讓她帶我去華山大草原來場星光野餐。到了綠色香氣飄漫的草原上，竟然已有幾位同事坐在草地等著了。

「澍耘，妳可能不認得我。」一位有雙堅毅一字眉的女生首先站起來說話。「我是信義店的馬翩韶。」

她旁邊那個眼睛細細的女生我倒是認得，台南店店長袁厚華，她靦腆地朝我招手。「我特地上來幫妳打氣，我好怕妳離職喔。」

另外幾個女生接連跟我打招呼，有些說我幫過她們什麼忙，有些說聽過我的事蹟，全都對我非常熱絡。

一陣寒暄之後，她們彼此交換個眼色，馬翩韶用講正事的態度對我說話了。

「抱歉，在妳失戀的時候要向妳提出請求。是我們請鳳勳找妳出來。為了公司的發展。」

「我沒有失戀啊。」我瞪了鳳勳一眼。

「我就說啊。」鳳勳也朝她們瞪眼。「她從來沒有承認。」

「我沒有失戀。」我強調。

「難道大神在機場真的只是因為安慰妳才抱妳？」鳳勳向地上一坐，啪地打開梅酒罐。「我不信。我上次不小心把整箱精油摔破，嚇哭了，他也沒有抱我啊。」

我凝重臉色不說話，接過她的梅酒，仰頭喝下。

馬翩韶從她的肩包內掏出一個牛皮紙袋給我。「這個，大神來不及在出國前轉交給妳的。」

「對不起。」松菱頻頻低頭。「大家對這件事太關心、太好奇，沒經過允許就拆來看了，沒想到會是……」她伸伸舌頭，不敢再說下去。

這個牛皮紙袋彌封得十分密實，但果然已被拆開了。裡頭是一疊紙，第一張是桃園機場的出境圖，梅堇岩幫我標示了出境路線。第二張是英國機場的入境動線及各個關卡檢查的證件，第三和第四張寫明了英國境內交通，包括購買牡蠣卡的方法，到旅館、奧林匹亞展覽館及巴赫故居的交通方式，以及入住的常用英文對話。最後還有一個小信封，裡頭裝著一張信用卡，附便條紙標註：「公司信用卡。倫敦搶匪多，另外保存。」

梅堇岩要交給我的東西，是這個？

他的線條畫得相當細密，看起來是費了不少時間。我想像他咬著鉛筆桿，在某個悠閒的下午，坐在庭園咖啡館，一筆一畫細細描繪出這些雅緻的圖——他怎麼可能有這個時間？不會是這個畫面。他多半是在無眠的夜，悄悄從女友身旁爬起，百忙中伏案繪製，直到窗外矇矇亮。

他沒有陪我走，但是他早已在心中陪我走過了一遭。

天哪，天哪，天哪……

「還有這個。」馬翩韶再丟給我一個小箱子。

是個鞋盒。我拉開看，是雙深藍色雪靴，內有絨毛，底部還有雪爪。

再忍不住，我眼前一陣洶湧，淚珠就這麼跌在雪靴上。

他的心裡果真有我、有我啊。如果我早點拿到這些東西，等同他一路守護我，我不會迷路，不會被搶，不會為了買牡蠣卡搞上四十分鐘。我會在倫敦街頭握著這些圖，無畏地到達每一個目的地，感覺他的每一筆繪觸，都在訴說對我的關愛。

或許，因為這樣我不會為了追搶匪跑上好幾條街，不會需要跟夏燦揚借錢，不會因為凍麻腳趾被夏燦揚拉進旅館裡，甚至根本不會跟夏燦揚重逢……人生的路線如混亂難測的蝴蝶飛行，我實在料不到。

「妳還不承認嗎？」馬翩韶說。

「妳們到底想幹嘛？」我把鞋盒抱在懷裡，用手背拭去眼淚。「如果要從我這邊套話去出賣大神，做任何不利於他的事情，妳們就找錯人了。」

馬翩韶又跟大家交換眼色，所有人都滿意地微笑。

「選妳果然沒有錯。」馬翩韶代表眾人發話。「跟妳說吧，大神狀況很不好。我在信義店天天看到他失魂落魄，被柳聖苣掐得快窒息了，我覺得這樣對公司的發展很不好。現在只有妳能救他，所以我集結了支持妳的這一方，希望可以請妳幫忙讓他重新回到軌道。我們覺得妳才是對他好的搭配。」

「我們支持妳。」袁厚華做出打氣手勢。

「怎麼救？」我感到一陣痛苦壓力刺穿身體。「現在不是我能做決定的，他已經做好選擇了。」

「不，我們覺得妳的機會還是很大。」馬翩韶上身前傾，好像早練習過這番說服的詞令。「我們有跟李桃英打聽過，她是柳聖苣的閨密，她說柳聖苣本來算準了帶記者去機場，逼大神當眾求婚，一定能讓假婚訊變成真婚訊，沒想到會抓到你們。之後，柳聖苣拿以前她曾經為大神做的犧牲出來講，逼他開除妳，大神不肯，後來柳聖苣的爸爸出面，威脅撤資，大神還是打死不肯。他們知道大神這幾年已經賺進很雄厚的資金，就算撤資也一時動不了他，只好跟他交換條件，大神同意在年底前娶她，還要搬到信義店，算是給李桃英監管。柳聖苣那邊就同意不開除妳。」

我靜靜地消化這段訊息，一股撕心的疼痛湧上心口。他們如此對他軟硬兼施，他是怎麼苦苦防守，以致讓我得以保住沁芳園這份工作？檯面上大家知道的是這樣，檯面下給他的壓力只會更多，會不會他甚至為此簽下了第二份合約？噢，光想像就讓我好心疼。

難怪上次我問他為什麼不解雇我，會讓他那麼受傷。

我能怎麼報答他？既然他為我做了那麼多，我也該遵循他的願望，絕不能去亂他才是。

「妳聽懂嗎？他犧牲自己，保全妳。」馬翩韶說：「還有一個好消息。李桃英有一次在大神面前不小心說了一句妳的壞話，聽說大神用冷得像刀的眼神看她，她從此以後不敢在大神面前說一句妳的不是，氣得快炸了。」

「我們覺得這是好徵兆。」袁厚華點頭說：「柳聖苣的閨密越氣妳，表示妳越有希望。」

「那又怎樣。」我板起冰冷的臉孔。「她氣只是白氣，我跟大神現在根本是兩條平行線，我也沒有打算要跟他產生工作以外的交集。」

「我剛跟妳講那麼多都白講了嗎？」馬翩韶激動地比起手勢。「明明還有機會，現在只差妳主動出擊了。我跟妳說，我在信義店可以偷聽到老闆的行程，妳去跟他碰面，然後……」

「然後我再跟柳聖苣拔河，把他撕成兩半嗎？」我霍然站了起來。「他受的苦已經夠多了。不管妳們怎麼說，我都不要讓他為難。」

「這是為了公司長久的發展。」馬翩韶也站了起來。「柳聖苣根本不適合當沁芳園的老闆娘，她只以她個人的占有慾為優先，她拖累老闆。我們要合力推廣芳療，領導者的狀態是很重要的，我們不能讓老闆跟那種人在一起，他會累死，等他累死之後妳很開心嗎？」

「如果他跟我在一起，他會因為自責而死。」我冷冷地抱著胸。「等他自責而死之後妳很開心嗎？」

「欸，妳有沒有毛病啊？」馬翩韶的面容頓時火了，衝上前，即將要吵架的態勢。

「哎喲，妳們先回去好了。」鳳勳急忙拉住馬翩韶。「我再慢慢跟她講。」

她們一夥人都意興闌珊，把氣得冒煙的馬翩韶拉走。我目送她們離開，沒有挽留。

雖然，知道自己有支持者，感覺沒那麼孤單。我卻親手將她們趕走。

現在我只剩鳳勳了。

「靠。」鳳勳像條狗一樣，巴在我身旁大口喘息。「妳強爆了。妳不是說以前只交過一個男朋友，在高中，連親嘴都沒有過，怎麼一出手就撈到天菜？」

我推了她一記。

「他有沒有什麼癖好？」鳳勳眨著好奇的大眼。「我聽說平常越正經的男人私下其實越變態，他是不是這樣？譬如說他在床上啊，有沒有皮鞭？還是手銬？」

我笑了出來。

啊，如果鳳勳的本意是要我笑，她成功了。

「他的吻功怎麼樣？」

我的意識一下子飄到森林中的那個吻。第一個吻他大概是壓抑過久，劇烈到令我無法呼吸，之後就都……好溫柔好細膩呢。

「他幫我做腳底按摩喔。」我湊過去對鳳勳耳語。

「靠——」鳳勳朝空中揮拳。「妳中頭彩了，妳中頭彩了。我好希望妳可以成為未來的老闆娘。這樣我就成為老闆娘的閨密，超酷的——妳真的不考慮她們的提議喔？」

「事情沒有她們想的那麼簡單。」我搖搖頭。「大神為我犧牲，不代表他要跟我在一起。他多半只是為了償還，或圓滿他那個不肯欠人的原則。他不想欠柳聖苣，也不想欠我。」

「嘖嘖，妳已經這麼了解他了啊？」鳳勳更加眉飛色舞。「大神到底是什麼樣的情人啊？妳看過他的體格了嗎？」

我撲過去打她，她把我撲倒在草地。這場瘋狂的嬉鬧結束於我們癱倒在草地上呼呼喘氣。百感交集，我拉住了她的手。「有妳真好。」

不然，我真不知道該怎麼過下去。

31

沒有顏色的日子持續往前推進。從最初抱著能與梅堇岩再見上一面的想望，到後來漸成死灰。

我再也沒聽同事叫我「大總管」了。透過我想要找到梅堇岩的來電，再也不曾響起。馬翩韶她們原本還試著再接觸我幾次，到後來連她們也放棄了。如果我說原本是汪洋中的孤島，現在就是外太空的棄船，無人聞問。

某個春暖的日子裡，我收到梅堇岩一封沒頭沒尾的郵件。

這段時間以來，我的行銷工作純靠郵件與梅堇岩溝通，效率差很多，但是我們都忍受著不便，沒人提過一句見面。即便在信件中，他從未透露一絲情感，頂多是「早安」、「午安」這種無意義的問候。

這封沒頭沒尾的郵件是夏園官網的截圖，夏園推出自有品牌「玉山花精」了。看來夏燦揚沒有選擇跟沁芳園批貨，自己登山做花精去了，速度快得驚人。梅堇岩的意思是在問我這該怎麼辦。

夏燦揚的選擇我不意外。他想普渡蒼生救苦救難，自製花精是最能圓轉如意的一條路。

我回了八個字：

邀他演講，向他批貨

這對夏燦揚不太好。邀他演講，等於找他來為沁芳園站台吸人潮。向他批貨，等於玉山花精拱手讓競爭對手分一杯羹，近乎喪失專利的感覺。但是這陣子我已經明白，夏燦揚住在一個豐盛燦爛的世界，別人拿不走他的光芒，就好像，你跟太陽借光，太陽會介意嗎？

他怎麼可能同意？梅堇岩果然馬上問。

他馬上想到更多問題，立刻發出第二封信：我們要回饋他什麼？這不是給他演講費可以了事的。

我來邀。他可能什麼都不要。我這麼說。

他要什麼？他還是不信。

夏燦揚只在乎他的花精能觸及多少人。給他一個推廣的舞台，就夠了。

過了一小時，想必是思索萬千之後，他回：如果要邀請，應該要我親自約他，負責人對負責人平行地位，才有禮數。

我火速打下：這不是要殺了你？夏燦揚不講禮數，他講友情相挺。我跟他在英國也算認識了，我約就好。

他大概又細密思量一番，過了老半天才回：麻煩妳了。

又過了一會，他說：謝謝。妳多保重。

我望著「妳多保重」這四個字，莫名怔忡起來。他是在什麼樣的環境裡，什麼樣的情緒下，打下這四個字？

療程室的門突然打開，把我拉回神，一縷花香調精油味飄了出來。做療程的客人經過我時，連番斜瞥著我。雖然我因為被報紙封為「馬尾妹」而不再綁馬尾了，好事者總還是能探聽得到我的位子。

我假裝沒看見她們的打量，在三分鐘內打好給夏燦揚的信。

嗨　夏燦揚

我是沁芳園的澍耘，先前在英國多謝你照顧。聽說你們要推出玉山花精，我們很感興趣。你願不願意來沁芳園做幾場演講，也許可以談談進一步合作？

澍耘

送出之後，我心念微動。開啟了我昨天寫給梅菫岩的郵件。

我是這樣寫的：

老闆好

您要求製作的史詩系列DM已經完稿，如附件，敬請查收。

另，「神奇的她滾珠瓶」調色已依您的要求調整，請再過目。如有需再調整，還請賜知。謝謝。

祝好

沁芳園行銷專員

項澍耘

分機#329

共事好幾年，怎麼會是這種語氣？我莫名有些無言。

「大澍。」有人戳我的後肩，是鳳勳。「大事不好了。」

「還有什麼事情可以更糟？」我面無表情回她。

「夏燦揚知道我們是沁芳園的人了。」

「廢話。」我斜睨她。「我上次去英國出差，他就知道我是沁芳園的了。妳是我同事，他當然推得出來。」

「不是，他連我們是天母店的都知道了。」

「啊？怎麼會？」我立刻正襟危坐。

「他呀，自從知道我們是沁芳園的之後，就一直盤問我們是在哪間分店，但是小姍說，雖然大神現在已經搬走了，最好還是不要讓夏燦揚知道，萬一他跑來找我們，事情傳來傳去，要傳到信義店也不是不可能，所以我們都沒有透露，沒想到他……他從跟我們每個人寒暄的內容，用消去法確定了我們的分店。」

「什麼消去法？」

「我們去做療程的時候，他會跟我們很熱情地寒暄說，妳是下班直接過來的嗎？搭什麼車來的啊？這趟花了多少時間啊？這一路辛苦了啊……然後他根據我們每個人的線索，用地圖消去不可能的分店，就剩天母店了。」

我先是愣住，旋即笑到肚子發疼。這個鬼靈精怪的夏婆。

「妳說怎麼辦呀？」鳳勳頻頻搓手。

「妳們有叫他不可以隨便跑來找妳們嗎？」

「我們沒有說，他自己說了。他說……」鳳勳學起他大刺刺的口吻。「我知道妳們老闆可能不大喜歡妳們跟我來往，放心，老子不會讓妳們老闆知道的啦。」

「那就好啦。」我拍撫鳳勳的背。「夏燦揚那個人雖然瘋瘋癲癲，但是會害人的事他不會去做。安啦。」

鳳勳好像還擔心什麼，忽然有人在我們身後咳了咳。

「項澍耘，外面有個機車騎士說要找妳。」是孟申軒。她一說完就走了。

「是我弟。」我對著鳳勳垮下臉。「我太久沒拿錢回家，他這回找到公司來了。」

「我幫妳去叫他滾蛋。」鳳勳風風火火就想衝下去。

「等等，我有辦法。」我拉住她的手，讓她看我的手機。我在手機上打下：「不用等，我不會出去的。」傳送給爾邁。

鳳勳滿意地笑了。

但是這次爾邁吃了秤砣鐵了心，只回了一個「？」給我，人卻不走。小姍打了兩次我分機，說機車騎士一直停留在對街，要我去處理。我也下決心跟他耗。雖然很久沒加班，這天我硬是加到最晚。等我成了全店唯一一個還沒下班的人，我悄悄掀開窗簾看外面。真是的，爾邁怎麼還在。

鈴——電話響起。

我猶豫了一下，還是去櫃檯接起。

「我好餓。」對方這麼說：「妳還要讓我等多久？」

聲音渾厚低沉，帶著笑。這不是爾邁，比較像……我腦門發麻，夏燦揚？

對街那個騎士朝著我揮手。他……哎喲，他那麼高大，不是爾邁啦。

我三步併作兩步奔去。騎士摘下了安全帽，再摘下口罩，露出濃眉大眼，滿頭是汗地衝著我說：「小姐。妳讓我等得好苦。」

「你這是做什麼咧？」

「我想找妳找了好久。」夏燦揚像是憋了一輩子才終於得以傾吐。「我跟鳳勳問妳電話，她一副怕我把妳吃掉的樣子，不肯給。好不容易打聽出妳是在天母店，又怕她們知道是我來找妳，會害妳惹上麻煩，我只好戴著這個鬼安全帽跟口罩，差點被悶死。小姍認得我的聲音，我不能打給總機。在這等半天才等到一個不認識我的妳的同事，我請她進去叫妳出來，妳又不出來。我……」他作勢用安全帽揍我。「我追女朋友都沒這麼累。」

「你找我幹嘛啊？」

「喂，朋友來找妳，妳幹嘛要罵人啊？」

我意識到自己的口吻幾近責備，不禁咬住下唇。

「看到我這麼不高興，我走好了。」他氣鼓鼓地跨回摩托車。

「因為我……我讓你等這麼久，我很過意不去。」我柔和口氣，拉住他上衣後襬。「我以為你是我弟。」

他回頭斜睨著我，眼神卻是歡笑。噢，當然了，他不是真生氣，只是在逗我。

「以為我是妳弟，妳就不肯出來，是打算不還債了嗎？」他說。

「鳳勳跟你八卦我什麼，你倒記得牢牢的。」我笑著搖頭。「是啦。我現在想想，人還是要多為自己一點。」

「好樣的。」他做出歡呼的手勢。「要不是我現在餓癱了，一定把妳抱起來拋到空中。」

我也勾起笑容。

「但是我不管妳把我當成誰，妳今天要陪我玩個盡興。」他丟了一頂安全帽給我。「我的肚子就不跟妳計較。」

畢竟還是捨不得讓他腹餓兼失望，我用最快速度回店裡取出包包、鎖上門，就跨上他的摩托車。

「要去哪裡？」我扣上安全帽後問。

「我今天想去海邊。」

「海邊？」我失聲叫，但摩托車已經飆了出去。

一個小時後，我們果真騎到了沙灘邊緣。不是一般遊客會去的淡水或八里，而是夏燦揚的私房景點。這裡人煙稀少，彎月形的沙灘，有如隱藏祕境，虧他找得到。

天色已黑，看不見浪花。只有規律的海濤聲，鹹鹹的海風味。我與他脫下鞋子，踏上細軟綿密的沙灘。

「所以妳最近還活得下去嗎？」他頭一句就這樣問我。

「這就是你今天來找我的目的嗎？」我不禁覺得好笑。「這其實不難知道，你問鳳勳不就好了。」

「曾經有一個人跟我說過，她跟八卦王講的話都是篩選過的。」

我嗆咳了幾聲。

「妳如果不從實招來，我就開始猜囉。」他遞給我剛剛在路途中買的麵包，找了塊乾淨的沙地坐下。

「我活得下去啦。」我坐到他身畔，打開麵包袋。「每個月都有領到薪水，現在還有人請我吃麵包，多好哇。」

他翻個白眼。「他那樣對妳，妳為什麼還要留在那裡？」

「你又知道他怎麼對我了？」

「這不難啊。」他雙手枕在後腦，仰倒在沙地上。「他那麼壓抑的人，只有在英國的時候可以暫時放下女友的束縛，跟妳大手牽小手。一旦他回到台灣，他就想起所有的責任啊、義務啊、事業啊、名譽啊，那些東西會排在妳前面。我這麼說可是有證據的喔，他當時放妳一個人去英國，自己一聽到英國給他獨家代理，就秒飛過去，這什麼鬼？我早就料到，等他一回到台灣，妳就會見識到他對妳態度大轉變，一定像髮夾彎一樣，把妳切八斷。」忽然他想到什麼似的坐了起來。「可是他怎麼沒叫妳離開沁芳園？」他瞬間明瞭了。「他對妳還是有情分的。他想到妳的負債，不忍心叫妳走。雖然他不能給妳名分，還是可以給妳經濟支持。嗯……」他陷入沉吟，彷彿需要重新評斷梅堇岩這個人。

這就是夏燦揚的預言，全都實現了。他只是不知道，梅堇岩雖然沒陪我去英國，仍親手畫下路線圖並給我公司信用卡，還有雪靴，他在他所能做的範圍內已經對我夠好了。想到這，我的心好似淌血，我止不住。

「妳看妳，都過好幾個月了，妳還是很難過，是不是？」他的婆媽病又發作了。「失戀了還要跟他假裝沒事地一起工作，對不對？在公司還要忍受同事的異樣眼光，對不對？但是妳強忍著不在公司哭，照樣努力工作，對不對？妳這笨蛋，都搞成這樣了，為什麼還堅持留在那麼不健康的環境裡？」他氣呼呼地吐出一口長氣。「柳聖苣沒有報復妳吧？」

我搖搖頭。

「梅堇岩幫妳頂下來了？」他翻了個白眼。「倒是辛苦他了。」

看他鬍子吹得半天高的樣子，我的心實在很安慰。雖然他現在對我只剩友誼了，這點友誼還是像永不熄滅的聖火，比別人強上百倍。

「謝謝你的預言，全都對了。」我不由得稱讚。「全世界觀察力最強的男人。」

「我不是觀察力強。」他忽然笑了。「我是相信心裡的第一個感覺，就像我今天突然有個感覺，就來找妳了。」

「直覺嗎？」

「可以這麼說。我就是感覺到妳需要一個能說話的朋友。鳳勳是八卦王，妳其他的同事疏遠妳，妳的家人好像也不太能支持妳，只有我算是有全程參與到這件事的經過又可以讓妳訴苦的人，所以我想來想去……」他咧嘴一笑，指向自己的胸口。「那就是我啦。」

「噗……夏婆。」我感到胸膛震顫，笑意蔓延開來，下一秒就發現自己笑倒在沙灘上。「哈哈哈……該說你急公好義、熱血心腸，還是雞婆啊？」

夏燦揚倒是一派悠哉，仰頭看著星星。

「你呢？」好不容易收了笑容，我問他：「跟冬晴還好嗎？」

「戒指還戴著。」他摸摸自己的無名指。「只是很茫然。」

「她不會還在生氣英國的事吧？」我趴在他身旁，用手肘拄著臉。「需要我出面幫忙嗎？」

「應該不用。我只是讓她揍一揍消氣，應該不至於被她揍死。」

「她揍你？」我不敢相信。

「回到台灣見到第一次面，她迎接我的就是三個大巴掌。我原本以為這樣就可以讓她消氣，可是她後來變了，天天都叫我帶她去瞎拼，不然就是請她吃大餐，我簡直疲於奔命。有一天我就問她是不是還在擔心我跟妳有往來，她竟然說她當時已經在電話裡把我的歷史告訴了妳，所以她知道我是不可能得逞的，她會這樣做只是為了報復我而已，我聽了差點……」他一臉內傷的樣子，竟然無法講完。

「噢。」我下意識伸手想安撫他，但是懸在空中。

「我才知道原來妳這麼幫忙延長我的感情，不然我跟她應該在英國的時候就玩完了，可是，笨澍啊，妳搞錯了一件事。」

「你不想結婚嗎？」我疑惑地眨眼睛。「抱歉，我以為你很想，或至少讓感情維持長久一點。」

「我不是不想。」他雙手握拳，像要壓抑內心的激動。「可是這樣得來的感情，是虛幻的，是假的。妳擅自幫我作主，怎麼不先問我願不願意在這種低品質的感情裡歹戲拖棚？我不會想要跟一個不夠愛我的人在一起啊。」

「不……不是。」我趕緊安慰，「我確定她一定還很愛你。」

「妳怎麼確定？」

「如果不愛，不會那麼在意。她明明知道你的過去，還是願意跟你在一起。」

「為什麼妳們每個人都這麼講？」他霍然站了起來，在沙灘上煩悶地踏步。「每一個人，每一個人都對我說，因為我有這樣的過去，我不能怪她沒有安全感，我必須要跟她道歉，我必須負責讓她放心，如果我想要獲得幸福就必須要退讓，可是……」他突然衝到我面前來，瞪大洶湧的雙眸。「大澍，妳也算是半個當事人，妳知道我們之前完全沒有什麼。妳告訴我，我真的必須退讓嗎？」

我的嘴巴開闔了幾次，答不上來。

「妳告訴我啊。」他原本閃亮的眸子，激動得充滿血絲。「妳算是最知道整件事情經過的人，如果連妳也這麼說，我就沒話講了。」

我與他兩兩相望，他眼裡有著難得的惶急。這一剎那，我對他可能有莫大的影響力。只要我輕輕指向哪條路，他就會往那條路上直奔而去。

我是該指引他獲得原有的愛情，還是指引他放棄？

甚至，我可以指引他朝我靠近？

不行，我已經沒有許願花了，而我必須記得我在這個時空的身分。我不是鳳勳、松菱還是哪個做不爽隨時能跳槽的芳療師，我是梅堇岩的左右手，是眾所皆知與他有過連結的緋聞對象，是全世界除了柳聖苣之外最有能力搧他耳光的女人。如果我跟夏燦揚有了什麼，傳出去不管是對他的面子或裡子都不堪設想。

「我曾經想像過，我想要的家庭生活。」我幽幽地對夏燦揚說：「我變換過很多種不同想像，裡面只有兩個元素沒有變。」

夏燦揚豎起耳朵傾聽。

「第一個是那個男人的臉，始終都是梅堇岩。」

他晃了晃頭，彷彿早已料到。

「第二個，其實應該是好幾個……」

「想要好幾個小孩嗎？」

「對，三個以上。」我淡淡一笑。「在現在少子化的社會裡，這個願望很奇怪吧？」

「不奇怪啊，我就想要自己的小孩組一個棒球隊。」

望著他期盼萬分的神情，我忍住笑。「但是我知道，一旦我達成第一個夢想，就必須放棄第二個。梅堇岩不想要小孩，這是我如果跟他在一起勢必要做的犧牲。」我將眼眸射向他。「你也一樣。冬晴是一個正常的女人，有正常的想法，和正常的反應。如果你想要獲得正常的幸福，你也必須有所退讓。跟她道個歉，哄一哄，就能和好如初。這件事只是一個小插曲，不要因為插曲影響了原本近在眼前的大幸福。」

他愣了一愣，表情木然，像是需要時間消化這一串訊息。

「你跟她已經好不容易交往了那麼久，都論及婚嫁了。距離你想要摘的星星都那麼近了，你不會想要在最後一刻失去吧？」

他嘴巴張開，似乎有些驚詫我的反應。我靜靜等著，他的眼神轉為落寞，最後他低頭瞧我。

「妳真的這麼認為？」

「如果我能跟梅堇岩走到終點，就算要我退一千步，我都願意。」

他終於像是接受這個答案，垂下了雙肩。

但是他安靜得十分異常，是很無奈吧。現實與夢想的落差，他需要一些時間適應，但他是夏婆呢，應該很快就能開朗起來。

「走，去踏海浪。」我托托他的手肘。

他聞言果然馬上笑了，向海浪奔跑而去。他的腳步好大，跑幾步就回身等我。他讓我先踩上海浪。

我踏上海水，一陣沁涼，腳板馬上被沙粒包覆住，陷了下去。夏燦揚在我面前摩拳擦掌。我十指擋在身前大叫：「先說好，今天不能把我弄溼。」

「回程還要騎一個小時的車，我不會害妳感冒，可是……」他大字形仰倒進了海面，濺起好大一波水花。「我沒說我不會把自己弄溼，哈哈哈。」

「你……」

他潛進海底讓我找不到人，過了一兩分鐘才嘩的在我面前彈跳出來。我的心臟差點沒被嚇飛。他則得意地大笑。這也太瘋了。

「喂，其實我今天有寫一封信給你，你大概還沒看到。」我朝他踢了一腳水。「我們老闆，要邀請你到沁芳園演講花精。」

「喔，好啊。」

「什麼？」我以為我耳朵進水。「這樣快就答應了？」

「要不然要怎麼答應？」他像水獺一樣漂浮在水面踢水。「等半年以後再答應嗎？」

「不問一下酬勞或細節嗎？」

「能有機會推廣花精，什麼場子都好哇。」

我不知該怎麼反應。如我所料，他願意免費來講，可是，沁芳園這樣對他，他還如此心無芥蒂，我反而愧疚了。

「那我幫你安排在信義旗艦店好不好？那裡人最多。」我將腳尖往沙裡陷得更深。「這是我唯一能為你做的。」

「可是我想去天母店。」他一個沉潛，轉眼到了我面前。「妳的那些同事啊，好像很怕我出現在天母店。我想去惡作劇，看她們想跟我說話又必須假裝不認識我的樣子，一定很好笑。」

我莞爾了。這也太無厘頭了，但確實是夏婆會有的思路。

「妳放心，我會假裝不認識她們的。」他拍拍胸脯。「不會讓梅堇岩知道。」

「好吧，那我幫你安排信義店跟天母店這兩場。」見他開懷起來的樣子，我也笑吟吟。「現在心情好點了吧？」

不提還好，一提，他的臉色馬上又鬱悶了，燦亮的眼神瞬間黯淡無光。

我心口驀然抽搐了一下，像被冰冷的手捏住心臟，一陣哆嗦。我想幫他獲得幸福，但……好像造成了反效果？我究竟給了他什麼鬼建議？

「噢，夏燦揚，我剛剛跟你講的那些，你都當成屁話吧。」我不由得脫口而出。

他驚奇地瞧我，似乎不習慣我如此粗魯的用詞。

「什麼退讓、犧牲、道歉的，全都是屁。」我太怕他沒聽進去，聲量格外深沉。「因為你是我見過最坦白、最快樂、最善良、最大而化之又最無拘無束的人，你對身邊的人付出的關懷是我見過最多的，你的觀察力是我碰過最強的，你的過去是我見過最傷痕累累的，世界上沒有人比你更懂得接受自己，我怎麼能不真心希望你幸福？」講到這邊，我感覺快沒氣了，但還是奮力一疊連聲說完：「我剛剛錯了，冬晴配不上你。你應該要得到一個能全然接納你的人，就像母親接納自己的小孩，這是你這段生命所欠缺，但你應該要得到的。」

他倒退了兩步，竟然跌坐到海裡去，只剩頭露出水面，怔怔地看我。

「我不知道你如果跟冬晴分手，能不能找到這樣一個人。」我激動得跪到他面前，胸部以下都浸到沁涼海水中。「我也不能保證你要花多少時間找到她，可是，我真心覺得，你值得這樣一個人。」

他雙眼圓瞪，徹底被震懾住了。我感覺海水一波波擊打我的胸口，眼眶不知何時跟著溼潤起來。我們四目相交，他驚愕的雙眼，漸漸流露疑惑——更多、更深的疑惑。

我不知道他的疑惑從何而起，但他只是說：「好，我明白了。」

「你確定？」

「項澍耘，妳是我的知己。」他舉起右手，大聲宣告：「衝著妳這番話，我向妳發誓，從今以後如果妳有任何用得著我的地方，不管什麼時候，只要妳對我說一聲，我赴湯蹈火，在所不辭。」

我壓下他的手。「你怎麼能夠這樣回報我？」

他啊了一聲，怔然不解。

「你應該說，項澍耘，我對妳發誓，從今以後，我會找到一個全然接納我的人，獲得我人生的幸福。」

他凝視著我，良久良久，像是看見頭上長著七支角的外星生物，終於醒覺似的，對著海底窸窸窣窣說著話。

我湊過去聽。他說：「喂，魚兄，蟹兄，你們聽到那女生剛才說的話嗎？真希望她也懂得對自己說那番話……」

「喂。」我軒起眉，一腳把他踢到水裡去。

他哇哈哈大笑，舒展四肢在水面游來游去，彷彿所有的不如意，都已拋到九霄雲外去。

32

後來我跟夏燦揚還是玩得全溼了。託他高人一等的體溫之福，騎車時我躲在他的身後，回家沒感冒。

之後我跟他通了幾封郵件聯繫演講事宜，不知不覺進入盛夏溽暑，他的天母店演講轉眼就到了。

今天進公司時，我感覺到小姍的眼神特意打量著我。在樓梯轉角碰到孟申軒，她往常從不多看我一眼，這日眼神卻特別在我身上溜了一溜。我檢查自己的穿著，白T恤和牛仔褲，沒什麼不對呀。

「大澍，還不快來。」中午過後，鳳勳爬上二樓叫我。「妳是策劃人吔，大神都到了。」

這段期間這場演講已成眾人最期盼的大事。不但成為同事聊天的話題、顧客詢問的目標，臉書貼文被瘋狂轉載，一開放報名旋即秒殺。

「我們都超興奮、超緊張的。」鳳勳兩手成貓爪摀住嘴巴。「我們這幾個常去夏園的人啊，都很想偷溜去聽他演講，可是大神今天也會在，我們不能表現出跟他很麻吉的樣子，都快憋壞了。」

我忍俊不住。夏燦揚的惡作劇成功了。

「快來吧。夏燦揚應該也快到了。」鳳勳準備跑下樓梯。

「等下。」我叫住她。「今天小姍跟孟申軒看到我的表情都怪怪的，妳知道是為什麼嗎？」

鳳勳歡天喜地的表情收了起來，像條可憐的狗一樣蹭到我身旁。「妳真的想知道嗎？」

「妳就說吧。已經沒有什麼壞消息可以嚇著我了。」

鳳勳將我拉到她的懷裡，按住我的背，這才輕聲說出：「大神跟柳聖芭的婚期發布了。今天的報紙寫的。」

我腦袋先是漂浮不定。感覺體內，沒有溫度。眨眨眼睛，沒有淚水。

似乎已經麻木，只剩空虛與冰冷。

鳳勳開始狂拍我的背，我掙脫她。「我沒事。不用把我當狗。」

「下班後，我打算找大家一起約夏燦揚吃飯。」她同情地瞅著我。「妳也一起來。」

「不用了。」我縮回座椅。「妳跟他吃飯小心嘿，別被大神發現。」

「放心啦，我們等大神走了才會去約他。」

一提到找夏燦揚吃飯，鳳勳馬上樂得很，一副要趕緊去安排的樣子，啪噠啪噠跑走了。

我在原地怔忡著。

梅堇岩的婚訊發布了，這是我經歷過的第二次……不，是第三次了。怪不得會麻木。

只要他能接受，我就能接受。起碼現在我還有鳳勳——噢不對，我只剩鳳勳了。

我必須保住鳳勳。

萬一梅堇岩發現她們與夏燦揚的交情，是不至於炒她們魷魚，害她們哭哭啼啼，但至少會調走，阻絕她們與夏燦揚的聯繫。

其他人我不見得能保，最起碼我要保住鳳勳。我現在已經孤立無援，承受不住失去最後一個朋友。

樓下傳來一陣喧嘩，將我的意識拉回。我到樓梯口往下望，視覺先落在最鶴立雞群的肌肉男。夏燦揚高出眾人起碼一到兩個頭，一開口就像打雷，要人不注意到也難。

在他面前是靜默凝立的梅堇岩——我的心猛抽一下，無法呼吸——他像座山一樣泰然儒雅。他開口了，只是輕巧溫文的一句話，四周的人就自然靜下來傾聽。他風采依舊呵。

我順著以他們兩人為圓心的人群，繼續往外圍望去。梅堇岩身旁那女人是誰？她是不是打從我靠近就這麼惡狠狠地盯著我瞧啊？她不是柳聖苣，可是有點臉熟……啊，是信義店店長李桃英。她一定是被柳聖苣派來當監視器的。

我胸口的情緒開始洶湧難抑，說不上是生氣還是傷心。

「這場地超讚的。」夏燦揚與梅堇岩對話，誇張地伸臂朝向講廳。「看看這個羅馬劇院。當初裝潢有請人設計過吧？」

「是我設計的。」梅堇岩舉步跟上。「像個搬不上檯面的野ㄚ頭，是大家不嫌棄。」

我一時恍惚。當梅堇岩自謙時，我們都知道他是自謙，可是夏燦揚稱讚他時，我們也都相信他是真心誠意。

「大澍呢？」夏燦揚無厘頭地冒出這句。

聽到我的名字，我心口突地一跳，該下樓現身了。

一路上，所有人的眼光都跟著我，在我和梅堇岩之間來回瞥視。我被盯得渾身發熱。尤其是李桃英，眼神如刀，恨不得把我碎屍萬段。

但就在這充滿冷漠與敵意的人群中，有一雙大手奮力朝我揮舞，就是夏燦揚。他見到我，開心得跟什麼似的。

梅堇岩見狀也望向我了。那一瞬間我的心像被一箭射穿。他的裝扮一如往常無懈可擊，眼底還是無盡的憂鬱憔悴，比上回分別時還糟糕。

不該是這樣的。

他的視線如蜻蜓點水，點到我旋即轉開。

我強迫自己不再看他，走到夏燦揚面前。「夏先生，我帶你四處去參觀吧。」這能讓梅堇岩鬆一口氣。他不喜歡這種應酬的場合，更何況是跟宿敵。

「好哇。」夏燦揚答得很乾脆，撇撇頭。「梅老闆，回頭再聊。」

梅堇岩淡淡點個頭。我感覺得到他放鬆的神態。

「噗……夏先生。」一離開梅堇岩的視線，夏燦揚馬上吃吃笑。「妳真的好怕他。」

我繃著臉，帶夏燦揚到為這次演講特地準備的產品展覽室。他頓在門口不進去。

「我可以先參觀妳們的療程室嗎？」

「呃……好吧。」

我帶他到療程室區，每間都是以一種精油植物命名，巡過薰衣草、乳香、大花茉莉、白玫瑰這幾間都有個案進行中，只有坪數最迷你的香蜂草諮商室是空的。這間只擺著一張小桌和兩張小凳。

夏燦揚當先走了進去。扣掉桌椅和他那大熊身軀之後，已經沒什麼位置可站，我就留在外面說：「這間因為太小，只能做談話諮商，沒什麼好看……」

他突然把我拽進去。我踉蹌一個，臉頰差點撞到他胸口。

他穩住我，另一手揚起來把門甩上，回頭衝著我關切。「妳還好嗎？」

「你……」我看到自己的鼻尖幾乎碰到他胸口，怎麼靠得這麼近。「你發什麼神經？」

「人好多，我找不到其他地方可以跟妳好好講話。」他俯身似乎想讀清楚我的臉。

太近了，他吐息幾乎噴上我的臉，體溫將我籠罩。

其實很喜歡這樣的感覺，但就是怕自己太喜歡了，明明有些燥熱，我還是裝出寒冰臉。「什麼事情一定要擠在這裡說？」

「我看到報紙了。我想知道妳還好嗎？」

是很感動。但是千言萬語不知如何說起。「你還好嗎？」我反問他。

「我跟冬晴分手了。」

我覺得更燥熱了，想瞧清楚他的表情，但是燈是暗的，光線只從門上開的一扇小玻璃窗透進。我往牆上摸索電燈開關。

「開了燈，外面的人就看得進來。」他按住我的手。「放心，我很好。」

他的芳療聖手好炙熱、厚實、有彈性，是一握就會讓人想永遠握著的手。我費了一番工夫才抽開。「你不會是在那天回去就跟她提分手了吧？」

「這妳應該不意外吧？」

忽然外面有喧嘩聲靠近。被看見我跟夏燦揚躲在諮商室密談就不好了。我趕緊蹲到桌面下，把夏燦揚拉了進來。

他一來我就無處躲。好擠。我們兩人蹲得歪歪倒倒，他索性環住我的肩膀，像大哥哥保護妹妹那種坦蕩蕩的姿態。我頓時感到很有依靠，順勢拉住他的臂膀，讓他將我摟得更緊。

夏日高溫。諮商室沒開冷氣，外加大熊牌暖風機。不久後我就感覺前胸後背發了熱汗，但莫名想起了他為我暖身的那一夜，有重溫舊夢的感覺。他身上的味道好豐富，變化萬千。

「我不知道那天給你的建議，會是幫了你，還是害了你。」我說：「你現在已經集滿三十個前女友，看起來還一點都不傷心，這樣傳出去，以後恐怕更難找到女朋友了。」

「我需要浪費時間在傷心嗎？」

「不管怎樣，這回大家都會說是你甩了未婚妻，因為未婚妻發現你在英國出差時房間有個女人。起碼你要裝一下，不然我怕他們誤解你。」

「全天下都可以誤解我，只要我不誤解自己就好。」

「那麼瀟灑？」我揚起眉。

「笨澍。」他嗤的一聲笑了。「我已經花了這麼多年體驗人生，大半都是在嘗試錯誤。大人警告我不能做的事，我偏偏要去試，試了這許多年，搞得遍體鱗傷，也幫自己贏來那麼多負面的風評，可是就像接觸過很多病菌的人一樣，我獲得了比別人堅強的抗體。我不會想要吸毒鬥毆，因為我吸過鬥過了。我不會想讓自己逗留在傷心裡，因為我傷心過了。我不會想要背叛自己的心，因為我背叛過了。這麼亂七八糟地活到現在，我至少學會了，不管別人怎麼對我，只要我對得起自己，就夠了。」

我怔怔望著他，說得如此輕描淡寫，背後不知多少辛苦。我心中漾滿疼惜，很想把他抱過來好好秀一秀，但最終只是拍了拍他的手背。

「所以看妳為了梅堇岩做傻事，我很能夠理解。」他斜覷著我。「就算是我，有時候還是會做傻事。」

「你做什麼傻事？」

「譬如摟著一頭母老虎，擠在沒有冷氣的諮商室裡全身流大汗。」

「哈。」我肘擊他一下。他滿不在乎地一笑。

但是我沒有放開他摟著我的手，他也沒有放開我。好像我們都不想離開彼此的陪伴。

也許是發汗，他的男人味漸漸凌駕於精油味之上。我很喜歡待在這個氣味裡，更喜歡這樣相濡以沫，很溫暖、安全、受到支持的感覺。

「所以妳到底過得好不好？」

我胸口暖暖的。話題繞來繞去，他總歸不忘關心我。

「我正在想，下次要幫你物色什麼樣的第三十一個女朋友。」我賊賊地斜睨他。

「喂。」他在我額頭上彈了一記爆栗。「還說咧，妳都自身難保，還妄想幫我。」

我哎喲痛了一下，胸臆卻盈滿交心的喜悅。忍不住捏住他環住我肩膀的那隻手掌，緊了一緊，他也用力回握我。

我和夏燦揚偷偷摸摸探出香蜂草諮商室時，兩人頭髮都悶溼了。進洗手間用衛生紙稍微擦乾，才回到產品展覽室。

展覽室裡頭已經水洩不通，有幾位記者拿著單眼相機拍照，幸好大家看到夏燦揚會自動讓開道路。

「這是我們的自有品牌『史詩系列』。」我帶他穿過人潮，擠到一排試聞瓶前。「我們老闆獨創的配方，今天發布。」

因為在公開場合，我裝作跟夏燦揚不太熟的樣子，對他介紹產品。

「嘖嘖，陣仗這麼大。」

「我們老闆是很有商業頭腦的。」我沒有說完下面隱含的話：沁芳園藉著今天吸人潮的機會，讓史詩系列搭順風車。說難聽點，夏燦揚是幫忙抬轎來著。

「很聰明啊。」

「對不起。」我不由得衝口而出。「我邀你的時候，不知道老闆會安排史詩系列在今天發布。我知道這樣有點利用了你。」

「一時之間看起來是這樣，長期下來妳確定嗎？」他說得真心誠意。「妳不覺得做這些計算很累嗎？難道我今天來演講，以後就不會從其他地方得到收穫嗎？我情願看作是大家互相幫忙，一起把餅做大，你好我也好。」

「不是每個人都能像你這樣看事情。」我有點羞愧。

「放下那些啦。」他不耐地揮手。「我高興來就來。不高興來，我就不會來。既然選擇來，我就不後悔。如果會後悔，我就不會來。」

他的眸光明朗如日，完全冰釋掉我對他的歉疚。原來我還是低估他了。史詩系列絲毫無法影響到他的安寧啊。

他拿起試聞瓶品香，神情變幻萬千，有時微笑，有時嘟嘴，有時眉飛色舞，有時沉潛凝思，簡直像演技訓練。

「怎麼樣？」我忍不住問他。

「神作，我鼻子都高潮了。」

「你小聲一點。」不知出於何種心態，我摀住他的嘴。「你是夏園老闆吔，面對跟你競爭的產品，怎麼這麼口無遮攔？這裡很多記者。」

「妳們就只看得到競爭嗎？」

他的回答令我臉紅。我鬆開他的袖子，隨他去了。他一瓶接一瓶聞下去，沒有打算停。

「咦？」打開其中一瓶時，他大吃一驚。「大澍，他還是很愛妳呀。」

「什麼？」

他塞了一瓶給我，名稱叫「神奇的她」。

這一瓶我在做文宣時有做到，當時沒有特別注意，現在看來，這一瓶的名稱真的很特異。

我伸手摸向編號一號瓶。夏燦揚想的跟我一樣，已經遞了過來。

一號瓶叫「自由女神」，二號叫「地藏菩薩」，三號叫「月裡嫦娥」……史詩系列全都是神的名字，只有「神奇的她」不是。

我將「神奇的她」舉到鼻前，是花梨木為主調的香氣，配有一抹橙花，融合得絕頂完美，這……這就是我跟他啊。我身體搖晃，吶吶說不出話。

「不只是『神奇的她』有玄機，整個史詩系列都有故事。」夏燦揚攤掌從一號瓶順著比過去。

「一號瓶的意思是他嚮往自由；二，他不入地獄，誰入地獄；三，妳飛了，他只能遠遠看著妳。這些創作全都是他的心路歷程。」

我原本死寂的心跳，撲通撲通活了起來。撫觸著這些冰冷玻璃瓶，裡頭多少溫暖？梅堇岩是在多少個夜裡，做出這些充滿情感的調香？當他做的時候，心裡都在想著我嗎？

「我是不是錯了？」我喃喃問他。「我以為分開對他才是最好，可是現在看起來，他好像沒有比較好？」

夏燦揚翻個白眼，把我揪到牆邊一面鏡子前。「妳看看妳自己。」

「沒有黑眼圈啊。」我奇怪地瞧他。

「妳這叫作四個字，為情所困。」他大搖其頭。「妳雖然跟他分開，其實妳心裡從來沒有跟他分開過。」

我「切」了一聲，把他趕進演講廳。

我上二樓繼續用電腦工作後，一直感覺地板在震動。

夏燦揚的演講想必是非常好笑，爆笑聲一波波傳來，整個場子熱烈得炸掉了。地板的震動就是這樣來的。

他跟梅堇岩的演講誰比較厲害？照這情況我真的分不出。

我的手機有訊息進來。

結束後真的不跟夏燦揚一起去吃飯？是鳳勳。

我不能去。我回覆。

為什麼不能？鳳勳給個疑惑貼圖。

大家都知道我跟老闆這樣，夏又是競爭對手。我不方便啦。

喔，對喲，夏有一次跟我問妳的手機號碼，好驚悚。萬一妳被夏把走了，老闆還會多一個表兄弟。

……我無言。雖然難聽，但我無法說她錯。

瞭，妳怕老闆內傷。那我自己去喲。

喂，妳小心點，別被老闆看見。

我再叮嚀了幾次，鳳勳都未讀。算算演講結束的時間到了，我只好下樓去送客。

李桃英見到我，排開眾人衝了過來。「老闆怎麼不見了？」

「他又不歸我管。」我莫名其妙。

「妳把他帶到樓上了嗎？」她的口氣像審問犯人。

「樓上都變成療程室了，妳以為他會上去辦公喔？」我沒好氣。「我又不住海邊，哪裡管那麼遠。」

李桃英一怔，隨即像顆爆炸的氣球一樣，破口大罵：「我告訴妳，我早就想教訓妳很久了。老闆都已經被我們移到妳看不到的地方了，妳怎麼還敢這麼無禮？妳以為妳是誰呀？」

對這種公然的斥責，我一時啞口。

「妳不要以為妳看起來跟老闆有點像，就自以為有夫妻臉，不要臉。」

「我……」

「我還聽說妳特別愛穿藍色的帆布鞋。我告訴妳，我剛剛已經把妳的鞋丟到垃圾桶了，妳不配穿那雙鞋。」

她氣勢洶洶朝我逼近。我連連倒退，直到背部抵上冷硬的牆面。她的罵聲在我耳邊越發激昂：「妳以為跟老闆穿一樣的鞋子，老闆就會愛妳呀？」

這話實在刺痛我了。我用手臂撞開她。「帆布鞋滿街都是。我穿我的鞋，干妳屁事？」

「帆布鞋給老闆穿還有格調，他有那個氣質。妳穿起來也不照照鏡子，像個國中生。妳是沒聽過世界上有『時尚』這兩個字嗎？」

「時尚？我就認識一個好懂時尚的女人。」再忍不住，火山從我胸口迸發出來。「她呀，男友明明不想結婚，她不惜造假新聞逼婚，拉著記者去逼人，她是得到他了，但是那有什麼好？不快樂啊，大家都不快樂，最後她守著一個軀殼，像蜘蛛一樣把男朋友纏死了，她到那時候都還不知道男朋友根本不想要結婚，他只是為了原則才勉強跟她在一起。這樣懂時尚的女人，有什麼好？」

罵完這席話我才發覺散場人潮已湧出，大家都盯著這裡看，有人還舉起手機錄影。

我不敢相信自己會說出這些話。夏燦揚說得對，情緒不是壓到肚子就會不見。怨言沒有抒發，就會火山爆發。

李桃英那邊「嘩」一個驚怒交集，朝我撞了過來。「反了妳！他們的婚禮是篤定下個月就要舉行了。今天不給妳一點教訓，妳還以為自己是未來老闆娘嗎？」她抬起手掌，那一瞬間時空彷彿停格。

我知道她要摑我，但我不知道要躲避，有一部分是驚嚇，一部分是覺得自己活該被打。我像小狗看到拖鞋一樣瞇起眼睛，等著那一掌落下來，給我熱辣痛疼的滋味。

「住手。」半空中響起一聲爆喝。

李桃英的手沒有落下來，被夏燦揚從空中抓住了，抓得很不留情，李桃英痛嚎出聲。

可是那一聲「住手」不是出自夏燦揚，是梅堇岩。他站在二樓的階梯，顯然是來不及趕過來，所以破口大喊。

梅堇岩神色極為嚴厲，穿過人群，阻到了李桃英面前。「阿苣可以這樣對我，不代表妳可以這樣對她。」

雖然他音量和平常一樣輕，那重量讓全場自動沉默無聲。李桃英更是嚇壞了。

「妳回去。」他對李桃英冷道。

李桃英還是不敢相信地呆立著。

「妳回去。」梅堇岩沉聲重複。

李桃英終於動作，驚惶之下連皮包都忘了帶走。

梅堇岩不再說話，也沒有望向其他人，只抓起李桃英的皮包，推門離開。

我們都被梅堇岩的反應震驚到。從未見過他這樣發怒，直接命令人，連「好嗎」都忘了加，所以李桃英的反應不奇怪，因為我也不敢相信，我們全都不敢相信。過了足有一兩分鐘，全店仍一片寂靜。

但是，他這樣發怒，給了我莫大的激勵。他還是這麼保護我，甚至是……依然愛我的吧？

他的背影在紅磚道上，踽踽獨行。儘管經過這些風波，他仍然一步一腳印，從容穩當地前進，但是現在他的腳步凝滯。儘管很細微，我讀得出來，胸口起了一陣揪緊，還無暇去垃圾桶尋回鞋子，就赤腳追了出去。

店內好多人盯著我，但我顧不得地狂奔，好不容易在街角阻住他。

「看看你的樣子。我們是不是錯了？」我受不了地面的燒燙，兩腳交互踩踏，狼狽極了。

他過了好半晌後，將臉別開。「我相信我們的決定並沒有錯。」

「但是你看看你的樣子。」我簡直要哭了。「你犧牲自己，是為了成全我在沁芳園的位置。我犧牲自己，是為了成全你的道德原則。我是為了讓你成為更好的人，不是讓你成為傷心的人。你現在這個樣子，讓我不能不覺得是我錯了。」

「妳沒有錯。」他馬上接話。「我很好。再給我一些時間，我會……越來越好。」

「那你還做『神奇的她』幹什麼？」

「那是很久以前做的。」他回答得很迅速。

「還有那整個史詩系列，你以為沒人看得出來嗎？」

「那都是很久以前做的。」他咬牙強調。「年初的時候。」

我不相信。他認真的口吻卻令我啞口無言。那麼認真想要讓我相信他很好，就像他當時想讓我相信沁芳園沒事一樣，這種客套簡直令我抓狂。

「還有事嗎？」他面無表情地望向李桃英的方向。

我豈會不懂他的意思，他要動身回到雲霧縹緲的山巔上了。

這就是他的決定了，決定不更動先前的決定。

我發出不可置信的冷笑，側開身子，讓他與我錯身而過。紅磚道的炎熱燒灼我的腳底，這一點都比不上我心口的疼痛。

他清冷的背影還沒消失，淚水已爬花我滿臉。我覺得自己被切割了第二次。

現在，向前是望向梅堇岩的背影，向後會面對店中所有人。我著實不知道，該朝向哪一邊。

一個更實際的問題隨即刺上我心頭。今天這樣一鬧開，柳聖荳怎麼可能善罷甘休？她回去會如何折磨梅堇岩，會用什麼辦法對付我？

33

過了一個週末，果不其然，我的座位被潑糞了。電腦螢幕上用紅色油漆筆怵目驚心寫上「賤人」兩個大字。抽屜被拉出來摔在地上，物品灑得滿地都是。

我站在距離兩尺處，看著我的一方小天地，就此塵汙遍地。雖然早料到得罪李桃英會有後果，這後果比我想像的還不堪。

鳳勳捏著鼻子，在這時候發揮手帕交精神，陪我一同清掃。

「閨密的路太難走了。」她哭喪著臉。「妳能不能選個難度低一點的，比方說某個二線精油公司的老闆，或是精油以外的產業也可以。」

鳳勳的效率展現在清掃上，幾分鐘內，糞就消失無蹤了。她很聰明地查到油漆筆可用植物油消除掉，我則把被汙染的文件用垃圾袋包緊。

「妳一定要給大神知道。」鳳勳惡搞地騎著掃把。「宮廷戲都這樣演。被欺負的妃子可以跟皇帝哭訴，皇帝就會懲罰壞妃子。」

「答應我，不要說出去。」我說。

「為什麼？」

「柳聖苣這招是要逼我走，我先忍著。」我握住她抓著掃把的手。「如果我走了，光是找新人遞補就讓大神頭痛。如果我鬧了，平白讓他的日子更難過。」

「大澍，這是潑糞吔，不是潑果汁。」她將掃把重重撐地。「下次還會潑什麼就不知道，到時候我可不幫妳掃了。」

鳳勳氣得掉頭就走，跑下幾階樓梯，不多久又跑了上來。「對了，我升職了，老闆要調我到台中店。妳以後想找我掃，我也幫不了。」

我崩潰得幾乎無法站立。「妳跟夏燦揚吃飯的事，怎麼會傳出去？」

「這跟那有什麼關係？」

「孟中軒有沒有去？」

「她沒有去，不過她有問我們跟夏燦揚聊了些什麼。」

「妳們不會聊起史詩系列的配方，或最近我們的生意狀況，還是內部一些敏感話題吧？」

「妳怎麼知道？」

「妳這糊塗蛋。」我上前拍打她的頭。「吃飯就已經夠危險了，怎麼可以連商業機密都洩漏出去？」

「老闆又沒有罰我，老闆升我，他讓我從好幾間店裡自由選擇，還加薪咧。」

是了，鳳勳當然以為是升遷。一來此事並未發生在我許願之後，沒有松菱失憶的印證，加上梅堇岩這次提出的條件優渥，流放得相當漂亮。

我挫折得捏緊了拳頭，感受指甲嵌入掌心的痛楚。

究竟還有什麼是我保得住的？在沁芳園裡，鳳勳被拉掉，我還剩下什麼？

我想留下來撐持的苦心，在此時像被卡車撞得魂飛魄散，我什麼都留不住，也不想留了。留下來有什麼好處？我以為我能夠報效梅堇岩，我以為在他犧牲自己保住我之後，我必須讓他的犧牲值得，可是現在看來，這場犧牲沒有盡頭。我留下來徒然讓他難為罷了，或許我走才是最乾淨俐落的結局。這樣才是對他最好，對我最好。

我按下電腦開機鍵，鳳勳以為我振作起來要工作了，就放心走了。

我其實是打算交接工作。

下班後，在回家的路上，我發出一則訊息給梅堇岩。

我做到這個月底，請批准。

他的回覆快到根本沒考慮。不准。

硬著心腸，我回：我修正一下上封內容。我做到這個月底，句號。

我回到家中浴室，像是要把塵埃洗去一樣，用力把自己從頭到腳洗乾淨。擠出依蘭精油洗髮精，空氣從白色塑膠瓶中噴出來，媚惑香氣揮發殆盡，用完了最後一次額度。那最好，以後不要依蘭了。嗅覺是最長久的記憶，我不要將來聞到依蘭，想到他。

可是我怎麼可能不想他？他在我的每一個思想中，每一次呼吸間，每一個細胞裡。我坐在淋浴間，無可遏止地流下滿臉淚水，感覺悲憤從胸口蔓延到全身，像一條條充滿毒液的蛇。我將花灑的水扭到最大，讓水柱像瀑布一樣穿過我，好讓自己忘卻失去的痛苦。

瀑布。

如果現在有座瀑布，我會毫不猶豫往下跳，祈求水瀑洗去我一身腥。

手機鈴聲在房間響起，中斷了我的洗禮。我圍上浴巾前去接聽，上面顯示梅堇岩。

「澍耘，妳在家嗎？」他語氣平靜，直覺告訴我這是掩飾得很好的外衣。

「在。」

「我可以去拜訪妳嗎？」

他要來慰留我了。他知道當面慰留的成功率最高，他知道他對我的影響力。

「你不要來。」

「我已經在妳家樓下了。」

我衝到窗邊去看，路燈下有個寂寥的修長背影。該死，他知道我不可能放他在下面空等。

我胡亂擦擦溼漉漉的頭髮，顧不得渾身都還是依蘭和水的氣味，穿上T恤和短褲，踏著夾腳拖就跑下去了。

他看到我時，啊了一聲。「妳不用這麼趕。頭髮吹乾再下來不遲。」

「你過來做什麼？」我站在他面前三尺定住。「既然你已經決定了，我也該做我的決定。你不用白費口舌，我就是要脫離。」

他有點驚訝我這樣無禮地單刀直入，但臉色馬上平緩下來。「所以妳辭職是認真的。」

「這幾年來，我什麼時候不認真過？」

「妳的情況，適合辭職嗎？」

「這你就不用擔心了，我沒有聽說過誰為了還債餓死自己。我的才能總不致於找不到其他工作。」

他沉默了，在路燈下長長的影子，拖到我身上來，就像他對我的影響力，永遠是那樣深遠。

我緩緩站離他的影子。

「如果我說我願意幫助妳在幾年內還清債務呢？」他的眉目十分鄭重。「史詩系列很成功，我有能力幫妳了。」

「這不是錢的問題。」

「如果我說我需要妳呢？」他迫近我一步，影子再度將我籠罩。

「不要用這個方法。」我後退一步，開始感到壓力。為了留住我，他屈尊降貴向我示弱。當一個皇帝跪下來，臣子怎麼能不趴？

「我還沒有把我為了讓妳留在沁芳園所做的付出都告訴妳。」他泛出誓不罷休的意味。「必要的時候，我可以通通說給妳聽。」

「你不准說。」我瞪大雙眼，胸口流過一波驚懼。「這是作弊，是作弊！」

「先前的決定，是很漂亮的平衡，我們各自保有各自最珍重的那一塊。」他仍步步進逼。「妳一離開這天秤，就破局了，我會認為我先前的付出都白費了。」

「哈，所以這是投資沒有獲得報酬的問題吧？」

「妳怎麼能這麼說呢？」

他像是被砍一刀，臉色十分受傷。

我這才發現自己口不擇言。我怎麼能狗咬呂洞賓，把他的犧牲視為投資？

「我離開，是因為這對你我都好。」我緩下口氣。「你不用再為我犧牲，或痛苦，或為難，我也不用再……再……」再成為眾矢之的，再因為接觸你而觸動心中的傷口，我說不出口，猛一跺腳，轉身就走。

「澍耘，為什麼需要這樣決裂？」

我關閉耳膜不想聽，跑到社區鐵門前，一時找不到正確鑰匙。旁邊一個人影靠近，原來他一直跟著。

也不是大聲叫住我，也不是快步截住我，他就是安靜而堅定地跟著。我聞到一抹絲柏和永久花的香氣。

「原先這樣不好嗎？」他仍在追問。

「你說過我可以跟你要補償，現在我跟你要，我要的補償就是讓我離開。」再也受不了，我爆開嗓子。「你又不能跟我在一起，我賴著幹什麼？」

他震住了。好片刻後，才露出一抹苦笑。「抱歉，是我自私了。我原先是擔心妳的經濟狀況，現在才明白，是我自己沒辦法想像沒有妳的日子。」

我緊咬下唇，強忍著不落淚。

「但是我可以知道原因嗎？」他的神態平靜下來。「妳已經待了這麼久，不會無緣無故在今天才說要走。李桃英那件事，我已經鄭重警告過她了，如果是因為那件事，妳大可不必離職。」

「這要問你為什麼要把林鳳動調走。那就是我的最後一根稻草！」我扯開喉嚨大吼：「就因為她跟夏燦揚做朋友，有這麼十惡不赦嗎？我已經失去了夠多，你連她都不留給我，你難道不知道……難道不知道……她是我最好的朋友啊。」

「抱歉，我不知道。」他顯露驚訝，吶吶地說。

「我沒有為難你，我沒有鬧你，我沒有跟你要求過什麼。發生李桃英那件事我也沒有打算要離開，但是過去這段日子我每天就是要承受同事的不諒解，我只剩鳳勳可以陪我講話，你連這一點殘羹剩菜都要把我奪走。」

「我很抱歉，我不知道妳……面對那種情況。」他的眉眼流出懊喪。

「沒關係。你是個大人物，你的腦袋裡不需要裝置這個迴路。」我用鑰匙重重拍擊鐵門，發出鏗然巨響。

他沉默了半晌，再開口時，嗓音十分低啞。「妳如果希望林鳳勳留在天母店，只要妳開口，我會給的。」

「問題是你做得太漂亮了。」我激動攤手。「你讓她們以為是受到升職，如果現在撤銷，她會傷心得要死。沒用了，已經來不及了。」

「我相信我們可以找出一些方法……」他朝我踏近一步。

「沒有我們了。」我頭也不回，終於找到正確鑰匙，插進鎖孔。

「澍耘。」他情急下握住我的手腕。「不要走，好嗎？我再也找不到像妳這樣的……」似是無法定義我們的關係，這句話半途止住。

「把沒有益處的東西清掉，本來應該是你最擅長的。」我冷冷盯著鐵門。「梅先生，你可以流放林鳳勳她們一群人，為了維持你的高潔品格，我懇求你也放了我。」

「我也希望我可以放了妳。」他雖這麼說，卻將我握得更緊。「但是遇上妳之後，我的自制力崩解，我的原則全都打破了。早在我發現妳把許願花藏起來的時候，我就應該要叫妳走，但我還是把妳留到了現在，直到今天，不管我用了再多永久花和絲柏還是……放不下……」

如受雷殛，我急急回頭看他，風把他的頭髮吹得凌亂不堪，他的表情也亂。

「你怎麼發現的？」我羞急交加。

「在英國回程登機的時候，妳把妳的手伸到我的口袋裡，我也把我的手伸到了妳的，事後我發現手背黏出一個裝著紫花的夾鏈袋。」看見我張口欲言的表情，他笑得好苦。「我趁妳不注意時把它放回去了，所以妳不會知道我發現了。是在那時候我終於明白，原來妳那香味……是那樣來的。」

像是被一根鐵鎚搥上我的胸口。所以他發現了我偷藏許願花，那一瞬間決定了我倆就此錯過。怪不得我們在機場分別時他會是那樣的古怪。我選擇不說，他選擇不問，讓這些疑問沉在腹中咬囓著彼此的信任。

「澍耘，妳為什麼要欺騙我？」他幾乎悽涼。「妳難道不知道那些花對我非常重要？我在機場看著妳，看著我女友，我告訴自己，還是阿苣不會背叛我。」

我把鑰匙掐進掌心，幾乎掐出血來。

若我當時選擇告訴他，或他選擇問我，如今就不會在此追悔，但是我們何能有預知的智慧？於是我成為那個背叛他的加害者，柳聖苣則是被他背叛的受害者。他，潔身自好如他，當然會選擇去彌補受害者。

「你為什麼不當場問我？」我抑不住顫抖。「我認識你雖然不如她久，這些年的忠心耿耿難道還不夠？我藏那些花，是因為……」望著他複雜的眉眼，我發現我的時空穿越經歷好難對他說出口，思想流轉間我發現自己吐出：「我怕你。」

「妳怎麼會怕我？」他有點受傷地顫嗓。

「我……我做夢，夢見那些花有強大的力量能實現所有願望，如果推出來量產，會造成世界大亂，就好像……如果我許願消滅夏園，隔天夏園就燒成一片廢墟，鬧出了人命。這種東西能推出嗎？不能啊。我當然要阻止啊，可是我太怕你，這麼荒誕的事情，我不敢跟你說。」

「但是，那只是夢。」

「你不相信夢？」

「就像不相信聖誕老人。」

「你難道沒做過很真實的夢，真實到你相信那在某個層面上確實存在嗎？」我拚命比著手勢。「就像……你不是夢過我去夏園應徵，後來白忙一場嗎？那個夢你不覺得跟現實很貼近嗎？」

「那場夢是很真實，但……那只是夢。」他的神態十分理性。「我們是有理智的人，無論如何我不會將夢境跟真實混淆。」

「我就是怕你這個反應，所以不敢跟你說。」

他沉痛地閉眼。「如果妳跟我說，我當時可能會做出不同的選擇。」

我渾身癱軟，得費盡好大力氣才能不軟倒在鐵門邊。如果早知道……如果早知道……但我們怎麼會知道？

但是起碼現在我們知道了。原來要不是這場誤會，他很有可能選擇我。這讓我的心雀躍飛騰。

「這會改變你的決定嗎？」我顫著唇試探。

「現在來不及了，婚期已經發布了。我不能夠傷害她第二次。」

話雖這麼說，他臉色變幻，在我身旁不停踱步，似在經歷天人交戰。看來十分脆弱，像要崩解似的，或許，我還有一絲絲機會。

「你懂得不要用鎮壓的方式對待身體，為什麼不能用相同的方式對待情感？」我硬起臉皮逼向他。

「澍耘，我不能在這個時候改變主意。」他趕忙後退遠離我。「我已經做了決定。不要干擾我的決定。」

「我不是要干擾決定，我是要挽救錯誤。」我持續逼向他。「你敢說你一點都不喜歡我？一丁點都不了嗎？」

「澍耘，我真的不能，妳去找別人吧。」他幾乎驚惶。「妳快交個男朋友，斷了我的念頭，好嗎？」

「我不是可以任你擺布的物品。」我腦門發麻，失聲叫道：「我不是你的調香作品，你要調出什麼味道就是什麼味道。我是人啊，你怎麼能要我愛誰就愛誰？」

他忽然醒覺似的，兩眼泛紅。「是啊，是我過分了。抱歉。」

我倆默然望著彼此，都喘著氣。

「你真的可以接受我去找別人？」半晌後我啞聲說。

「我相信我可以。」像是說服自己，他加強一次：「我必須可以。」

「即使是夏燦揚？」

他的臉色沉了下來，極端凝重地回視我。

「你們現在一半算是合作夥伴了吧？」我環起手臂。「你對他提出要經銷玉山花精的提議了吧？他也同意了吧？」

他嘴唇微張，點了點頭。

「所以我可以跳槽到夏園嗎？我可以跟夏燦揚做朋友嗎？」

他再度陷入冗長沉默，眼神黯淡，藏在眼鏡後，或許是刻意藏住不讓我看清。當他開口時，嗓音嘶啞異常。「這是我虧欠妳的。妳要怎麼樣，就怎麼樣。」

「那我做到這個月底。」

他靜默了許久，發出一聲似有若無的「嗯」。

「梅堇岩。」我用目光釘死他。「我恨你。」

而後我低頭開啟鐵門，不讓他看見我洶湧滴落的眼淚。

我恨他把我當成又一個償還的對象，我恨他到現在仍然不放過他自己。

我更恨我自己，我恨自己還是心疼他，那個過得這麼糟仍能力挽狂瀾再登風雲的他，那個寧願對不起自己也不願對不起別人的他，那個規定自己再痛苦都必須做正確的事的他。

那個即使讓我離開，影子仍能籠罩住我的他。

34

然後我感冒了。回到家時，頭髮還溼答答的。

接下來幾天，掛著口罩，把多年的工作化為幾頁交接文件。我發現自己喜歡上口罩，它能讓我免於顯露表情。

然後鳳勳走了，走的時候口口聲聲要我一定要去用掉夏園的療程，她說他的療程被封為「失戀專科」，要我非去不可。

我不得不承認自己真的需要，就算被夏燦揚看出我有什麼異常也不管了。我打了一通電話去預約，小蓮說要排到半年以後，後來電話被夏燦揚接過。

「我退費給鳳勳她們好了。」聽到他爽朗的口氣，我莫名受到一股療癒。

「不，不用退費，我願意排隊。」

「抱歉，排不進啦。妳看過跨年晚會吧？大約就是那樣。」

我忽然有種此一時、彼一時的感覺。為何當時他找我去時，我不早點答應呢？

「我需要你的失戀療程。拜託。」我不覺雙手合十了。

「澍耘。」他口氣變低沉。「就算我有空位，我也不會讓妳來。妳需要的不是療程，是心理諮商。」

「我要摔電話了。」

他沉默了一會。「妳住哪裡？我過去找妳聊聊。」

「你有空找我聊天，沒空幫我做療程？姓夏的，你不要逼我飆罵。」

「姓項的，妳不要逼我跑去問妳老闆妳家地址。」

「你敢？」咔。我掛上電話。

這天晚上回家，我拖著腳步經過小公園時，鞦韆咿呀咿呀，被盪得很高。鞦韆上的人影特別大隻。我定睛後，差點沒絕倒在地。「夏燦揚？」

夏燦揚在鞦韆盪到最高之際，活力四射地跳起，啪一聲穩穩落地。他臉上充滿遊戲過後的神采，一瞥見我，旋即臭起臉來。

「妳是怎麼把自己凌虐成這個樣子？」

「你怎麼知道我家在這裡的？」我摘下口罩。

「打電話問妳老闆啊。」

「你……」我目瞪口呆。

「是從松菱那裡問到的啦。」他按著胸口爆笑。「看妳那樣子，頭上都長出惡魔角。妳那麼兇掛我電話，我哪敢啊。」

我哼了一聲。「夏老闆大駕光臨，你今晚不用接療程？」

「如果我說我把今晚的個案取消，怕妳孔雀尾巴會張開。」他見我臉色驚奇，才哈哈擺手。「沒有啦，我請個案提前過來做完。如果來太晚了，怕妳會想不開，我就只好替妳收屍了。」

我嗤一聲，發出這幾天裡的第一道笑聲。

他過來把我挽到鞦韆上坐著。他則坐到我旁邊的鞦韆，之前梅堇岩坐過的，但是他一坐上就盪得樂不可支，活像小學生。

「嘿，妳也盪啊。」他在空中揮手叫我。「盪一下，煩惱都飛走了。」

我沒有動作。

「妳不盪，我推妳喔。」

我要賴似的放鬆雙腿。「要推我盪一百八十度喔。」

「三百六十度也可以喔。」他煞有其事地摩拳擦掌。

他熱情的配合，讓我又笑了。沒真的要他推我，我自己踢腿盪了起來，頭髮隨著鞦韆方向，前後擺盪。我暫停下來，試著從包包裡翻出髮圈，找不到。

「記著，妳不是馬尾妹了。」他說。

這句話完全明瞭我心意。我勾起唇角，轉頭望向他。他全心投入在玩呢，鞦韆都快解體了，不怕人家笑。

我不知道自己喜歡他多少，也不能拿他與梅堇岩來秤重。他們就是不同，就像山與海，是不能比的。

此時此刻，我真心珍惜，這樣一位為人著想的朋友。

「所以，梅豬對妳怎麼了？」他問。

我愣了愣。「梅豬？」

「欺負妳的，全都是豬。」

我胸膛一顫，又被逗笑了，好一會之後才說得出話來。「前幾天他來這裡慰留我，結局是我感覺自己被甩了第三次。」

「他不是明明還愛妳嗎？」

「他更愛報恩跟履行契約。」

「還有保護他跟沁芳園的名聲。」

「一點就通，你可以應徵他肚子裡的蛔蟲了嘛。」我開他玩笑。「過去這個職位是我在做的，從今以後讓給你。」

他趁盪高時抓下一把樹葉，丟到我頭臉。

我把樹葉撥走。「那天我才知道，原來他是因為發現我口袋裡的許願花，誤會我背叛他，才選擇了柳聖苣。我簡直……」我握住拳頭，有點想往大腿重重搥上一拳，即使是這樣，也無法形容我的懊恨於萬一。

他那邊好沉默，久久沒有說話。

我覺得奇怪。「你不建議我精油或花精嗎？」

他的神情異樣，有點像是被我的懊恨所感染，然後他猛地甩了甩頭，俯身過來盯住我的臉。「妳跟他都病入膏肓，精油花精治不了。我覺得你們可以去角逐自虐比賽的冠軍。他喜歡妳，妳喜歡他，偏偏有那麼多顧忌，根本連基本的溝通都不順。」

我被他戳中痛處，揪起了眉頭。

他的臉色卻更兇了。「現在不是妳不願意跟他在一起，是卡在他那一卡車做人的原則吧？」

「嗯，他太頑固，我是不是該放棄呢？」

我莫名有些緊張，不知道自己在期盼什麼反應。

「如果放棄，妳會後悔一輩子。」他恨恨地咬牙。

我驚詫無言。

「他是梅大神，是妳從高中時候就追求的天堂花。在妳眼中他至高無上，這個地位沒有人能取代。現在妳是除了柳聖苣之外離他最近的女人，差那麼一步就要摘到了。現在就放棄，妳甘心嗎？」

我既開心他的支持，又莫名的失望。「你不是希望我不要虐待自己嗎？」

「放棄了他，妳就不會虐待自己了嗎？」他吊個白眼。「我不是沒有勸過妳，妳聽話了嗎？有些人啊，就是不到黃河心不死。」

「可是他那天叫我去找別的男人，這種話他都說得出口了。」我有點緊張地嚥了嚥口水。「為了試探他的反應，我甚至問他那我找夏燦揚行不行，他……他居然同意。」

夏燦揚會是什麼反應？我不由得讀他。他會不會——我在期待什麼？不，他已經不會再將我攬進懷裡了，不會再度向世界宣告「他不喜歡妳，我喜歡妳」了。那些都不會了。

他……他果然像是聽見宇宙第一大笑話，捧腹爆笑。

他果然只把我當朋友。

現在這不是最糟的版本，但也絕不是我最喜歡的版本。

「笨澍啊，妳已經是末期了，怎麼連這種事都需要請他同意咧？」他左手扠腰，右手誇張地指天劃地。「還有他，不只是頑石，他是鐵石。這太棘手了，但是你們兩個不能不在一起。」

「為什麼？」

「因為如果妳沒追到他，妳一輩子都會在報紙上看到那個妳摘不到的天堂花，娶了一個他不愛的女人，陷入一個不幸的婚姻，被逼婚之後，換被逼生孩子，生了孩子之後，受到更深的挾持。他不是一個能侷限於婚姻的人，可是基於負責任和不肯欠人的原則，他還是不得不當個好老公、好爸爸、好女婿，最後一輩子就這樣窒息而死。妳自己也會懊悔當初沒有再堅持一點，這會成為妳一輩子的痛。」

他說得對！

我握著鞦韆繩的雙手不覺發抖，全身冒起一股寒意。我以為我離開是對梅堇岩好，可是……那恐怕才是他進入地獄的開端。

「你幫我追他。」我聽見自己低沉八度的嗓音。

「我？」夏燦揚瞪大眼，指著自己的鼻子。

「他是鐵石，不讓他到火裡去，動搖不了他。」我將目光盯向他。「他最愛的人，是我。最恨的人，是你。如果他最愛的人跟最恨的人……」

我沒有講完，他已驚愕地鬆開下巴，明白了我的意圖。

「我知道這會讓你有些損失。」我說：「也許你們的合作會破局，但你應該不介意。」

他整張臉垮了下來。「我不敢相信妳會提出這種要求。」

「怎麼，你幫不幫？」

「妳確定嗎？」他的臉色越來越難看。「妳知道這件事的代價？如果成功的話，妳成了他的太座，我成了他恨上加恨的人，我們從此以後恐怕連聯絡都不能了。」

「我沒有別條路了。」

「項澍耘，我沒有想到妳這麼容易就把我犧牲掉。妳……」他氣沖沖指著我，一句話說不出來，突然撒手哼的一聲，像籠中焦躁的野獸，重重踱來踱去。「氣死了，妳氣死我了！真想掐死妳！妳怎麼可以想出這麼恐怖的方法？這是用我們的友誼來交換他吔。」

第一次看到他這麼生氣，我實在意外。

「你不願意嗎？」我問。

「我願意幫妳追他，不願意跟妳絕交。」他重搥了鞦韆架一下，發出鏘的巨響。

我縮起肩膀為他叫痛。他真的好生氣呀，也絲毫不掩飾。我上前想說些勸解的話，他吼道：「我在生氣，不要過來。」本來就大嗓門，這一吼驚動旁邊公寓的住戶紛紛開窗在看。

我只好默默站在一旁。

他踱到一棵大樹旁，背對著我，偶爾往大樹搥個兩下。大約過了兩分鐘，他垂下了肩膀，回頭望我，神情意興闌珊，但看到他臉孔的那瞬間，我就知道他氣已經消了。

這種男人很罕見。生氣時，就是全然的生氣。釋懷時，百分百心無芥蒂。生氣與釋懷之間，竟然只隔兩分鐘。

「笨澍啊，雖然我會損失很大，但我還是會為妳做的。」他勉力對我笑笑。「我說過，會為妳赴湯蹈火，在所不辭。」

「對不起。我知道你很重視友誼。」

「倒不是因為那個。」他搖了搖頭。「唉，我原本以為妳是恐怖的女人，現在才知道妳不只是恐怖。妳……」他似乎十分感嘆，哽住了。

「我是母老虎？」

「妳令我毛骨悚然。」他說這句時已經一掃陰霾，變成真心激賞了。

「你怎麼會毛骨悚然呢？你殺了人都面不改色的呀。」見他迷惑的神色，我補充，「你失憶之前啦。」

「我不相信那個故事了。」他瞪個眼。「妳之前難過得半死，說是因為我失憶，現在轉眼就可以犧牲我這個朋友，根本前後矛盾。」

我不由得紅了臉。我的心，連自己也搞不清了？

我們各自坐回鞦韆。他這次搖得有氣無力，像是掛在鞦韆上的死態一樣。我想轉移他的注意力。

「欸，那既然我以後沒辦法找你做療程，你現在可以幫我按一下嗎？」我拍拍自己的肩頸。「我真的好需要。」

「妳的臉皮可以再厚一點。」

他雖然這麼說，還是下了鞦韆，將手覆到我雙肩。

我頓時感到支持和溫暖。他手上猶存上個療程的香氣，恰巧是求愛情的香桃木融合玫瑰花，十分令人神迷，但是我的注意力自動略過了香氣，想要找到他本身的氣味。曾幾何時，這成了我的習慣。

「為什麼我每次見到你，你身上的香氣從來沒有重複過？」我問。

「精油不親身用過，怎麼能真正體會它的能量？」他理所當然的樣子。「妳該不會以為化學式就能說明一切吧？」

化學不是一切的根本嗎？

我怔忡思考他這牴觸我從前所學的觀念，忽然肩上被他拍了一記。「妳鋼鐵人嗎？比我上次摸到的時候還要硬。妳家有沒有治痠痛的精油？」

「有啊。」

「拿來。」

我依言跳下鞦韆，走了兩步，想了想，回身問：「要不你跟我上去？」

他嗤了一聲。「小姐，妳有沒有聽過什麼叫作引狼入室？」

「我不介意啊。」

「也是，妳自己就是老虎。」他煞有其事地想了一想。「其實可以。我躺到妳床上去跟妳拍張合照，寄給梅大神，這樣妳馬上就可以確認他的心意了。」說完他下了鞦韆，真要跟我上去。

他當然只是在逗我，但我忽然想到不對，攔住了他。

我家中，有些蛛絲馬跡，不能讓他看見。

他在英國借我的外套，現在在我床上，過去這段日子裡也天天都在。出於懷念、喜愛與想獲得溫暖的心情，我有時候捏，有時聞，冷的時候會抱著睡覺。這可不方便讓他看到。

我把他推開，自己上去。等我拿著痠痛精油回來時，他已玩起了溜滑梯。旁邊的彈簧木馬在晃動，看來也被玩過了。他現在則溜下滑梯，撲到沙坑，不亦樂乎地想要把手鏟到沙裡，可能想到待會還要幫我按摩，愣了一愣，露出可惜的表情。

「按完就可以玩了。」我不由好笑。

「竟敢偷窺我？」他跑過來一把搶過痠痛精油。「咦，這是夏園的嘛。」

「在穿越時空的故事裡，你送過我這個。」

當時他送我這瓶痠痛精油，出於懷念的心，我上網訂購了一瓶，放在床頭每天用，讓我獲得一種安慰。

「妳懷念這個味道？」他語氣有樂趣、有調侃，忽地把臉伸到我臉畔。「其實是懷念我吧？」

我彈了他的臉頰一記，臉不由自主熱了起來，猶豫了一下，我才遞出另一瓶。「這個，送你。」

這是軟木塞玻璃瓶的精油項鍊。雖然體積對他而言太小，他掛起來會很娘，但這是我目前僅有的容器。

他充滿好奇，將瓶子拿到鼻邊嗅吸。

「這是我自己調的。你的香氣。」我解釋，「你這個人很難定義，我想了很久，最後是選了佛手柑為主，加一點活潑溫暖的香料類，跟一點深邃厚實的樹脂類……我是想，你願意幫我這個大忙，我們以後又不一定可以再見面，所以……就是做個紀念……」

他閉上眼睛，聞得很深很深，就是一直沒有說話。

「我調得……還可以嗎？」

「糟透了，實在是糟透了。」他這麼說，反而大踏步上前將我抱住。

他抱得好緊，我的臉頰貼到他的胸口，連汗水味都聞到了，但還沒來得及弄明白，他就放開我了。不到一秒。兄弟式的擁抱。

「這是幹嘛？」我有點慌亂地撥撥頭髮。

「妳調得這麼好，我以後要怎麼找妳要？」他正經八百地嚷嚷。「妳這不是存心要讓我朝思暮想嗎？真是太過分了。」

我噗的笑了。「所以你才要這樣報復我啊？」

「什麼報復？是獎勵。」他按我坐到鞦韆上，繞到我身後。「妳再調下去啊，梅大神都要失業了。」

我笑到眼淚都快流下來了。

他旋開痠痛精油的瓶蓋。白珠樹的撒隆巴斯味，與薰衣草和永久花融合如交響樂完美。

他的拇指按上我的後頸，力道就是這樣剛好，好像他已經用尺量過我需要多少，我感動得差點流淚。原來我是這麼懷念、這麼想要他的療癒。

拇指伸進我的上衣，滑按我的膏肓，暢快舒服感像波浪一般，我鬆下脖子，多想就地躺平任他擺布。他敏覺地揪出我的氣結，加力幫我鬆開，實在好體貼。他將我的手拉到腰後，拇指更加深入，我不由得逸出舒服的嘆息。

也才不過三、五分鐘，對我而言已是奢華饗宴，我變成午後休息的貓咪，慵懶舒坦。

光是肩頸就如此，如果我有幸再讓他做一次全身療程，那會……那會……我難道不會想要他對我做的不只是按摩？

我驀地全身燥熱，反手捉住他的手。「夠了。謝謝你。」再按下去，我不知道自己會做出什麼事。

「我還沒開始咧。」

「再按下去，我會在這裡睡到明天。」我鬆開他的手，雖然這溫度讓我很想繼續握住。

「我接受妳的讚美。」他遞回精油瓶給我。「我其實還想繼續按，因為我發現妳換洗髮精了。」

我拉過一綹頭髮，薰衣草味依稀可辨。

「妳選了對我意義重大的味道。」他也不客氣，拉過我的髮瀑，就這樣深深聞了下去，就像在我畏寒時那樣。當時我只聽得見他享受的呻吟，如今我看見了，他閉上眼，像懸浮在大湖的魚，全然沉浸其中。

我的心莫名跳動起來。

我這算愛他嗎？

我不知道。有些愛是堅持純粹，永誌不渝，是我想給梅堇岩的。有些愛是意料之外發生，像四角形的球，連自己都預估不到落點。

我只知道，這個瞬間，我真的好想抱住他。

35

「梅堇岩是銅牆鐵壁，我們得讓他眼見為憑，否則他不見棺材不掉淚。」幾天後，我在電話中跟夏燦揚討論追梅堇岩的計策。

「就像把他一腳踹下瀑布是吧？」他高聲笑了。「我覺得對他那種人，踹下尼加拉瓜大瀑布還不夠，要做得更辣手才行。」

「你打算怎麼做？」

「把他踹飛到外太空。」

我笑得無法接話。什麼事情被他講起來，都像探囊取物，儘管我自己其實沒啥把握。

「我的信義店演講就是最好的機會，妳跟他都會在吧？」他口氣終於正經了。

「那一場是歸李桃英接待。我突然跑過去，他們會覺得奇怪。」

「那妳就提前離職，妳變成一般客人，我演講那天她們能把妳擋在門外嗎？」

「李桃英八成會。」

「那妳就提前跳槽到我這裡，妳當我的助理，跟我一起去演講。」

「這太異想天開了，我不是真的要跳去你那裡。」

「拜託，小姐。當助理還是普通級，我們要演的是血腥科幻片吔。」

我哭笑不得，討論不出個結果，胡亂掛了電話。

這天下午，梅堇岩來了一封郵件，裡面只有一行字。

信義店演講，妳可以來，我會跟李桃英說。

我直覺是夏燦揚去做了什麼事。我打他手機，沒應答，打到夏園，小蓮說他去做療程了。是在信義店演講當天，我才揪住夏燦揚向他問個明白。

信義店是十六間分店中裝潢最具質感、備貨最齊全的旗艦店，連我都是抱著朝聖的心情來。梅堇岩還沒現身。李桃英在高櫃檯後，雖然我戴了口罩，她還是認出了我，瞳孔噴出火來。

我從人潮中東穿西走，總算蹭進了演講室，看到最高最壯的那個身影，不用說就是夏燦揚。今天演講，他跟平常一樣隨興穿著帽T和球鞋就來了。他遠遠一看見我就咧開嘴笑，邀功似的亮出他胸前的……精油鍊？

我不禁做出昏倒姿勢，那鍊子對他而言實在不倫不類，怎麼會想要戴來演講咧。

「你到底是使了什麼妖法搞定梅堇岩？」他到我面前時我問他。

「只不過是一通電話。」他滿臉不足為奇。

「你跟他說了什麼？」

「我說，澍耘很想聽我的演講，可是李桃英會殺了她，我能不能為澍耘請命，請梅大神恩准，保妳安全。」

「你……你真的這麼講？」

「我還說，耘耘感冒得很厲害，梅大神要不要關心一下？」

「什麼？」

「他跟妳一樣傻眼。」他對我眨著認真的眼睛。「最後我跟他說，放任心愛的女人在天母店被同事欺負，座位被潑糞，人家重感冒還不去關心她一下，不是好男人該有的行為，難怪耘耘會跳槽來夏園。」

我大急，抓起桌上麥克風揮了過去。

他搶先在空中抓住。「我們不是說好要把他踹飛到外太空嗎？」

我啞住了。早該想到夏燦揚搞瘋狂的本事。

「這只是開胃菜。」他對我眨了一隻眼睛。「就像療程前的沐浴，妳抓緊安全帶等著吧。」

「你還打算怎麼做？」我開始緊張了。

「我要讓他恨不得用榔頭把我敲到黏在地板上，三天三夜挖不起來。」他笑謔地說，忽然湊嘴到我耳邊。「他越恨我，就越受不了妳親近我。」

這招聰明。我該對他肅然起敬了。

可是，這樣一來，夏園跟沁芳園的合作恐怕不只會破局，還會徹底交惡。這後果，恐怕比我想像得還嚴重。

「妳怎麼了？」他關注地湊過來。

「我怕我會讓你惹上很大的麻煩。」

「不要顧慮我，多顧慮妳自己。」他拍拍我的肩頭。「我一定會幫妳追到他，說到做到，不計後果。」

「你不要低估梅大神的能耐。」

「妳也不要低估流氓的能耐。」他意味深長地一笑。「妳要相信我。我這部分是簡單的，妳的部分才難。」

這什麼意思？我正想問，外面嗡嗡的耳語聲打斷了我們。

「董娘，請進。」李桃英趾高氣揚地大聲宣告。

接下來進來的那位就是柳聖芭。她穿著一襲泡泡袖白襯衫，性感酒紅法式傘狀裙襬，兩圈金輪耳環，霸氣名媛風采盡現。

我趕緊瞧瞧自己，綠色短袖T恤，靴型牛仔褲，頭髮自然垂落，沒化妝。

「妳比她漂亮。」夏燦揚握住我的手臂給我安慰。「妳吸引梅堇岩的地方，剛好與她相反。」

「現在怎麼辦？」我低聲急促說：「她如果出現在梅堇岩面前，會嚴重影響到他的反應。他會更壓抑，更不可能顯露情感。」

「臨場發揮。」夏燦揚面不改色，朝向柳聖芭。「那位小姐，沒報名的不能占位子。」

柳聖芭跟李桃英都露出「我是不是聽錯了」的表情。

「她是我們董娘，不用報名也可以進來。」李桃英說。

「一開始公告就寫了，座位有限，預約成功才能來聽。」夏燦揚聳起濃眉挺起胸，自有驚人氣勢。

「其他人我不知道，那位小姐我剛好從報紙上看過，她的名字不在名單上。我的演講我有權決定誰來聽，抱歉了。」

柳聖苣很不是滋味，站了起來。梅堇岩剛好出現了，他一臉素淡，英倫風格紋襯衫，低調得有禮貌，氣色卻比之前更憔悴了。我不禁胸口痛疼。

梅堇岩看見柳聖苣，臉色閃現詫異。「妳怎麼來了？」

「來看你呀。」她像女王一樣。「堇娘巡視，有什麼不對？」

「今天場地已經滿了。」

「喲，那就看看沁芳園大老闆有什麼能耐，有沒有辦法多放一隻小小的椅子進來。」

她這算是公然譏刺了。梅堇岩臉色一僵，默不作聲。

「我不准喔。」夏燦揚一臉蠻橫。「不管梅老闆有多怕老婆，今天我的演講，我不許壞了規矩。」

這個場面簡直是刻意去擠兌梅堇岩。我克制住按住夏燦揚嘴巴的衝動，讓他繼續執行任務。

「多放一張椅子，也是給澍耘的。」夏燦揚把下巴抬得很高。「她是策劃人，她有資格聽。堇娘，抱歉妳沒資格。」

李桃英臉色大怒，護在柳聖苣身邊。「這場地還有空間，多放一張椅子是會少你一塊肉嗎？」

「那我不講了。活動取消。」夏燦揚抽回電腦上的隨身碟，將講桌上的玉山花精樣品一把掃進袋子裡。「梅老闆，抱歉了，外面那幾十個客人，你自己處理。」他回頭攬住我的肩。「耘耘，跟我一起走。反正妳在這裡不能被保護好，我保護妳。」

梅堇岩馬上變了臉色，不僅是因為夏燦揚對他的挑釁，還是因為商譽。今天這場演講有數十人參加，梅堇岩向來將沁芳園的商譽擺第一，怎能容許活動開天窗，砸壞沁芳園招牌？

「阿苣，妳先出去。」梅堇岩語氣雖輕，透出一股不容拒卻的威嚴。

「什麼？」柳聖苣全身定格。

「不要讓我難為，妳先出去，好嗎？」

柳聖苣挺起胸，像是準備破口大罵，看見梅堇岩堅決的表情，她一口氣發不出來，奪起皮包離開。李桃英也一臉驚嚇跟出了。

「夏先生，沁芳園尊重你，我也要請你放尊重。」梅堇岩不卑不亢地轉向夏燦揚。「你雖然是講者，主辦單位總還不會連一點安排的權力都沒有。」

「說到尊重，你可能還沒資格跟我談尊重。」夏燦揚咄咄逼人。「梅老闆，我並不笨，我不是不知道你們邀我過來演講是安什麼好心。我不與你們計較，甘願過來抬轎，完全是因為耘耘，是衝著她我才願意友情贊助，這你大概不知道吧？」

「澍耘的付出我知道。」

「耘耘被董娘或她的走狗潑糞，你也是要我告訴你你才知道吧？」

「請你不要撈過界了。」梅堇岩口氣重了。「澍耘的事不是歸你管。我不是不懂知恩圖報的人，我自然會有分寸。」

「不用了啦，反正耘耘要離職了。」

「她現在還是沁芳園的人，不需要你操心。」梅堇岩的臉色幾乎趨近他兇李桃英那次。

「可惜下個月就不是了。」夏燦揚風涼地搖手。「沁芳園留不住耘耘，夏園很樂意珍惜她。我已經聘她下個月來夏園上班了，無縫接軌，你看我對你的愛將還是挺照顧的吧？」說完他縱聲大笑，故意笑成像電影反派那樣欠扁。

這笑聲一聲聲，像是耳光一掌掌，迎面搧向梅堇岩。

我心跳劇烈，觀察梅堇岩的反應。

梅堇岩重重呼吸一口氣，又一口，接連三口之後，他壓住不再答腔，轉身出了演講室。

他耐得住！

儘管認識梅堇岩這麼久，他冷靜的修養仍能使我驚嘆，但是現在我可不希望他繼續冷靜下去了。

「怎麼辦？」我哭喪著臉問夏燦揚。

「沒關係。」夏燦揚拍拍我的手背。「現在這只是餐前湯。妳先聽我演講，雖然妳可能聽不下去。」

我忐忑著一顆心，幫夏燦揚把花精樣品重新擺好，全部擺好後剩下一罐不知歸屬的薄荷精油。

「這要擺哪裡？」我問他。

「交給我。」他露出一抹神祕的笑，把精油收到褲子口袋裡。「待會用得到。」

座位已經全滿了，夏燦揚準時做了開場白。我果然如他說的，無法聽進一個字。我知道很精采，大家都在笑，只有我笑不出來，滿腦子掛念外頭梅堇岩和柳聖苣的情況，還有接下來我跟夏燦揚又得使出多瘋狂的招數。

我很緊張，但是不害怕。當夏燦揚站在我身旁，他的力量，他的義氣，他天不怕地不怕的勇氣，讓我很有安全感。就算今天失敗了，只要有他在，我好像也不會感到那麼慘。

思想流轉間，夏燦揚一鞠躬，眾人嘩啦啦地起身，居然散場了。

夏燦揚火速被粉絲纏住了，像湯圓黏到糖，根本甩不脫。

我該護著他離開嗎？可是他看起來很喜歡跟聽眾交流，一點都沒有困擾的樣子，反而說了更多的笑話，把她們逗得嘴歪眼斜……看來我不需要去幫他清場。

送走最後一位粉絲時，已是一個小時後了。我用肩膀撞撞夏燦揚的上臂。「現在怎樣？」

「妳跟我出去。」

「需要手牽手嗎？」

夏燦揚露出白牙笑了。「先看一下外面有沒有開山刀在等我。」

出了演講室，夏燦揚與我一同東張西望。購物區還是人滿為患。梅堇岩跟臉爆臭的柳聖芑並肩坐在沙發候著，他一瞥見夏燦揚，就對柳聖芑講了兩句大約是安撫的話，穿越人群走了過來。

「夏先生，今天謝謝你了。」難為梅堇岩還是做到送客的禮數。「我送你出去吧。」

「不用，耘耘跟我一道走就可以了。」夏燦揚故意左一句耘耘，右一句耘耘，聽得連我都起雞皮疙瘩。

「澍耘是要回天母店，你們不同路吧。」

夏燦揚故意翻了個白眼，根本不看他。「耘耘，我開車送妳回天母。」

「澍耘還在這裡工作。」梅堇岩踏前一步，似乎想阻在我跟他之間。

「不然你送她。」夏燦揚作勢把我推到他那邊。

梅堇岩寒著臉，站了開來。

「啊，抱歉，我忘了你怕老婆。」夏燦揚又發出那種欠扁的大笑。「那還是我來吧。」

夏燦揚霸氣攬住我的肩，把我攬出信義店。我眼前還停留著梅堇岩那張受到屈辱、痛苦、欲語還休的臉，心亂亂地奔騰著。

「接下來要怎樣？」我實在有點搞不清夏燦揚的舉動了。

「先觀察一下。」夏燦揚偷眼往店內瞧。

我背對著信義店的大片玻璃，感覺梅堇岩的眼光還鎖著我，柳聖苣和李桃英則恨不得用目光把我綁上十字架燒死，還有許許多多看過報導的好奇客人。我不便回頭看他們，完全靠夏燦揚的實況轉播。

「李桃英在磨刀了。」他說。

「什麼東西？」

「柳聖苣在幫獵槍上膛。」

「你正經點。」我罵雖罵，倒忍不住笑了。

「梅大神哭了。」他的表情十分正經。「他拿鋸子想把自己鋸成兩半，一半給妳，一半給柳聖苣。」

我噗的笑了出來，打了他肩膀一記。他回推我，我的背被推靠上櫥窗玻璃，猶在發笑。他忽然前進一步，將嘴湊上我的耳朵。「他現在看我們在打情罵俏，一直踱步，快要忍不住衝出來了。妳再笑誇張一點。」

原來他逗我是有用意的。我渾身一凜，趕緊顫動肩膀，發出一陣假笑。

過了好片刻，梅堇岩就是沒有出來。我的笑已經快要裝不下去了，用眼神向夏燦揚求救。

「他的自制力也太強了。」夏燦揚皺起眉心，臉色變得好嚴肅。「可是直覺告訴我，只要再做一件事就會成功。接下來我要請妳記住，等一下要打我一巴掌，最好還要哭出來。」

我正想問他為什麼，他驀地摘掉我的口罩，用他的唇堵住了我的。我的後腦被推靠上玻璃發出砰的聲響，本能想推開他，他搶先把我的手壓到玻璃上，像電影一樣，當眾誇張且戲劇性地吻我。

我大急大羞卻動彈不得。他的男人味飄進我的鼻腔，略帶雪松的堅毅木質香，他的唇齒有剛才試吃花精的酒精味，他的胸膛好堅實，好炙熱，他的吻是毫不猶豫，義不容辭。忽然間我不想再排拒他了，我其實想要這個很久了，只是我一直壓抑，為了莫名其妙的堅持而壓抑著……不知不覺我放鬆全身，不再抗拒，我想任憑他吻我，就在這個大街上，就算在梅堇岩面前。

我雙腿幾乎癱軟。他伸臂攏住我的腰肢，力道堅實將我撐住，然後他突然退開。

我呆住了，傻傻地看著他。

「打呀。」他瞪大眼睛做唇語。

我抬起右手，這要怎麼打？他這麼……這麼可愛，這麼令人喜歡。我不想打呀。

「打呀。」他拚命擠眉弄眼。

我揮出手，輕輕掃過他的臉頰。

他的反應非常人，往後退了好幾步，好像我的手是高爾夫球桿似的。

忽然間他背後好像被誰揪住了，一屁股跌坐地上。梅堇岩出現在他後面，竟然是他將夏燦揚拉倒的。

「澍耘，妳沒事吧？」梅堇岩到我面前，臉上寫滿著急。

「肖查某。」夏燦揚在後頭站起來，擺出一副囂張痞子樣，遠遠指著我。「妳不是說他不要妳了，妳還對他這麼一往情深幹嘛？老子親妳是抬舉妳，妳這麼不識抬舉，夏園的工作妳也別想要了。」他氣沖沖的，拍拍屁股就走。

他真的、真的好像流氓喔。那背影，故意像螃蟹走著超級誇張的外八字。大家都在朝他指指點點，他回頭來翻個白眼，根本不在乎呢。

他忽然對我使什麼眼色，伸指在眼睛比劃。噢，他叫我要哭。

可是……我哭不出來，我……我其實滿想笑的。

咦，奇怪了，我的眼睛怎麼那麼涼？簡直睜不開了，好像……好像被誰塗了薄荷精油，好刺好涼啊，我現在滿臉都是眼淚了。夏燦揚那傢伙，他趁親我的時候在我眼周塗了薄荷精油！

「澍耘，都是我不好。」梅堇岩不知何時拍撫起我的肩膀。「是我沒有把妳保護好，妳才必須選擇離開，才會被那傢伙欺負。都是我，是我錯得太離譜。」

我還是滿眼模糊，四周怎麼花花綠綠的，是看熱鬧的人潮嗎？天哪，現在是有多少人在看？梅堇岩怎麼敢當眾這樣安慰我？

「我需要面紙。」我幾乎要笑場了，趕緊低下頭。

梅堇岩如夢初醒。他沒有面紙，情急下用大拇指幫我擦眼淚。我索性拉過他的袖子，把眼周的薄荷精油抹掉。

「澍耘，澍耘，妳別哭了。」梅堇岩兀自喚著我，喚上癮似的，完全無視周圍人群。「我為了不犯錯，反而犯了更天大的錯誤。我想著不能對不起她，我沒有想到這樣會對不起妳，更對不起我自己。原來人是不能夠十全十美的，是嗎？我如果不背叛她，就是背叛我自己，還有我心裡面最想守護的人，是嗎？我真希望自己可以早點明白這一點。對不起，讓妳受苦了。我讓妳們都受苦了。」梅堇岩總算無可遏抑，環住我的肩膀。

夏燦揚的計策成功了，太成功了。

我四周是柳聖苣火冒三丈，李桃英眼珠爆凸，同事目瞪口呆，群眾中還有人拿出手機錄影。

梅堇岩身上有好多種精油的香氣，花香葉香果香木質香都有。他終於終於，從仙界下了凡塵吧。

「柳家怎麼看我我都不管了。報導怎麼說我我也不管了。我要跟她分手。」他懇求似的望進我眼底。「妳還願不願意接受我，讓我彌補這一切？」

這不就是我最想要的嗎？

他怎麼需要軟言相求呢？他是梅堇岩呢。他根本不必要求，我什麼都會答應的呀。

「怎麼會不願意呢？」我聽見自己這樣說。

他鬆口氣地笑了出來，聲音啞啞的。他鏡片後的眼似乎是紅了，捧起我的臉，離得好近好近。

「我感冒。」我低頭側開。「你有大事要做，不能被我傳染。」

他頓住動作，仍情不自禁撫摸我鬢邊的頭髮。

此時他的手機響了起來，他嘆了口氣。「供應商來找我了。」他回頭望向柳聖苣。「那邊的事情可能也需要我去處理。」

「梅大老闆，你去吧。」我推推他。「我一個人沒問題的。」

他給了我一個感激的微笑。

我目送他穿過同事震驚的眼光，走到柳聖萱面前。柳聖萱已呈活火山狀態，但是梅堇岩的胸挺得很昂揚，眼見將是一場難堪。我不想看下去，連忙朝夏燦揚的方向走。

夏燦揚剛剛是從這條巷子裡去的吧？我按不住激動，心裡有喜悅，不知所措的成分更多。我想馬上找他講。

是這樣嗎？梅堇岩是我想摘的天堂花，夏燦揚是我想並肩分享的？

我喜歡這個結果嗎？

36

夏燦揚怎麼不見了？我有好多話想告訴他，他不能不見。

巷內沒有他的身影。他真的不見了。我的背心都是汗，額頭也滴著汗，流到眼窩裡。每一次汽車喇叭聲，都會令我以為是他的大嗓門。可是，沿著巷子直走到最尾，沒有他。好幾間特色咖啡廳裡，沒有他。那麼魁梧的一個人，他不能不見。

我有些著慌，開始大叫夏燦揚。

「夏燦揚——夏燦揚——夏燦揚——」

「在找我嗎？」

夏燦揚從一株松樹下走了出來。他早就躲在這裡等我，一臉惡作劇成功的模樣，故意看我找得疲於奔命。

我又氣又好笑，衝過去用拳頭打了他胸膛一記，下一秒，我不知道怎麼想的，死命撲抱住他。

「謝謝你。謝謝你。」

他回攬住我。我忽然想到他剛剛才吻過我，我臉上一熱，有些過於急促地退開。

「所以現在怎樣？妳感覺幸福了嗎？」他毫不介懷地哈哈笑。

我沒有馬上回答。幸福歸幸福，還沒有實在感。未來會怎樣呢？梅堇岩去談分手，面對更多巴掌與羞辱，收拾行李搬出去，忍受報導的困擾，而後我們就幸福了嗎？我會跟他住在一起，成為他國度裡最穩固的依靠，繼續為他工作，也許還為他煮飯洗衣服，夜裡他會與我溫存，還是累癱沒力氣？我會見到他天未亮即醒來用電腦，日復一日堅持運動，搭飛機四處拓展宏圖大業，成為比老闆更大的老闆。我會經常目送他的背影，我們膝下將會無子，這將是我的宿命。他是大人物，他的女人應當自知。

但是他會愛我，他會視我為他的宏圖大業之後最重要的人，他會將我的幸福視為他的責任——不見得是他的快樂，至少是他的責任。

「我不知道。」我老實聳聳肩。「我感覺被踢到外太空的是我，這一切還太不真實。」

他揉揉我的頭。「現在最困難的地方來了，妳要跟我說再見了。」

這話堵住我的喉頭，令我一口氣吸不上來。

是啊，早知道會需要面對這個的。夏燦揚剛剛那樣豁出去吻我，梅堇岩怎麼可能忍受得了我與他再有瓜葛？從前雖然早知道會有這一天，直到現在，我才有了現實感。

「你這話不是廢話嗎？」我假作輕鬆地把手插到褲子口袋裡。「在請你幫忙的那一刻，我就準備好面對這個結局了。」

「好。」他將我垂落臉頰的一綹頭髮撥回耳後，這樣一個自然的動作，讓我再度感到觸電般的暖流。「看來我以後不用為妳擔心了，那我走囉。」

「等等。」我忽然有些慌。

「我真的該走了。」他指指巷口，梅堇岩已提著公事包站在那邊。「梅老闆效率很好，把柳聖苣跟廠商都打發掉，要來找妳了。妳不能跟我糾纏不清了。」他轉眼做出一臉惡霸樣，故意大罵：「好啦好啦，肖查某，妳不要再罵了，我這就走。」

「謝……謝謝你。」我眼鼻熱了起來，覺得心裡崩掉一塊珍貴的角落。

夏燦揚以螃蟹橫行的流氓樣，大步離開。陽光灑落在他的頭髮，他的腳步一點都不拖沓，很快就要消失在松樹後方。

就要消失在我的人生中。

「剛才他掉了這個。」梅堇岩來到我身後，遞了個瓶子給我。「可能是被我拖倒的時候從口袋掉出來的。」

這是一個茶色精油瓶，上面貼著自製標籤，畫著很多笑臉和一顆很大的愛心，完全沒有文字。不用想也知道只會是夏婆的。

「我拿去還他？」我說出口才發現這話不對，趕緊裝出怒容。「我要拿去丟他。」

「澍耘……」

梅堇岩伸手想攔我，我已氣勢洶洶朝夏燦揚那邊追去，邊喊：「死流氓，你的噁心東西不要留在這裡。」

夏燦揚從松樹後方折返了。

「畫愛心，噁不噁心。你拿回去吧。」我故意把精油瓶在手中亮一亮，作勢要丟給他。

「不要丟！」他眼睛瞪得好大好大，跑到我前面要接。

我也故意丟得很慢，讓他有時間到我面前接住。

他鬆了口氣，用唇形跟我說：「謝啦。」

什麼東西他那麼緊張？但現在我們實在不方便交談了。這答案，我可能永遠不會知道了。

我該走了，可是不由自主看著夏燦揚的背影。

他這次忘了假裝螃蟹走，一步一步瀟灑闊步，帶著天生自然的韻律。我好像不曾好好看過一次他的背影？一直以來是他看我的背影比較多，我沒留意到他的背影這麼好看，那陽剛的線條，還有那體育健將的律動感。現在這是最後一次我能將這畫面銘印在心中的機會了。

我不自覺伸指擦拭溼潤的眼角，似乎有股熟悉的氣味，是在我的手上？聞起來像佛手柑，還有一些香料，這我明明聞過……是我調給夏燦揚的他的香氣？不是應該在精油鍊裡，怎麼會是來自剛剛那個精油瓶？

有什麼事情，嚴重的事情，我隱隱約約抓到了……

我追過去，扳過夏燦揚的肩膀，他的精油鍊裡頭果然是空的。

我像被五雷轟頂，驚訝與悵然、喜悅與悲傷，紛沓而至。

夏燦揚很在乎我……過頭了，所以他把我調給他的精油倒到另外一個瓶子裡，因為精油鍊幾天就會揮發掉，裝到能密封的瓶子裡才能長期珍藏。至於瓶標為什麼會畫上大愛心，為什麼隨身帶在口袋裡，為什麼鍊子明明空了他也還是要戴在胸口，這在在說明著……他對我太……

「沒錯，我喜歡妳。」夏燦揚收起了那流氓的、無賴的、痞子的作戲姿態，回到那明朗的、率性的、真實的他自己。「我比我意識到得更早就喜歡上妳了。」

我徹底亂了，倒退了好幾步。

「所以妳提議要捨棄我們的友誼來追他，我才會那麼心痛。」他做了一個刀插胸口的動作。

「你怎麼沒說呢？」我感覺自己渾身顫抖。

「大澍，我並不笨。我都已經當妳的犧牲品了，這種情況我還跟妳告白，是嫌被打槍的次數還不夠多嗎？」他自嘲式地笑，搖了搖頭。「我原本不打算告訴妳，瓶子掉出來是意外。」他頓了頓，目光深沉地盯住我。「愛上妳，不是意外。」

我胸口震動。「怎麼會？」

「從妳同事開始跟我說妳的事情的時候，我就已經為妳驚嘆了。那天妳在海邊叫我要找到能完全接納我的人，那一瞬間我就知道是妳了。我當時心裡就在大叫，這女生說的那個人就站在我面前，她怎麼看不出來？我疑惑得要命，忽然想到妳的眼裡還是只看得到梅堇岩，我就懂了。」

「可是你怎麼還幫我追他？」我還是茫然。

「笨澍，妳問問妳自己。」他嗤的一笑，滿臉憐愛地睨著我。「妳要摘天堂花，如果不讓妳摘到，妳會死心嗎？就算妳離開沁芳園，妳打開報紙，搜尋網路，到處都還是會看到他的名字，妳真能把他驅逐出妳的心嗎？妳是我見過最能撐的人。如果不讓妳得到過，就算妳願意跟我在一起，妳這輩子有可能用看他的眼神那樣看我嗎？」

不、不、不……這些答案都是不能。

「所以我如果要真正得到妳，我必須讓妳先得到過他。」他右拳啪嗒擊在左掌。「我早就意識到他不是一個我能正面迎擊的情敵。黑道老大我還可以打，但他是我揮拳打不到的影子，只能先讓妳得到他，經歷過了，妳才會知道自己真正要的是什麼。」

所以夏婆……這恐怖的男人，已經把我未來的路徑算透了？他認為我必須得到梅堇岩才能放下他？他認為我遲早會領悟自己與梅堇岩不適合，然後投向他的懷抱？

「你以為你是神嗎？」我湧起狂暴的憤怒，撿起地上石頭丟他。「你憑什麼替我做這個安排？你以為我是你的棋子嗎？」

「我的確不是神，我只是一個愛妳的人。」他不閃不避，就這麼讓石頭從他頰邊擦過。「所以我願意讓妳去經歷妳的選擇，儘管那會讓我非常難受。」

「你怎麼知道我做這個選擇之後，你會有機會？」我握拳大罵。「你未免太有自信了。」

「我很肯定，在剛才我親妳的時候我就確定了，妳也一樣喜歡我，不然妳剛才不會是那種反應。」他的神情像是一切都在股掌之中，彷彿他是我們之中看得最清楚的一個人。「如果妳不開心我沒早點告訴妳，現在我跟他兩盤菜就擺在這裡，妳可以沒有後顧之憂地做選擇了。」

「你不能這樣玩弄我！」我吼得喉嚨嘶啞。「你不能逼我做這種選擇！」

「我的確不能夠逼妳做這種選擇，是妳必須自己做這個選擇。」他同情地笑笑。「我說過，我的部分是簡單的，妳的部分才難。」

「你閉嘴，你閉嘴！」我摀住耳朵。「我不要聽你說了。」

「妳還是捨不得不聽我說。」他還是笑笑地調侃我。「否則妳現在也不會繼續站在這裡跟我對話，梅老闆還在看咧。」

一語驚醒夢中人。我對他哼了一聲，便走向站在巷口的梅堇岩。

「妳可以不需要跟著我。」梅堇岩避開了我。

「什麼？」我心口一沉，僵在了原地。

是了。憑梅堇岩的聰穎，必定明白了我和夏燦揚之間發生的事情。他能接受嗎？他會再次把我切割嗎？

我的心撲通撲通地跳著，等待他的反應。

「他幫妳追我，可是他喜歡妳？」梅堇岩果然問對了，但是他的表情像是碰上一件來自外星系的事。

「梅老闆，我知道這對你來說有點難理解。」夏燦揚抬起下巴。「我愛她愛到願意幫她追男朋友，這你就做不到了吧？」

梅堇岩笑容隱去，好似受到打擊，神志飛到了哪座山巔上。

「堇岩，別聽他的。」我趕緊喚回他。「我是你的耘啊。」

梅堇岩聽見我的話，眼神終於定焦於我。有生氣嗎？沒有，他朝我微笑了，好似要我安心。他接受我，即使這樣他還是接受我！我心花怒放，就想投入他懷抱。

「等等。」他竟然還是避開了。「妳還是不一定要選擇我。」

「你說什麼？」我急得快飆淚了。

「妳一向習慣聽我的話。我不要妳是因為習慣而選擇我，好嗎？」

「那你要什麼呢？」我真不懂了，選擇你難道還需要理由嗎？

「我要妳選擇最能讓妳快樂的那一個，好嗎？」

這句話，就這輕輕一句話，像是延伸的長影將我收入他懷裡。

他這次是站在我的角度為我想了。梅大神偉大的腦袋裡，終於裝置起這個新迴路了。他愛我原來有這麼深，深到肯放手讓我做出對我最好，而非對他最好的選擇。深到能放下那些被我欺騙、背叛或通敵的猜疑，而非拂袖而去。

我經常低估夏燦揚，這次我也低估梅堇岩了。他是打從心裡愛我的。在機場時他要我趕快走，不是為了他自己，是為了維護我。他將我切割是為了對得起柳聖茞，更是為了保護我。明明以為我背叛他，還是將我護到了現在。一切一切，即使在我們距離最遙遠時，他都把我放在心上思量，以他特有的方式，隱隱約約、不著痕跡的，梅式的愛。

「澍耘，妳要明白跟我在一起妳會需要面對什麼。」他像是下定決心，再不跟我打啞謎了。「我生來就不是熱衷談感情的人，愛情在我心目中不是必需品，這代表，我看妳的時間永遠不會像看沁芳園那麼多，妳能接受嗎？」

「我怎麼會不能？」我好心酸。「早在一開始我就知道，跟你在一起一定會有犧牲……」

「聽聽妳用的詞。」他像被針扎到手指。「犧牲。」

「那你剛才問我願不願意接受你的時候又用了什麼？」我眼睛頓時泛霧了。「彌補。」

我們之間陷入沉默，與濃濃的悲哀。

「耘……」他嗓子啞了。「我們之間的淵源太久，本來就會有這些算不清的債，我們先把這些拋開吧。剛剛夏燦揚說對了，那樣的愛我做不到。我只有……我這種方式的愛。我確定妳是最能給我幸福的人，我希望妳也要確定我是不是能給妳幸福的人，好嗎？」

是啊，梅堇岩從來從來不肯負人。跟著他永遠不會錯。只要我能從旁支持他完成志業之路，他的愛，永遠會溫潤綿長。

我怎能不……怎能不跟著他？

「梅老闆，認識你以來，就這番話讓我聽得最爽快。」夏燦揚也高聲鼓掌了，然後他落下了雙手。「大澍，妳就做一個決定吧，別折騰我們了。」

我答不出來，哽住了。

「耘，給一句話吧，好嗎？不管是我還是他。」梅堇岩說。

「對呀，既然今天這個局面，三方做一個見證。」夏燦揚說，「選了一個，另外一個就再也不能介入——梅老闆，你同意嗎？」

梅堇岩點了個頭。

之後，他們倆果真都不再說話了，都一瞬也不瞬地盯著我，等著我宣判。

梅堇岩提著公事包，神情肅穆，沉靜典雅，彷彿動一下影響到我的決定都是萬萬不該。夏燦揚手肘倚著松樹，滿臉期待，落落大方，彷彿只要我給他一個信號，他就會衝上來深擁住我。

我整個人要被撕裂了，有狂喜，有痛疼。這不是兩條分岔路。這是兩個國度，只要走進一個國度，就沒有回頭路，不會有許願花精來取消這一切了。

「你們這是要逼死我嗎？」我崩潰地抱頭。

「妳不用急著現在做決定，我不會給妳壓力。」梅堇岩伸掌擋在我面前。「我這就先走。在妳聯絡我之前，我不會干擾妳，好嗎？」他轉動腳尖，真的要走，即使這意味著可能送給夏燦揚更大的機會，他難道沒想到？

不，他當然想得到，只是他有他的驕傲與原則。這就是梅式的愛。因為愛我，所以願意讓我在沒有壓力的情況下做選擇。

夏燦揚望著梅堇岩，有些哭笑不得。「笨澍，我想陪著妳，就算人家說我死纏爛打我也不管，不過如果妳現在不希望我陪的話，我也可以走。」見我臉孔扭曲、始終無法出言的樣子，他嗒了一聲手指。「要不然，如果妳希望我留下，妳就隨便出個聲，鼻音也好，我會陪妳到妳拿棍子把我趕跑為止。不出聲我就當妳不要我，妳放心去跟梅堇岩在一起，我也不會去騷擾妳。就這麼簡單。」

啊，這就是夏婆的愛，沒有隱藏，沒有矯飾，如此豪邁不羈又如此為我著想。因為愛我，所以陪伴，同時保留了選擇權給我。

我聽見自己狂烈的心跳，但我沒有出聲。我的腳尖還是朝著梅堇岩的方向。

「耘，妳可以不用習慣跟著我，好嗎？」梅堇岩再說了一次。「妳幫我擺脫前一段關係，對我已經很夠了。我自己可以過得很好。」

天哪，梅堇岩還回頭來安慰我呢。他越是願意放我自由，表示他越為我著想，這樣越會將我拉回他懷裡，我當然沒有出聲——我怎麼能出聲？

「好吧。」夏燦揚瀟脫地揮了揮手。「我就當妳選他啦。那我走了。妳可以放心，梅老闆也可以放心，我不是拿不起放不下的人，苦守寒窯那種事跟我沒有關係。」

夏燦揚果真轉身走了，腳步一點都沒有遲滯，就像大安森林公園那晚，他愛我，必要時他也可以瀟灑就走。

梅堇岩也走了。他當然不會容許自己成為留下來撿便宜的那一個。

沒錯，不管我選擇哪一方，另一方都再也不會接近我。梅堇岩是因為自律，夏燦揚是因為灑脫。這是一場黑與白的選擇，沒有灰色地帶。

就這樣了，我的腳步朝梅堇岩追去，目光還是怔怔望著夏燦揚。

夏燦揚的身影已經到了松樹後方，從今以後，我再也見不到他奔放豪邁的笑容、孩童一般的睡姿，或婆婆媽媽的樣子了。

他這一去就會是永別。

是永別。

「等等。」我破口喊了出來，忽然聽見自己嗓子沙啞，聲音根本沒傳到夏燦揚那邊，我趕緊加大聲量。「等等。」

「是妳叫我？」夏燦揚霍然轉身，眼神發亮。

梅堇岩也轉身了，他以為我在叫他。我也的確撞進了他懷裡。

好尷尬，但我顧不得，圈嘴朝夏燦揚喊：「你還沒有回答我一個問題。」

「什麼？」他摸不著腦。

「如果你失去嗅覺觸覺，變成殺人兇手，你會許什麼願？」

「我會說，那些事情不能影響到我的快樂，我希望妳把願望留給妳自己。」他回答得很快，顯然是想過了。

我徹底呆了。我怎麼沒想到，這就是夏婆會許的願望啊。

「懂了嗎？我希望妳把願望留給妳自己。」夏燦揚如雷貫耳地喊著：「但是因為妳個性很拗，如果妳硬要我許一個我自己的願望，我會說，我希望不管我們有沒有在一起，妳都能永遠健康、幸福、快樂。」

那一剎那，天地翻轉，我險些站立不定。

是啊，夏婆不把自己放第一，他把我的幸福放第一，就像我把梅堇岩的幸福放第一，以及梅堇岩把他的志業放第一。

梅堇岩是我敬我愛，因為他是屬於這個世界，眼睛只放在遠大地平線那端的大人物。我愛他，因為他讓我看見一個巨人的世界。我心疼他，因為我眼見他篳路藍縷，始終如一。

但是夏婆，夏婆才是能把我放在心尖的那一個啊！

是夏婆，在我需要的時候，給我毫不保留的關愛。是他讀我懂我，而讓我無須費神讀他猜他。是他讓我對他沒大沒小，卻不害怕他會因此皺眉遠離我。是他讓我看見人可以活得多麼自在，讓我全然做回我自己。有他與我平等相待，我何苦要活得那樣戰戰兢兢，在關係中擔任犧牲奉獻的一方，不讓自己享受無限的疼愛？

這一生中，我頭一次有這樣澄澈的明白。夏婆，恐怕早就看穿了我看不見的這一切。

我回頭淒然望了梅堇岩一眼，那一瞬間我與他交換了無盡的心意。失去我會讓他痛一陣，但是那就如馬拉松途中的一個趔趄，他不會讓這件事影響到志業的實現。

我還沒來得及跟梅堇岩說道別話，我的腳已率先倒戈，奔向夏燦揚，越奔越快，越奔越急。對著他，我迫不及待展開雙臂。

松樹下，夏燦揚早張開雙臂在等我，撐起我飛轉了好幾圈。我感到坐旋轉咖啡杯般的離心力，與奮地發笑，看見松針一根根，草皮一絲絲，街角花店的鮮黃向日葵一朵朵綻放。我看見夏燦揚的髮絲飛旋，笑容滿面。梅堇岩轉身的背影，一如往昔。

夏燦揚將我放下，將臉湊近我。我連忙遮住自己的嘴，「我感冒。」

「妳以為老子會怕？」

他扯開我的手，攏住我的後頸，赴湯蹈火熱烈吻了我。他把我抱得好緊，鬍碴刮得我的唇周熱辣熱辣。我雙腳被抱到離地，他還捨不得放開。

我笑著任自己全然被他的男人味包覆。透過衣服我摸到他背部大概是槍傷的疤痕，不禁多摸了兩下，凸凸圓圓的形狀，充滿往事，也充滿療癒。

然後我揍了他一記。「要是我剛才沒選你，你真的不會為我苦守寒窯喔？」

「如果我真的苦守寒窯，恐怕第一個衝出來阻止的就是妳。」他用鼻尖親熱地磨蹭我的額頭。「我知道妳不會希望我這樣，那我幹嘛要讓妳一邊為梅堇岩操勞，一邊還要為我操心咧？」

啊，他是真了解、真體貼我。我撲抱住他的腰，不只出於愛，更是出於感動，忽然我抬起頭。「如果哪天我偷看你手機，你會不要我嗎？」

「對別人會，對妳不會。」他捧住我的臉，重重吻了我一口。「如果我能讓全世界最信任我的人都懷疑我，這就一定是我的錯了。」

我哈一聲笑開懷。

「笨澍，我回想了妳之前那些怪裡怪氣的舉動。」他衝著我笑得像朵向日葵。「從妳到我店裡哭，把我看成閻羅王，把我踢到游泳池，或是我把妳壓到水底妳也不怕……剛開始我很想不透，現在我好像兜得起來了。」

「怎麼說？」

「我做了一個夢。」他的眸光閃動，握住我一綹頭髮。「前幾天我夢見妳說的那個時空，我誤殺了房東，妳帶我逃到大安森林公園，幫我許了一個願望。」

「希望我沒許過前兩個願望？」我驚喜交集。

「對。」他揚起眉頭，「後來妳聽不見我的願望，還跌倒了。」

「你想要過來扶我，但是來不及。」

「哈，我本來以為那只是夢。」他滿面驚喜，撐住我的胳肢窩，將我拋得好高。「現在我相信那是真的了。」

（全文完）

後記

梅菫岩，還是夏燦揚？這是寫作過程中，我經常問自己的問題。

最初確實是因為梅菫岩而寫下這個故事，不知不覺卻偏心夏燦揚了。

他們兩種想法、兩種態度，創造出兩個燦爛輝煌的世界。就好像在花園裡，是精細緻密的聖心百合比較美，還是飛揚跳脫的山茶比較豔？或許根本沒有所謂高下之分，只有觀看角度之別。

在愛情的花園中，如果眾裡只能摘一朵，選擇哪朵比較好，還真沒有標準答案。選擇天堂花，是充滿勇氣的一躍。選擇適合自己的，是禪定內觀的智慧。年少時妳可能鍾愛天堂花，是等到年歲漸長，妳會發現後者的珍貴。

澍耘做出了她的選擇，妳呢？

最後我要謝謝在我撰寫這本書的過程中給予幫助的朋友。

謝謝玩療癒工作室的芳療師Helen，妳一直是我的最愛。

謝謝療癒聊寓spa芳療負責人Jimmy對男芳療師的甘苦知無不言，言無不盡。若不是你，男芳療師的療程我無法寫得那麼深入。

最後要謝謝讀到這裡的妳。支持我說故事到現在的力量從來不是金錢，而是知道自己的人生體驗，在讀者的心中留下一道感動的痕跡。

鏡小說 003

再見後，開始香戀

作者：倪采青
責任編輯：李佩璇
校對：渣渣
封面插畫：欣蒂小姐 Miss Cyndi
封面設計：蕭旭芳

主編：李佩璇
總編輯：董成瑜
發行人：裴偉

出版：鏡文學股份有限公司
11070 台北市信義區東興路 45 號 4 樓
電話：02-6633-3500
傳真：02-6633-3544
讀者服務信箱：mf.service@mirrorfiction.com

總經銷：大和書報圖書股份有限公司
242 新北市新莊區五工五路 2 號
電話：02-8900-2588
傳真：02-2299-7900

內頁排版：宸遠彩藝有限公司
印刷：秋雨創新股份有限公司
出版日期：2018 年 5 初版一刷
ISBN：978-986-95456-3-1
定價：300 元

國家圖書館出版品預行編目 (CIP) 資料

再見後，開始香戀 / 倪采青著 -- 初版. --
台北市：鏡文學，2018.05
352 面；14.8×21 公分. --（鏡小說；3）
ISBN 978-986-95456-3-1（平裝）

857.7　　107007311